Peter Jay Black

Aus dem Englischen
von Tanja Ohlsen

Sollte diese Publikation Links auf Webseiten Dritter enthalten, so übernehmen wir für deren Inhalte keine Haftung, da wir uns diese nicht zu eigen machen, sondern lediglich auf deren Stand zum Zeitpunkt der Erstveröffentlichung verweisen.

Dieses Buch ist auch als E-Book erhältlich.

Verlagsgruppe Random House FSC® N001967

1. Auflage 2020
Erstmals als cbt Taschenbuch Juni 2020
© 2013 by Peter Jay Black
Die Originalausgabe erschien unter dem Titel
»Urban Outlaws« bei Bloomsbury Publishing, London
© 2014, 2020 für die deutschsprachige Ausgabe
cbt Kinder- und Jugendbuchverlag
in der Verlagsgruppe Random House GmbH,
Neumarkter Str. 28, 81673 München
2014 erstmalig bei cbt unter dem Titel
»City Heroes – Stoppt Proteus!« erschienen
Alle deutschsprachigen Rechte vorbehalten
Aus dem Englischen von Tanja Ohlsen
Umschlaggestaltung und Artwork:
© Isabelle Hirtz, Incraft
Umschlagmotive © Shutterstock
(Christophe Michot; Yalana; IR Stone)
und © iStockphoto (Mordolff)
TP · Herstellung: LW
Satz: Uhl+Massopust, Aalen
Druck: GGP Media GmbH, Pößneck
ISBN 978-3-570-31325-1
Printed in Germany

www.cbj-verlag.de

Zum Gedenken an meinen Vater

Jack Fenton war wie vom Donner gerührt. Er konnte kaum glauben, was er sah. Sie hatten das Schloss ausgetauscht. Wann hatten sie das denn gemacht? Und vor allem, warum?

Er trat näher an die Tür, um sie genauer zu betrachten. Das alte Vorhängeschloss war verschwunden und an seiner Stelle prangte jetzt ein kompliziertes Zahlencodeschloss. Die Ziffern leuchteten, als ob sie ihn aufforderten, es zu versuchen.

Komm her, komm her, schienen sie ihn zu locken. *Probier, ob dir das Glück hold ist. Versuche es einfach, man kann ja nie wissen...*

Doch er wusste es. Es war schließlich seine Aufgabe, solche Dinge zu wissen. Selbst bei einem nur vierstelligen Code gab es zehntausend mögliche Kombinationen.

ZEHNTAUSEND.

Jack seufzte und verspürte tief im Inneren einen Anflug von Selbstzweifel. Drei Monate Planung umsonst. Wie hatte er etwas so Simples übersehen können? Er verfluchte sich selbst, dass er die Tür nicht am Abend zuvor noch einmal überprüft hatte, doch wie sollte er auch auf so etwas kommen? Und damit blieb immer noch die wichtigste Frage: Warum hatten sie das Schloss ausgetauscht? Das ergab doch alles keinen Sinn.

Er fluchte leise. Jetzt musste er wohl …

»Was machst du da?«, dröhnte plötzlich eine tiefe Stimme.

Jack wirbelte herum.

Ein Stück weiter hinten in der Gasse stand ein Wachmann.

Wo war der denn so plötzlich hergekommen?

Jack versuchte erst gar nicht davonzulaufen. Er wusste, dass ihm am Ende der Gasse eine drei Meter hohe Mauer den Weg versperrte. Der einzige Ausweg war durch die verschlossene Tür. Oder an dem Wachmann vorbei.

Ausgezeichnet.

Die rechte Hand des Wachmanns fuhr zu seiner Hüfte. Ob er nach einer Taschenlampe oder seinem Funkgerät griff, konnte Jack in der Dunkelheit nicht erkennen.

»Wirst du mir wohl antworten?«, herrschte ihn der Mann an. »Was machst du da?«

Jack überlegte blitzschnell. Sollte er sich eine Geschichte ausdenken? Irgendetwas, womit er sich herausreden konnte. Vielleicht konnte er ihn lange genug ablenken…

Jack schüttelte den Gedanken ab.

Nein. Halt dich an den Plan. Halte dich immer an den Plan.

Der Wachmann löste etwas von seinem Gürtel.

Jack blinzelte. War das etwa eine Waffe?

Als der Mann ins Licht trat, wich Jack unwillkürlich einen Schritt zurück.

Eine Waffe. Eindeutig.

Der Wachmann stellte die Füße hüftbreit auseinander, nahm die Pistole in beide Hände und richtete sie ganz offensichtlich auf Jacks Kopf.

Jack starrte ihn ungläubig an. Der würde doch nicht auf einen fünfzehnjährigen Jungen schießen? Oder etwa doch?

Das hier war London, nicht Afghanistan! Und wieso hatte der überhaupt eine Waffe? Er war doch nur ein Wachmann!

»Geh von der Tür weg«, befahl der Mann in einem Tonfall, der direkt aus einem Film hätte stammen können, »und komm zu mir. *Und zwar schön langsam!*«

Jack hob die Hände und machte einen Schritt nach vorne.

»Jetzt wäre ein guter Zeitpunkt«, flüsterte er aus dem Mundwinkel leise in sein drahtloses Mikro. »Plan B. Sobald du bereit bist, Charlie.«

Wie aufs Stichwort kam eine ganz in Schwarz gekleidete Gestalt mit einer Kapuze über dem Kopf in die Gasse gesprintet und machte hinter dem Wachmann halt. Der wollte sich umdrehen, doch er war nicht schnell genug. Ein kurzes Knacken ertönte und Charlie rammte ihm einen Elektroschocker in die Seite.

Der Wachmann erstarrte, als ihn der Stromstoß durchzuckte.

Jack zuckte ebenfalls zusammen. Das tat bestimmt weh.

Charlie zog den Elektroschocker zurück und einen Augenblick lang bewegte sich keiner von ihnen.

Die Arme des Wachmanns hingen schlaff herab, sein Blick war leer und verschwommen. Die Pistole glitt ihm aus der Hand und fiel scheppernd zu Boden.

Charlie kickte sie weg und gab ihm noch einen Schock, diesmal in den Bauch. Wieder knisterte die Elektrizität und der Mann fiel nach hinten um. Er schlug mit dem Kopf auf dem Asphalt auf und verlor das Bewusstsein.

Charlie zog ihre Kapuze ab und nahm das Halstuch von Mund und Nase. Sie hatte ihr langes schwarzes Haar zu einem Pferdeschwanz gebunden und ihre jadegrünen Augen schienen in der Dunkelheit fast zu leuchten. Sie betrachtete den am Boden liegenden Wachmann.

»Ganz schön zäh, was?«

»Ist er tot?«

Charlie kniete neben dem Mann und fühlte kurz seinen Puls am Hals. »Ne, der lebt noch.«

Mit einem Blick auf den selbst gebastelten Elektroschocker in Charlies Hand nahm sich Jack vor, sich nie mit ihr anzulegen. Niemals.

Sie war ein paar Monate jünger als er selbst und das tougheste Mädchen, das er kannte, wahrscheinlich das tougheste Straßenmädchen in London.

Es war gut, sie auf seiner Seite zu wissen.

Charlie steckte den Elektroschocker in die Jackentasche, packte den Wachmann unter den Armen und sah zu Jack. »Hilf mir mal mit ihm!«

Jack eilte zu ihr, nahm die Beine des Wachmannes und unter größter Anstrengung zerrten sie den leblosen Körper außer Sichtweite hinter einen Müllcontainer.

Stöhnend richtete Jack sich auf. »Gott sei Dank hatten wir Plan B.«

»Ja, genau«, gab Charlie zurück und sah sich um. »Wieso sind wir eigentlich schon bei Plan B? Ist es nicht ein wenig früh, um Plan A aufzugeben?«

Jack deutete auf die Tür. »Schau dir das an.«

Sie liefen hinüber, und Charlie untersuchte die Zahlentastatur, wobei sich auf ihrer Stirn eine feine nachdenkliche Falte bildete.

»Warum haben sie das Schloss ausgetauscht?«

»Genau das habe ich mich auch gefragt«, meinte Jack und sah auf. Die unteren Stockwerke des Gebäudes standen leer. Darüber lagen die Büros von Versicherungsmaklern und Telefongesellschaften, die jeweils auf ihren Etagen ihre eigenen Sicherheitsvorkehrungen getroffen hatten. Für sie bestand also eigentlich keine Notwendigkeit, etwas zu ändern. Außerdem, was gab es da schon groß zu stehlen?

Charlie löste eine längliche Tasche von ihrem Gürtel, stellte sie ab und wühlte darin. Schließlich zog sie ein schwarzes, acht mal acht Zentimeter großes Kästchen mit einer Digitalanzeige heraus.

Mit einem kleinen Schraubenzieher löste Charlie an dem Zahlenschloss die vordere Abdeckung des Tastaturfeldes, sodass die Schaltkreise dahinter zum Vorschein kamen.

»Halt mal!«, befahl sie Jack, reichte ihm das

schwarze Kästchen und rollte zwei Drähte aus, einen roten und einen grauen. Den grauen brachte sie an der Hülle des Tastaturfeldes an und hielt den anderen bereit. Ihre Lippen bewegten sich lautlos, während sie ihren Blick hoch konzentriert über die Schaltkreise gleiten ließ.

Jack hielt so still wie möglich und wagte kaum zu atmen, um sie nicht rauszubringen. Wenn Charlie sie nicht aus dieser misslichen Lage befreien konnte – nun, dann hatten sie ernste Probleme.

Endlich verband Charlie den roten Draht mit einem Kontakt und befahl: »Drück auf den Knopf!«

Jack drückte auf den Knopf oben auf dem Kästchen, woraufhin das Display zu leuchten begann und Zahlen auftauchten. Er sah sich um. Noch waren sie allein in der Gasse, aber je schneller sie hineinkamen, desto besser.

Er sah die Ziffern auf der Digitalanzeige nur so durchrauschen. Zehntausend Kombinationen. Er wollte schon fragen, wie lange es dauern würde, als es *Klick!* machte.

Charlie fasste den Türgriff, schob und die Tür ging auf.

Jack blinzelte in das Neonlicht, das aus dem Raum in die Gasse fiel und ihre Schatten an die gegenüberliegende Wand warf.

»Du bist unglaublich«, sagte er zu Charlie, als er ihr das Kästchen reichte.

Charlie ließ es in ihre Tasche fallen und betrat das Gebäude. »Ich weiß«, erwiderte sie.

Jack folgte ihr mit einem Lächeln auf den Lippen.

Zwanzig Stockwerke weiter oben, auf dem Dach, legten sie sich flach auf den Rücken, um wieder zu Atem zu kommen.

Nach ein paar Augenblicken wandte sich Jack zu Charlie. »Bereit?«

Sie nickte.

»Okay, dann mal los!«

Sie rollten sich auf den Bauch und spähten über den Rand. Von hier aus hatten sie einen guten Blick auf die gesamte Südfassade des Millbarn-Gebäudes.

Jack zog ein handliches Fernglas aus der Tasche und nahm die Straße unter ihnen ins Visier. Es war schon spät und die meisten Leute waren bereits nach Hause gegangen. Ihre Zielperson würde leicht ausfindig zu machen sein.

Jack senkte das Fernglas und sah Charlie zu, die ein kleines Stativ aus ihrer Gürteltasche nahm und aufbaute. Dann zog sie zwei je fünf Zentimeter dicke

Teleskopröhren auf sechzig Zentimeter Länge aus. Mit größter Sorgfalt schraubte sie die Enden zusammen, sodass sie eine lange Röhre erhielt, und befestigte sie am Stativ. Zuletzt steckte sie an einem Ende noch einige Drähte fest.

Jack nahm aus seiner eigenen Hüfttasche ein Tablet, schaltete es ein und reichte es ihr. Charlie verband die Enden der Drähte mit dem USB-Port und führte eine kurze Diagnose durch. Die Linsen in dem Rohr waren ausgerichtet und kalibriert.

Sie hatte Monate gebraucht, um dieses komplizierte Teleskop zu bauen, und wie immer hatte sie hervorragende Arbeit geleistet. Die Kamera selbst – eine hochauflösende Kamera mit CCD-Sensor – war extrem teuer gewesen, aber dieses Geld war gut investiert.

Zumindest hoffte Jack das.

Im Display des Tablets tauchte das Bild vom Gebäude gegenüber auf. Charlie zoomte auf das Büro in der äußersten rechten Ecke des zehnten Stocks.

Im Büro brannte noch Licht. Soweit Jack es beurteilen konnte, war niemand drin. Allerdings gab es mehrere tote Winkel, sodass er nicht sicher sein konnte.

Sie sahen die Rückseite eines flachen Monitors, der auf dem Schreibtisch stand, und darunter einen Teil einer Tastatur. An der gegenüberliegenden Wand hing ein berühmtes Gemälde von Lowry, auf dem seine berühmten Streichholzmännchen auf eine Fabrik mit hohen Schornsteinen zumarschierten, die Rauchwolken in einen düsteren Himmel ausstießen. Das Bild war garantiert ein Vermögen wert. Jack fragte sich, ob es wohl eine Fälschung war, doch so wie er ihre Zielperson kannte, war es wohl ein Original.

Unter dem Gemälde befand sich ein Regal, auf dem eine Chromvase voller Trockenblumen stand.

Gut. Seit ihrer Erkundung hatte sich nichts verändert.

»Fertig?«, fragte Charlie.

Jack nickte und hielt den Atem an. Jetzt begann der gefährlichste Teil ihrer Mission, bei dem das größte Risiko bestand, dass sie Aufmerksamkeit auf sich lenkten.

Charlie drückte die Enter-Taste.

Aus dem Ende des selbst gebauten Teleskops schoss ein grüner Laserstrahl und traf auf die Chromvase in dem Büro. Der Lichtpunkt scannte die Oberfläche ab, Linie für Linie. Gleichzeitig tauchten die Messdaten des Lasers auf der linken Seite des Netbook-Displays auf und nach zehn quälend langsamen Durchläufen schaltete sich der Laser ab.

Scan complete, erklärte der Computer.

Jack seufzte erleichtert auf. Der zweite Teil des Plans war problemlos verlaufen. Jetzt hatten sie die genauen Maße der Vase.

Er warf einen Blick auf seine Uhr: acht Uhr zwanzig. Das bedeutete, dass sie noch zehn Minuten warten mussten. Er presste einen Finger an sein Ohr und sprach leise in das Mikro seines Kopfhörers. »Obi? Ist alles bereit?«

»Commander Obi heißt das«, bekam er zur Antwort.

Charlie kicherte.

Jack kniff sich in den Nasenrücken. »Nicht das schon wieder!«

Obi saß in ihrem Hauptquartier und kontrollierte die Aufnahmen aller Überwachungskameras der Gegend.

»Ich bin der Meinung, dass ich den Titel Mission Commander haben sollte«, fuhr er fort. »Ich meine ja nur …«

»Du bist ein Jahr jünger als wir«, stellte Jack fest. »Du kannst nicht Commander sein!«

Charlie kicherte immer noch und Jack warf ihr einen ärgerlichen Blick zu.

»Sag mir einfach, ob alles in Ordnung ist, Obi!«, verlangte er.

»Alles klar«, kam zuversichtlich die Antwort. Nach einer kleinen Pause fügte Obi hinzu: »Wir sprechen darüber, wenn ihr zurück seid. Commander Obi, Ende.«

Jack stieß langsam die Luft aus. Sie waren es alle zusammen tausendmal durchgegangen. Wenn sie Unsinn machten, würden sie geschnappt werden, so einfach war das.

Verärgert richtete er das Fernglas wieder auf das Bürogebäude gegenüber.

Das Büro, das sie beobachteten, gehörte der Firma Millbarn Associates, einer Gesellschaft von Buchhaltern, die für größere Unternehmen arbeitete. Millbarn konnte eine beeindruckende Liste von Mandanten vorweisen, doch sie wussten nicht, dass ihr bester Mitarbeiter – der dreiundfünfzigjährige Richard Hardy – ein Gauner war.

Hardy war äußerst begabt darin, Geld zu verschieben. Illegales Geld. Vollkommen spurlos.

Nun, fast vollkommen.

Jack hatte auf einem der Hacker-Foren im Internet eine anonyme Nachricht gelesen, die ihn wiederum auf elektronische Fußspuren gebracht hatte. Die Spur des schmutzigen Geldes war zwar nur schwach sichtbar, aber sie hatte sie genau hierhergeführt, auf dieses Dach.

Richard Hardys wichtigster Klient war ein Mann namens Benito Del Sarto, und Jacks Nachforschungen hatten ergeben, dass Del Sarto – dem äußeren Anschein nach – ein erfolgreicher Geschäftsmann war, der seine Finger in vielen unterschiedlichen Unternehmen hatte, von Öl bis zu Textilimporten.

Doch das war noch nicht alles. Del Sarto war auch einer der größten Waffenhändler des Landes. Sechzig Prozent der illegalen Waffen in Großbritannien wurden von ihm beschafft. Jack waren fast die Augen aus dem Kopf gefallen, als er auf diese Information gestoßen war. Doch im Augenblick interessierte sich Jack nicht für Waffen – er wollte von Del Sarto etwas anderes.

Und dazu brauchten Charlie und er nur Hardys Benutzernamen und sein Passwort.

Monatelang hatte Jack mit den anderen zusammen Pläne geschmiedet, sie waren Leuten gefolgt und hatten sich die Gegend angesehen. Er hatte sich jede mögliche Eventualität bis ins kleinste Detail überlegt. Das war *seine* Gabe. Oder sein Fluch.

»Jack!«, zischte Charlie und unterbrach seinen Gedankengang.

Er setzte wieder das Fernglas an und richtete seine Aufmerksamkeit auf die Straße unter sich. Am Eingang des Bürogebäudes stand ein zehnjähriges Straßenkind. Ihre Kleidung war zerrissen und schmutzig. Sie trug einen schäbigen Mantel mit Kapuze, einen blauen Schal und Wollhandschuhe. Die Arme hatte sie um den Körper geschlungen und wiegte sich hin und her, um sich warm zu halten.

Gelegentlich streckte sie den Passanten die Hand entgegen, doch keiner blickte auch nur in ihre Richtung. Sie wussten, dass sie da war. Natürlich wussten sie es. Sie wussten es immer. Doch sie hatten gelernt, Menschen wie sie auszublenden. Die Obdachlosen. Die Bedürftigen.

Jack sah Charlie an.

Sie spähte durch ihr eigenes Fernglas. »Oh nein!«

»Was ist?«, fragte Jack.

»Er ist zu früh!«, sagte Charlie und deutete nach unten.

Jacks Magen verkrampfte sich. Er hoffte, dass Slink rechtzeitig bereit sein würde. Er schaute wieder zur Straße und beobachtete, wie ihr Zielobjekt in diesem Moment auf das Millbarn-Haus zuging.

Richard Hardy hatte kurzes braunes Haar und war glatt rasiert. Er trug einen schwarzen, maßgeschneiderten Anzug und eine rote Seidenkrawatte. An seinem Handgelenk prangte eine Rolex President aus achtzehnkarätigem Gold, verziert mit dreißig Karat Diamanten. Zuletzt wanderte Jacks Blick zu seinen Schuhen. Tanino Crisci. Maßgefertigt. Schwarzes Leder. Teuer.

Geldsack.

Hardy schritt hocherhobenen Hauptes einher. Selbst sein Gang wirkte arrogant.

Ein paar Meter vor dem Eingang des Gebäudes trat das obdachlose Mädchen auf ihn zu. Sie sagte etwas und hielt ihm die Hand mit dem dicken Handschuh hin. Hardy zuckte zurück und versuchte, um sie herumzugehen, doch das Mädchen verstellte ihm den Weg. Mit großen, flehenden Augen streckte sie immer noch die Hand entgegen.

Hardy grunzte verärgert, als er erkannte, dass ihm das Mädchen wohl nicht ausweichen würde. Widerwillig kramte er in seiner Tasche, fischte eine Münze heraus und warf sie ihr in die ausgestreckte Hand.

Ihre Augen leuchteten auf und sie strahlte ihn an.

Hardy zwängte sich an ihr vorbei und eilte, ohne sich noch einmal umzusehen, durch die Glastüren in das Bürogebäude.

Jack richtete sein Fernglas wieder auf das Mädchen, das die Straße entlangrannte und in einer engen Gasse gegenüber stehen blieb. Die Münze hielt sie immer noch in der behandschuhten Hand wie einen kostbaren Kunstgegenstand. Mit der anderen

Hand griff sie in die Tasche und zog etwas hervor, das wie ein Taschenrechner aussah.

Das Mädchen drückte auf einen Knopf und über dem schmalen Display tauchte ein weißer Lichtstreifen aus. Sie fuhr mit dem Gerät ein paarmal über die Münze und sah dann direkt zu Jack und Charlie auf.

»Habt ihr es?«, erklang ihre helle Stimme in Jacks Kopfhörer.

Charlie machte sich an die Arbeit und ein paar Klicks später hatte sie das Bild der Münze auf ihrem Bildschirm. »Filter anwenden.« Das Bild wechselte die Farbe, verwandelte sich in ein Negativ und dann traten die charakteristischen Linien von Richard Hardys Fingerabdruck hervor.

»Ich hab's«, sagte Charlie ins Mikro und grinste. »Gute Arbeit.«

Wren, das kleine Mädchen, strahlte sie an. »Danke!«

»Geh zum Treffpunkt wie besprochen, ja?«

»Okay.«

Wren wandte sich um und hüpfte die Gasse entlang, bis sie aus dem Blickfeld der anderen verschwand.

Jack suchte die Fassade gegenüber mit dem Fernglas ab.

»Phase drei«, murmelte er.

Volle sechzig Sekunden verstrichen, doch von Slink war nichts zu sehen.

»Wo steckt er? Uns läuft die Zeit davon!«, meinte Jack und sah Charlie fragend an. Doch die zuckte nur mit den Schultern.

»Obi, verbinde uns mal mit Slink.«

Ganz plötzlich tönte ohrenbetäubender Lärm durch Jacks Kopfhörer und ließ ihn vor Schmerz fast aufschreien. Schnell legte er eine Hand über sein Mikro, um seine Trommelfelle vor der Dubstep-Attacke zu schützen.

»Slink!«

Die Musik wurde ein wenig leiser und er konnte Slinks Lachen hören. Slink liebte Dubstep – was Jack nie verstehen würde. Das Heulen, Kreischen und Pfeifen hatte für ihn nichts mit richtiger Musik zu tun. Vielleicht musste man zwölf Jahre alt sein, um so etwas gut zu finden.

»Wo bist du?«, fragte er.

»Fast da«, entgegnete Slink, der nicht mal außer Atem schien.

Jack ließ das Fernglas wieder über die Front des Millbarn-Gebäudes gleiten und entdeckte ihn ein paar Stockwerke unter dem Dach.

Slink war völlig schwarz gekleidet und kletterte

mit weit ausgebreiteten Armen und Beinen wie eine Spinne an der steilen Hauswand hoch. Er befand sich mindestens sechzig Meter über dem Boden und hielt sich nur kraft seiner Fingerspitzen und mit dem Grip seiner Schuhsohlen an den schmalen Fenstersimsen. Nach weiteren atemberaubenden Minuten hatte Slink schließlich den Rand des Daches erreicht und zog sich nach oben.

Jack stieß die Luft aus.

»Du musst dich beeilen, Slink. Hardy ist zu früh gekommen.«

Slink sah sich einen Moment lang um. »Unglaublich.«

Dann duckte er sich und schoss wie eine Kugel über das Dach. Er sprang über einen aus dem Boden ragenden Lüftungsschacht, machte einen Satz über eine niedrige Mauer und kam schließlich vor einer Tür zu stehen.

Dort zog er ein flaches Etui hervor und öffnete den Reißverschluss. Eine Reihe von Einbruchswerkzeugen befanden sich darin. Slink wählte zwei davon und machte sich damit am Schloss der Tür zu schaffen.

Jack ließ das Fernglas sinken. »Wo ist Hardy?«, fragte er Obi. Doch am anderen Ende blieb es stumm. »Obi?«

»Im Aufzug.«

»Wie lange noch, bis er in seinem Büro ist?«

Eine weitere kurze Pause folgte.

»Ich würde sagen, maximal zwei Minuten.«

Jack legte die Hand über sein Mikro und sah Charlie an. »Wird das reichen?«

Charlie schaute durch ihr Fernglas zum Dach gegenüber. »Wie läuft es, Slink?«

»Das funktioniert nicht«, ächzte Slink, während er das Schloss mit einem Spanner bearbeitete.

»Du schaffst das«, versicherte ihm Charlie. »Mach einfach, was ich dir gezeigt habe.«

»Ich kann nicht… es geht nicht…« Ein Knacken ertönte. »Nein! Jetzt ist er abgebrochen!«

»Es ist noch einer in der Tasche«, sagte Charlie und versuchte, trotz ihrer Nervosität Ruhe zu bewahren.

»Sechzig Sekunden.«

Slink zog ein weiteres Werkzeug aus der Tasche und stocherte erneut vorsichtig in dem Schloss herum.

Jack spürte, wie sich ihm die Brust zusammen schnürte, doch er wusste, dass seine Aufregung im Vergleich zu der von Slink relativ gering sein musste. Wenn er diese Tür nicht aufbekam, dann… *Game over.*

»Nein, nein, nein!«

»Stop«, befahl Charlie.

»Was?«

»Ich sagte aufhören, Slink.«

Jack senkte das Fernglas und starrte sie an. »Was soll das?«

Die Zeit war fast um.

Charlie ignorierte ihn. »Vertrau mir, Slink.«

»Dreißig Sekunden«, ertönte Obis Stimme.

Jack fluchte leise und setzte das Fernglas wieder an die Augen.

Slink liefen Schweißperlen über das Gesicht. Er zog den Dietrich aus dem Schloss, trat zurück und wischte sich mit dem Ärmel über die Stirn.

»Mach die Augen zu«, verlangte Charlie. »Tief durchatmen.«

Jack hörte, wie Slink tief Luft holte, und atmete unwillkürlich im gleichen Takt mit.

»Hardy ist in zwanzig Sekunden da«, meldete sich Obi. »Was macht ihr da eigentlich?«

»Klappe, Obi«, zischte Charlie. »Du hilfst uns gerade gar nicht.« Wieder etwas ruhiger fragte sie: »Fertig, Slink?«

Slink machte die Augen auf, trat zur Tür und steckte den Dietrich ins Schloss.

»Fünfzehn Sekunden.«

In Jacks Ohr erklang ein Klicken, als sich das Schloss öffnete.

Slink zerrte die Tür auf, griff in die hintere Hosentasche, holte ein U-förmiges Gerät hervor und eilte hinein.

»Zehn... fünf...«

»Fertig!«, meldete Slink.

Grinsend schob Charlie Jack das Tablet hin.

Dort öffnete sich ein Fenster und eine Reihe von Zahlen flimmerte über den Monitor. Das Gerät, das Slink soeben in die Netzwerksteuerung des Gebäudes eingesetzt hatte, loggte sich direkt in die Rechner im ganzen Haus ein. Alles, was sie jetzt taten, würde das System auf Hardys Computer zurückführen.

Slink hätte das Gerät nicht früher einsetzen können, denn sobald das System ein Absinken der Signalstärke verzeichnete, würde es automatisch eine Warnung an einen Techniker verschicken. Indem sie es bis zur letzten Minute aufschoben, verschafften sie sich etwas Zeit. Sie hatten jetzt zwanzig Minuten, um zu bekommen, was sie wollten. Dann würde der Techniker kommen, herausfinden, was passiert war, und Alarm schlagen.

Jack schaltete zum Live-Bild von Hardys Büro. In diesem Moment trat Richard Hardy ein und setzte sich an seinen Schreibtisch vor dem Fenster. Er sah äußerst selbstzufrieden aus. Jack wünschte, er könnte ihm diesen Ausdruck vom Gesicht wischen.

Als Charlie ihm erklärt hatte, wie diese Hardware funktionierte, hatte er nicht nur über ihr Wissen gestaunt, sondern auch über die Tatsache, dass sie in der Lage war, ein solches Gerät zu bauen.

Um Richard Hardys Computerbildschirm sehen zu können – der dem Fenster abgewandt war –, hatte sie das Spezialteleskop entwickelt. Es hatte die präzisen Maße der Chromvase mit einem Laser abgetastet und es mit einem hoch aufgelösten Bild der Spiegelung in der Vase kombiniert. Dadurch erhielten sie ein flaches Bild des Raumes, als hätten sie einen Spiegel hinter Richard Hardy montiert.

Charlie richtete das Teleskop aus und zoomte so weit wie möglich in die Vase. Jack stellte erleichtert fest, dass die Software fehlerfrei funktionierte. Jetzt konnten sie die Tastatur und über Hardys Schulter hinweg auch den Monitor klar erkennen. Mehr brauchten sie nicht.

Auf dem Bürobildschirm erschien ein Log-in-Fenster. Jack drückte auf die Aufnahmetaste. Zuerst gab Hardy seinen Benutzernamen und sein Passwort ein, dann legte er seinen Finger auf einen biometrischen Scanner.

Jack hielt die Aufzeichnung an und spulte sie zurück. Die Teleskopkamera hatte jeden Tastendruck festgehalten. Er nahm sein Handy aus der Tasche und verband es mit dem Tablet. In einem weiteren Fenster öffnete er den gleichen Bildschirm, auf dem sich gerade Hardy eingeloggt hatte, und machte dessen Eingaben nach.

Benutzername: *Blue Strike.*

Passwort: *Dollar.*

Ein neues Fenster erschien.

Biometrische Verifizierung erforderlich.

Darunter blinkte der Cursor.

Jack holte sich das Bild von Hardys Fingerabdruck und kopierte es.

Verifiziert.

Jack verharrte mit dem Finger über der Eingabetaste. Er musste geduldig sein.

Nach einer gefühlten Ewigkeit loggte sich Hardy schließlich aus, stand auf und verließ sein Büro.

»Vielen Dank für die Hilfe, Idiot«, murmelte Jack und machte sich ans Werk. Auf seinem Monitor tauchte die Banking-Seite auf. Kontostand: zwei Millionen dreihunderttausend.

Dieses Geld würde nur ein paar Tage auf dem Konto liegen, doch das war mehr als genügend Zeit, denn Jack brauchte kaum eine Minute für sein Vorhaben. Er klickte auf Überweisungen, trug Codes und Kontonummern ein und ließ das Referenzfeld frei.

Als er begann, die Summen einzugeben, musste er lächeln: eine Million und dann fünfzigtausend. Doch bevor er die Enter-Taste drücken konnte, schnappte Charlie ihm das Notebook weg.

»So viel können wir nicht nehmen, Jack, das ist gierig!«

Sie tippte den Betrag erneut ein, eine Million und eintausend Pfund, und drückte auf »Senden«, bevor Jack mit ihr diskutieren konnte.

Der Browser kehrte zum Hauptmenü zurück und überprüfte den Kontostand. Hardy und sein Freund Del Sarto waren gerade um eine Million Pfund ärmer geworden.

Jack zog das Verbindungskabel des Telefons, nahm die SIM-Karte heraus, brach sie entzwei und warf die beiden Hälften vom Dach.

Charlie schraubte das Teleskop auseinander und legte alles wieder in ihre Gürteltasche.

Sie sahen einander kurz an. Sie hatten es geschafft. Ihre Planung hatte sich ausgezahlt. Eine weitere Aufgabe war erledigt.

Jack legte die Hand über sein Mikro.

»Slink, sieh zu, dass du da wegkommst.«

»Ich bin schon fast zu Hause«, bekam er zur Antwort.

»Äh, Jungs«, erklang plötzlich Obis ängstliche Stimme.

»Was ist?«

»Wir haben ein Problem. Ich schicke es euch.«

Auf dem Netbook erschien ein Bild und zeigte eine Live-Aufnahme von der Überwachungskamera in der Gasse unter ihnen. Dort hatte ein zweiter Wachmann den ersten gefunden und half ihm auf die Füße. Nach einer kurzen Unterhaltung suchte der erste Mann seine Waffe und sie liefen beide ins Gebäude.

»Na, toll«, fand Jack, packte das Tablet ein und steckte es in seine Hüfttasche.

»Gibt es noch andere Ausgänge?«, erkundigte sich Charlie.

Als Jack den Kopf schüttelte, sah sie nach hinten und meinte: »Dann gibt es nur einen Weg.«

»Habe ich dir schon mal gesagt, dass ich unter Höhenangst leide?«, stöhnte Jack.

»He«, erwiderte Charlie, die sich gerade die Tasche an den Gürtel hängte, »war doch deine Idee, weißt du noch?«

Sie schien sich sogar zu freuen.

»Jaaa«, gab Jack zu, während er seine eigene Ta-

31

sche an seinem Bein befestigte, »aber ich wollte das nur als letzten Ausweg nutzen.«

Die Tür zum Dach flog auf.

»Ich würde sagen, genau das ist es auch.«

Charlie drehte sich um, rannte quer über das Dach und stieß sich von der Kante ab.

Die Sicherheitsleute blieben mit offenem Mund und weit aufgerissenen Augen wie erstarrt stehen. Doch keine Sekunde später kam wieder Bewegung in sie und sie richteten ihre Waffen auf Jack.

»Keine Bewegung, Junge!«

Ohne zu überlegen, drehte sich Jack um und raste los, so schnell er konnte.

Hinter ihm erklangen Schüsse, doch es war zu spät – er sprang vom Rand des Daches ins Leere.

Die paar Sekunden freier Fall reichten nicht für ein Gebet zu irgendeinem Gott, der vielleicht zuhörte. Jack zog die Reißleine und der plötzliche Ruck ließ seinen Kopf zurückfliegen.

Als er hochsah, bemerkte er erleichtert, dass sich der schwarze Fallschirm problemlos geöffnet hatte.

Nachdem er die erste Freude darüber, noch am Leben zu sein, verdaut hatte, packte Jack die Steuerseile und sah sich nach Charlie um. Der kalte Wind brannte ihm in den Augen und ließ ihn nur verschwommen sehen, aber von links konnte er deutlich hören, wie sie vor Vergnügen quiekte.

Jack zog an den Steuerseilen und lenkte seinen Schirm in die gleiche Richtung. Charlies Gestalt glitt zwischen den Gebäuden herab und er folgte ihr.

Vor ihnen lag der Park. In Anbetracht ihrer Flugbahn und des Windes war ihr Abstiegswinkel gut, sie würden satt mitten im Park landen. Hoffentlich eher sanft und nicht ganz so satt.

Polizeisirenen zerrissen die Nacht. Als Jack den Kopf drehte, sah er gerade noch die Blaulichter mehrerer Polizeiautos hinter ihnen herrasen. Er schrie zu Charlie hinüber, doch sie hörte ihn nicht.

Ein plötzlicher Windstoß trieb Jacks Fallschirm nach rechts gegen eine Fassade, in deren Fensterscheiben sein Spiegelbild immer größer wurde.

Erschrocken schrie er auf und zerrte an den Steuerseilen. In letzter Sekunde schwenkte der Fallschirm ab, streifte aber das Gebäude. Mit leisem Rauschen glitt die Seide über das Glas der Fensterfront. Nach ein paar weiteren entsetzlichen Sekunden hatte Jack die Kontrolle wieder, war jetzt aber völlig von seinem Kurs abgekommen.

Gleichzeitig merkte er, dass die Polizeiwagen direkt hinter ihm waren und schnell aufholten.

Wie viel mochte die Entfernung vom Rand des Parks bis zu ihrer Landezone betragen? Dreißig Meter? Die Polizisten müssten am Parkeingang halten und von dort zu Fuß weitergehen. Jack überschlug schnell, was das bedeutete. Sie hatten etwa sechzig Sekunden Zeit, ihre Fallschirme einzusammeln und zu flüchten.

Er versuchte über seinen Kopfhörer Charlie zu

erreichen, doch sie antwortete nicht. Aber es war gar nicht nötig, sie zu warnen, dass sie sich beeilen mussten, aber darum hätte er sich keine Sorgen machen müssen, denn sie sah sich laufend um. Offensichtlich hatte auch sie gemerkt, dass die Polizei hinter ihnen her war.

Charlie glitt über die Bäume am Parkrand und verschwand aus seinem Blickfeld.

Auch Jack hatte die Bäume erreicht. Er zog die Beine an, doch es reichte nicht. Sein Fuß verfing sich in einem Zweig, und einen Augenblick später hing er hilflos unter dem Fallschirm, dessen Leinen sich verdrehten. Plötzlich ertönte ein lautes Knacken, bei dem ihm fast das Herz stehen blieb. Glücklicherweise war es der Zweig und nicht sein Bein.

Seine Jeans verhakte sich in einem anderen Ast, wodurch er nach vorne fiel und schließlich hart auf dem Boden aufkam. Er rollte sich ab, um den Aufprall abzumindern, doch es war schon zu spät. Ein heftiger Schmerz fuhr ihm in die Knie, die Hüften und bis in den Rücken. Dann segelte der Fallschirm zu Boden und über ihm wurde alles dunkel.

Heftig atmend presste Jack die Augenlider zusammen und bemühte sich, nicht vor Schmerz zu schreien. Zumindest lebte er noch.

Einen Augenblick später hörte er die Reifen der

35

Polizeiwagen quietschend vor dem Prakeingang anhalten.

Jack versuchte seine schmerzenden Beine zu befreien, doch sie waren in den Leinen verheddert.
Schließlich gab er sich geschlagen, legte sich auf
den Rücken und hoffte, dass Charlie es geschafft
hatte.

Er hatte gerade wieder die Augen geschlossen, als
er spürte, wie etwas an den Leinen des Fallschirms
zog. Mit einem reißenden Geräusch öffnete sich die
Seide über ihm.

Träge blinzelte Jack ins Mondlicht.

»Charlie? Was machst du denn da?«

»Ich lasse dich nicht allein«, verkündete sie. Eine
Klinge blitzte auf, als sie die Leinen durchtrennte
und den Fallschirm aufschnitt.

Im Hintergrund hörte Jack die Polizei rufen. Er
wollte Charlie wegstoßen. »Los! Mach, dass du hier
wegkommst!«

»Sei still!«, fuhr Charlie ihn an.

Nach ein paar gezielten Schnitten hatte sie seine
Beine befreit.

Jack wand sich mit einem Schulterzucken aus seinem Geschirr und Charlie zog ihn hoch. Er jaulte vor
Schmerz auf, aber zumindest schien nichts gebro-
chen.

Überall um sie herum flackerten Taschenlampen auf, als sie durch die Büsche hasteten.

Charlie nahm Jack an der Hand und sie eilten zum Bootshaus am See. Dort duckten sie sich gerade noch rechtzeitig hinter eine niedrige Mauer, bevor drei Polizisten an ihnen vorbeiliefen.

»Die sind hier irgendwo«, sagte einer von ihnen, der schon ein wenig außer Atem zu sein schien.

Jack und Charlie blieben ganz still und warteten. Erst als sie weit genug weg waren, spähte Jack über die Mauer.

Fünfzehn Meter von ihnen entfernt war ein Gulli.

Fünfzehn Meter.

Das würden sie nie schaffen.

Jack ließ seinen Blick durch den Park schweifen, auf der Suche nach einem anderen Ausweg. Die Polizisten hatten alle Ausgänge gesperrt und verteilten sich jetzt, um das Gelände systematisch abzusuchen.

Sie saßen in der Falle.

Jack duckte sich wieder hinter die Mauer und versuchte einen klaren Kopf zu bekommen, doch der Schmerz in seinen Beinen lenkte ihn ab. Er massierte seine Muskeln und schloss die Augen.

»Jack?«, flüsterte Charlie.

»Ich denke nach.«

Vor seinem geistigen Auge betrachtete er den Park von oben. Zaun, drei Eingänge, die Polizeiautos und ihre möglichen Positionen sowie ihr Ziel – die Einstiegsluke. Wie konnten sie dorthin kommen, ohne gesehen zu werden?

Jack überlegte, ob sie einfach drauflosstürmen sollten, doch es war eine klare Nacht und der Mond schien, da hatten sie keine Chance, schon gar nicht mit seinen steifen Beinen.

Nein, sie brauchten ein Ablenkungsmanöver. Dann konnte wenigstens Charlie entkommen.

Ein paar Sekunden später hatte er eine Idee.

Er riss die Augen auf und sah Charlie an. »Gib mir deine Tasche«, verlangte er.

Charlie löste die Tasche von ihrem Gürtel und reichte sie ihm. Er zog den Reißverschluss auf und nahm das Teleskop heraus.

»Tut mir leid«, sagte er zu Charlie und begann, das Ende aufzuschrauben.

»He!«, beschwerte sich Charlie. »Was machst du denn da?«

»Keine Angst, ich mache es nicht kaputt«, beruhigte er sie, doch garantieren konnte er es nicht. Jack nahm den Deckel ab und ließ vorsichtig Kamera und Laser herausgleiten.

Er hatte zugesehen, wie Charlie das Gerät zusammengebaut hatte, und wusste genau, was er brauchte. Er machte den Laser mitsamt Batterie ab und legte den Rest des Teleskops wieder in die Tasche, die er Charlie gab.

Vorsichtig peilte Jack noch einmal über die Mauer. Rechts von ihm waren vier Polizisten, nur ein paar Meter entfernt. Vor ihnen lag eine offene Rasenfläche und dahinter stand eine Bank vor ein paar Büschen. Das musste reichen.

Jack stellte den Laser auf die Mauer und richtete ihn, durch die Spalten in der Rücklehne der Bank, auf die Büsche dahinter. Dann schaltete er das Gerät ein.

Augenblicklich ließ der grüne Lichtstrahl die Blätter erstrahlen.

Jack sah zu den vier Polizisten hinüber. Sie hatten noch nichts bemerkt, daher schwenkte er den Strahl ein wenig nach rechts und links, bis er schließlich ihre Aufmerksamkeit erregt hatte. Er beobachtete, wie einer von ihnen darauf zeigte, den Finger an die Lippen legte und seinen Kollegen bedeutete, sich aufzuteilen.

Gut. Sie gingen offensichtlich davon aus, dass in den Büschen etwas leuchtete. Dass die Lichtquelle ganz woanders war, hatten sie nicht erkannt.

Langsam schlichen die Polizisten sich an die Büsche heran.

Dumm wie Katzen.

Charlie grinste.

Als nach seiner Schätzung die Beamten weit genug weg waren, schaltete Jack den Laser aus.

»Los!«

Charlie half ihm über die Mauer und sie rannten zum Gullideckel. Jack kniete sich hin und zog ihn hoch.

Charlie kletterte vor ihm die Metallleiter hinunter. Dann stieg Jack ein, schob von unten leise den Deckel wieder an seinen Platz und kam am Ende der Leiter neben Charlie an, die ihre Taschenlampe einschaltete. Sie standen in einem großen, geziegelten Abwassertunnel, der zu beiden Seiten von einem schmalen Gehweg gesäumt war.

Jack machte seine eigene Taschenlampe vom Gürtel los und ließ sie auch aufleuchten.

»Komm«, forderte er Charlie auf. Er wollte so viel Abstand wie möglich zwischen sie und die Polizisten bringen. Bestimmt würden sie sich stundenlang die Köpfe darüber zerbrechen, wohin Jack und Charlie wohl verschwunden waren.

Nur das Patschen ihrer Schuhe war zu hören, als sie weitergingen. Der Geruch hier unten störte sie nicht mehr, sie hatten sich daran gewöhnt.

An einer Tunnelkreuzung wandten sie sich nach

rechts. In der Ferne tauchten zwei weitere Lichter auf. Jack pfiff ihren Code: drei Töne – einer kurz und tief, einer hoch und der letzte dazwischen und lang.

Die drei kurzen Pfeiftöne als Antwort bedeuteten, dass ihnen Freunde entgegenkamen, und gleich darauf erkannten sie im Halbdunkel die Gesichter von Slink und Wren.

Wren sah gleichzeitig nervös und aufgeregt aus. Sie wippte von einem Bein aufs andere und verknotete ihre Hände.

»Alles in Ordnung?«, erkundigte sich Charlie. Wren nickte.

Charlie strich ihr über die blonden Locken.

»Du warst toll.«

Wren lächelte.

»Dann lasst uns mal hier verschwinden«, schlug Jack vor. Je schneller sie zu Hause waren, desto eher konnte er seinen verletzten Muskeln Ruhe gönnen und nachsehen, ob er noch weitere Schäden davongetragen hatte.

»Warte!«

Charlie reichte Jack ihre Tasche und bog dann in den Tunnel ab, der nach rechts führte.

»Wohin gehst du?«

»Lebensmittel!«

»Gott sei Dank!«, seufzte Slink. »Obi hat mich schon wahnsinnig gemacht.«

»Der macht uns alle wahnsinnig«, bemerkte Jack und folgte den anderen in den linken Tunnel.

Zwanzig Minuten später gelangten sie in einen U-Bahnschacht und standen auf dem Bahnsteig der Bradbury-Station – einem stillgelegten Bahnhof. Von der Decke bröselten Farbe und Putz in großen Brocken und die Haupttreppe hatte sich aufgelöst. Jetzt blieben nur noch die Schlitze in den Betonmauern, in denen einst die Stufen gesteckt hatten.

Die Wandreste waren mit Fliesen bedeckt, auf denen verblasste Poster aus den fünfziger Jahren klebten. Auf einigen wurde für Filme geworben, von denen Jack noch nie gehört hatte, wie *Zu viele Gauner*, *Des Pudels Kern* oder *Manche mögen's heiß*. Obwohl Jack keinen der Filme je gesehen hatte, erkannte er doch den Star des letzten – Marylin Monroe.

Tiefes Grollen kündigte einen nahenden Zug an. Im Dunkeln würde sie zwar wahrscheinlich niemand von den Fahrgästen sehen können, doch möglicherweise der Fahrer, daher versteckten sie sich hinter einer Säule. Wren hielt sich die Ohren zu, so ohrenbetäubend hallte das Getöse von den Wänden wider.

Ein warmer Windstoß fegte durch den Tunnel, ließ Müll auffliegen und brachte den Geruch nach Öl mit sich. Die Räder ließen knisternd Funken von den Gleisen aufsprühen und die Lichtblitze aus den Fenstern warfen gespenstische Schatten um sie herum. Jack sah von ihrem Versteck aus die Fahrgäste vorbeiflitzen. Geschäftsleute, die ihre Zeitung lasen, Studenten mit Kopfhörern, Mütter, die ihre ungezogenen Kinder im Zaum zu halten versuchten. Es waren Menschen mit normalen, langweiligen Leben, die nicht wussten, dass Jack und die anderen überhaupt existierten. Diese Leute hatten keine Ahnung von der Welt, die nur wenige Meter von ihnen entfernt versteckt war.

Als der Zug durchgerauscht und es wieder sicher war, überquerten Jack, Slink und Wren die Gleise. Auf der anderen Seite des Bahnsteigs befand sich eine rostige Metalltür, die in den Angeln quietschte, als Slink sie aufmachte.

Dahinter gelangten sie in einen langen Wartungsgang, an dessen Ende Slink die Falttür eines hölzernen Fahrstuhls öffnete und hineinging.

Jack wusste, dass der Aufzug mindestens hundert Jahre alt war. Die Kabine war total wurmstichig und

43

so morsch, dass es den Anschein hatte, sie könne bei der leisesten Berührung auseinanderfallen.

Wren betrachtete den Lift unsicher und wandte sich dann an Jack. »Können wir nicht den anderen Weg nehmen?«

»Nicht von hier aus.«

Doch sie hatte recht. Der Fahrstuhl sah nicht so aus, als würde er auch nur einen von ihnen tragen, geschweige denn drei. Allerdings hatte er einen stabilen Stahlrahmen.

»Es ist sicher, glaub mir«, versuchte Jack sie, so gut es ging, zu beruhigen.

Wren zögerte noch ein paar Sekunden, dann holte sie tief Luft und stieg ein, wobei sie bei jedem Schritt vorsichtig die Tragfähigkeit des Bodens prüfte. Drinnen packte sie Jack am Arm. »Meinst du wirklich, dass dieses Ding sicher ist?«

»De-fi-ni-tiv«, bestätigte Jack im Brustton der Überzeugung, als handle es sich um ein Hightech-Gerät, bei dem nicht die geringste Möglichkeit eines Versagens bestand. Charlie wäre stolz auf ihn gewesen – er log immer besser.

Slink zog die Tür zu und drückte auf einen großen grünen Knopf an der Wand.

Mit einem heftigen Rucken setzte sich der Lift nach unten in Bewegung. Wren klammerte sich an

Jack. Langsam machte sie auch ihn nervös. Mehrere unangenehme Minuten lang fuhren sie nach unten. Als sie mit einem dumpfen, aber beruhigenden Rums unten ankamen, seufzte Wren erleichtert auf.

Slink öffnete die Tür und sie stiegen nacheinander aus.

Ein gemauerter Bogen führte in den nächsten Tunnel. Die Luft darin war feucht und kalt. Das Geräusch ihrer Schritte und das Tropfen von Wasser hallte von den Wänden wider. Von der Decke hingen kegelförmige Lampen, die schwache Lichtkreise auf die Pflastersteine warfen.

Am Ende des Ganges war eine schwere Metalltür. Von ihrer Oberfläche blätterte die Farbe ab und gab den Blick auf Rost auf dem blanken Metall frei. Slink packte den großen Griff und zog die Tür auf. Jack bedeutete Wren voranzugehen.

Jetzt standen sie in einem kleinen Raum, an dessen gegenüberliegender Wand sich eine weitere Tür befand. Er erinnerte Jack immer an eine Luftschleuse, wie man sie aus Raumschiffen kennt. In der rechten oberen Ecke blinkte das rote Licht einer Überwachungskamera. Slink winkte in die Kamera und gab an einer Tastatur an der Wand einen Zahlencode ein. Mit einem Zischen glitt die Tür auf.

Dahinter lag ein riesiger Raum mit gemauerten

45

Säulen. Offensichtlich war es während des zweiten Weltkriegs ein geheimer Schutzbunker gewesen. Er verfügte über eigene Dieselgeneratoren und Lüftungsschächte bis zur Oberfläche.

Der Hauptbunker war in vier Bereiche geteilt. Rechts lag eine Küche mit einer Frühstücksbar, einem großen Kühlschrank im amerikanischen Stil und ein Elektroherd. Es gab sogar ein Spülbecken mit fließendem Wasser. Charlie hatte einmal versucht, die Wasserleitungen bis zu ihrer Quelle zurückzuverfolgen, hatte aber schließlich aufgegeben. Soweit sie wusste, kam das Wasser aus irgendeiner Hauptleitung.

Neben der Küche war ihr Essbereich. Charlie bestand darauf, dass sie alle mindestens einmal die Woche dort zusammen aßen.

Auf der linken Seite des Bunkers – gegenüber der Küche – war der Wohnbereich. Dort stand ein großer Flachbildfernseher, den sie auf dem Müll gefunden hatten, und ein DVD-Player, den Charlie aus einem Container gerettet und repariert hatte. Zwei Sofas waren einander gegenüber angeordnet und auf dem Boden lagen verteilt mehrere Sitzsäcke.

Über dem Fernseher war in riesigen Buchstaben STREET WARRIORS an die Wand gemalt. Diesen Namen hatte Slink ihrer zusammengewürfelten

Gruppe gegeben. Sie wohnten in der Stadt, und was sie so anstellten, war schon recht abenteuerlich. Daher passte der Name Street Warriors irgendwie.

Neben dem Wohnbereich befand sich die Spielzone mit Spielautomaten, und gegenüber, in der rechten oberen Ecke des Bunkers, lag die »Obi-Zone« – ein Chaos aus Kabeln und Computern. Mitten in diesem Wirrwarr prangte ein umgebauter Zahnarztstuhl. Ringsum waren LCD-Monitore an den Wänden angebracht. Über jedes Display flimmerten die Bilder von verschiedenen Überwachungskameras in London.

In dem Stuhl selbst thronte Obi, ein Junge, der so fett war, dass er über die Seiten des Sessels hinausquoll.

»Hi«, begrüßte er die ganze Truppe und sah sie der Reihe nach an. »Habt ihr was zu essen mitgebracht?«

»Nein.«

Obi ließ die Schultern hängen.

Anders als bei Jack, Slink, Charlie und Wren waren Obis Eltern Besitzer einer Art Werbeagentur gewesen und hatten Geld gehabt. Richtig viel Geld. Zumindest, bis ihr Flugzeug abstürzte. Ihre Leichen waren nie gefunden worden.

Obis Onkel wurde sein Vormund, übernahm das Familiengeschäft und machte Obi das Leben zur

Hölle. Schließlich zwang er ihn, das Haus zu verlassen, und schickte ihn in das Kinderheim, in dem auch Jack und Charlie wohnten.

Zuerst war Obi wegen seiner Figur von den anderen Kindern gehänselt worden, doch das hatten Jack und Charlie schnell unterbunden.

Slink ging zur Küche. »Willst du etwas zu trinken, Jack?«

»Ja, gerne.« Jack ließ sich mit einem tiefen Seufzer auf eines der Sofas fallen und rieb sich die schmerzenden Beine.

»Und was ist mit dir, Wren?«, erkundigte sich Slink. »Wir haben Limonade.«

Wren hatte sich an der Frühstücksbar niedergelassen und nickte lächelnd. Sie war das neueste Mitglied der Street Warriors. Charlie war eines Nachts auf sie gestoßen. Unter einem Haufen Decken hatte sie zusammengerollt vor einem Obdachlosenasyl gelegen.

Jack fand das irgendwie ironisch.

Charlie sagte, Wren hätte ausgesehen wie ein Vögelchen in seinem Nest. Eigentlich hieß sie Jenny, aber da Charlie alles liebte, was mit den Beatles zu tun hatte – weil ihr Vater früher immer ihre Musik gespielt hatte –, hatte sie Jenny nach dem Paul-Mc-Cartney-Song »Jenny Wren« Wren getauft.

Wren sah auf. »Warum nennen sie dich Obi?«

Obi richtete sich in seinem Stuhl auf. »Das ist aus *Star Wars* – Obi-Wan Kenobi.« Stolz reckte er das Kinn vor. »Obi-Wan war ein Jedi-Meister wie ich.«

Slink warf Wren eine Dose Limonade zu und Jack die nächste.

»Das stimmt nicht ganz. Es ist die Kurzform für *Oh, bist du endlich still, du Spinner!*«

Obi griff nach einer leeren Dose neben seinem Stuhl und zielte damit auf Slink. Slink schlug ein Rad, um ihr auszuweichen, und hechtete in elegantem Bogen über das Sofa.

Obi griff nach einem weiteren Wurfgeschoss, hielt jedoch inne, wahrscheinlich, weil ihm klar geworden war, dass er kaum eine Chance hatte, diesen spinnenartigen Ninja-Affen je zu treffen. Er ließ die Dose fallen und widmete sich seinen Monitoren.

Er hatte sich in die Überwachungskamera des Gebäudes eingehackt, auf dem Jack und Charlie zuvor gewesen waren, und beobachtete jetzt, wie die Sicherheitsleute das Schloss an der Tür untersuchten.

Jack schaltete den Fernseher ein und suchte einen Nachrichtenkanal.

»So schnell kann da nichts sein«, meinte Obi. Vermutlich lag er damit richtig. Es würde Tage dauern, bis ihr neuestes Abenteuer es in die Nachrichten schaffte, wenn überhaupt. »Wie viel war es denn?«

»Eine Million«, sagte Jack.

»Ja, das weiß ich auch. Ich meine, wie viel haben wir bekommen?«

Jack zog den Kopf ein. »Tausend.«

»Was?«, schrie Obi. »Das ist alles?«

Jack nickte, aber Charlie hatte recht gehabt. Sie durften nicht zu gierig werden. Es war vollkommen ausreichend bis zu ihrem nächsten Job. Das einzige Problem war nur, dass Jack keine Ahnung hatte, was dieser nächste Job sein sollte. Er war der Kopf hinter der Gruppe. Jeder von ihnen hatte sein eigenes Spezialgebiet und seines war die Planung ihrer Coups.

Jack setzte sich kerzengerade auf. Die Nachricht hatte sich doch schneller herumgesprochen, als Obi gedacht hatte. Verdammt schnell. Sie hatten ihre Aufgabe vor kaum einer Stunde erledigt und schon wurde darüber berichtet.

»He, Leute!« Er fischte nach der Fernbedienung und stellte lauter.

Vor einem Kinderkrankenhaus stand eine Reporterin.

»...ist dies die dritte mysteriöse Spende innerhalb der letzten sechs Monate.« Sie wischte sich eine Haarsträhne aus dem Gesicht. »Die Summe ist etwa doppelt so hoch wie beim letzten Mal – eine Million Pfund.«

Jack warf den anderen einen triumphierenden Blick zu und sie grinsten zurück.

»Wie die anderen Male auch kam die Spende aus einer anonymen Quelle. Die Behörden sowie die betroffenen Wohlfahrtseinrichtungen rätseln, wer hinter diesen großzügigen Spenden steckt.« Mit einem schelmischen Lächeln verneigte sie sich Richtung Kamera. »Doch mögen sie noch lange so weitergehen.« Dann richtete sie sich wieder auf und schloss: »Dies ist Susan Cross, BBC News, vor dem Great Ormond Street Hospital, London.«

»Großzügig, genau«, grollte Obi ein wenig verärgert über die Tatsache, dass für sie selbst so wenig herausgesprungen war.

»Wer bekommt denn die nächste ›Spende‹?«, wollte Slink wissen.

Jack zuckte mit den Achseln. Sie hatten klein angefangen, mit ein paar Pfund hier und da, doch jetzt landeten sie mittlerweile die ganz großen Coups. Sie konnten das Leben von Menschen tatsächlich verändern. Den Reportern waren natürlich erst die letzten Spenden aufgefallen – die letzten drei –, weil sie so hoch waren. Jack grinste zufrieden und machte den Fernseher wieder leiser.

Nur nehmen, was andere brauchen, war ein Motto der Street Warriors. Sie nahmen schlechten Menschen Geld weg und gaben es Leuten, die es dringender brauchten. Sie bemächtigten sich der Vermögen von Waffenhändlern, Räubern, Gangstern und gaben es an Krankenhäuser, Wohlfahrtseinrichtungen und Betreuer. Das betrachteten sie nicht als Stehlen, sondern eher als »Umverteilung von Vermögen«. Man verteilte den Reichtum ein wenig gerechter. Daran war doch nichts Schlimmes, oder?

Slink hatte einmal behauptet, sie seien so etwas wie eine moderne Robin-Hood-Bande, aber Jack glaubte kaum, dass mal jemand etwas über sie schreiben würde. Außerdem waren grüne Strumpfhosen nicht so sein Ding.

Die Tür öffnete sich und Charlie trat mit mehreren Einkaufstüten ein. Obis Augen leuchteten auf, als sie sie auf den Esstisch stellte. Wren sprang auf und half ihr beim Auspacken.

»Das nächste Mal bist du dran«, erklärte Charlie Jack gequält. »Ich hasse es, den ganzen Kram hierherzuschleppen.«

»Wir können ja liefern lassen.«

»Ach ja?« Charlie zog eine Augenbraue hoch. »Und du meinst, sie haben ›geheimer Unterschlupf unter London‹ in ihrem GPS?«

Jack zuckte mit den Achseln. »Wäre einen Versuch wert.«

Obi schnaufte ungeduldig. Charlie reichte ihm einen Salat, den er angewidert betrachtete. »Was ist das denn?«

»Fang gar nicht erst an«, verlangte Charlie. »Du musst...«

»Ich muss was?«

»Es ist nur...«

»Nur was?«

»Wir hatten das doch schon, Obi«, seufzte Charlie und sah ihn streng an. »Iss es einfach.«

Obi verstummte. Charlie wusste genau, wie sie ihn nehmen musste, und dafür bewunderte Jack sie. Sie waren alle wie Geschwister, denn sie hatten schon so viel zusammen erlebt. Mit Wren waren die Street Warriors jetzt zu fünft, und das bedeutete, dass die tausend Pfund, die sie gerade bekommen hatten, nicht so lange reichen würden wie bisher.

Jack musste ein neues Ziel ausfindig machen. Und zwar bald, damit er mit der Planung anfangen konnte.

Charlie warf ihm ein Sandwich zu und setzte sich ihm gegenüber aufs Sofa. »Was ist los mit dir?«

»Nichts.« Warum nur musste sie ihn immer durchschauen?

53

Charlie zog eine Augenbraue hoch. »Los, spuck's aus!«

»Wir sind dieses Mal beinahe geschnappt worden.«

»Na und?«

»Ich hätte besser planen müssen.«

Jetzt kam Jack in den Genuss eines strengen Blickes von Charlie. »Es war perfekt, Jack. Deine Pläne sind immer perfekt.«

»Es war nicht perfekt.« Jack musste sich beherrschen, um sich seinen Unmut nicht anmerken zu lassen. »Diese Cops hätten uns fast geschnappt.«

Er sah zu Wren und Slink hinüber, die zusammen am Esstisch saßen. Slink half Wren bei ihren Matheaufgaben. Da sie nicht mehr zur Schule ging, hatte Charlie darauf bestanden, dass sie ihr abwechselnd alles beibrachten, was sie wussten.

Jack seufzte. In einem Paralleluniversum hätten sie fast eine normale Familie sein können.

»Jack?«

Er sah Charlie wieder an und sagte leise: »Es ist nur… wenn ihnen irgendetwas passiert…«

Charlie schnaubte verächtlich.

»Was?«

»Jetzt hör dich doch mal selbst an. Demnächst willst du noch Pantoffeln und eine Pfeife.«

Jack sah sie stirnrunzelnd an. »Wir haben jetzt Verantwortung.«

Charlie verdrehte die Augen. »Nein, haben wir nicht. Sieh dich doch mal um, Jack. Wir leben in einem geheimen Bunker. Wir können tun, was wir wollen und wann wir es wollen.« Sie deutete in die hinterste Ecke des Raumes. »Wir haben sogar einen Flipperautomaten.«

Jack grinste. Es war einer ihrer besten Funde gewesen. Sie hatten ihn immer nur ein paar Meter am Stück bewegen können und höllisch aufpassen müssen, dass keiner der Streifenpolizisten, die die Gegend kontrollierten, auf sie aufmerksam wurde. Es war unglaublich mühselig gewesen, aber es hatte sich gelohnt.

»Kopf hoch!«, ermunterte ihn Charlie, lehnte sich zurück und biss in ihr Sandwich.

Jack sah über ihre Schulter hinweg, wie Obi von seinem Platz aus mit einem mechanischen Greifer eine der Einkaufstüten durchsuchte, die sie auf dem Tisch stehen gelassen hatte. Slink und Wren waren zu sehr in ihre Aufgaben vertieft, um zu bemerken, was er tat. Zuerst angelte er eine Tüte Äpfel. Unzufrieden mit diesem Fang legte er die Tüte weg und startete einen neuen Versuch. Dieses Mal wurde er mit einer Packung Geleedonuts belohnt. Er leckte sich die Lippen, balancierte die Donuts zu sich und riss die Packung auf.

Jack sah Charlie wieder an. Sie hatte recht, er brauchte Aufmunterung.

»Und?«, erkundigte sich Charlie. »Was ist unser nächstes Ziel?«

Ja, dachte Jack. *Da wäre noch dieses kleine Problem.* »Ich weiß es noch nicht.«

»Ich hätte eins«, verkündete Obi mit vollem Mund.

Charlie drehte sich um, doch Obi schaffte es, den Bissen herunterzuwürgen und die Donuts zu verstecken, bevor sie es bemerkte.

»Du hast ein Ziel?«, fragte sie mit Zweifel in der Stimme.

Slink sah vom Mathematikbuch auf. »Wieder eine deiner verrückten Ideen, einen Supermarkt zu überfallen?«

»Nein!«, entgegnete Obi verärgert.

»Was dann?«

Einen Moment zögerte Obi, sah sie der Reihe nach an und sagte dann: »P.R.O.T.E.U.S..«

Alle außer Wren stöhnten gleichzeitig auf. Sie hatte keine Ahnung, was P.R.O.T.E.U.S. war. Jack beneidete sie darum – in diesem Fall war Unwissenheit definitiv ein Segen.

Slink verdrehte die Augen wie jedes Mal, wenn Obi das Thema ansprach.

»Nicht schon wieder!«, regte er sich auf.

Obi sah ihn entrüstet an.

»P.R.O.T.E.U.S. ist real!«

Obwohl Jack anderer Meinung war, musste er Obi doch dafür bewundern, dass er so hartnäckig an etwas festhielt, an das er glaubte. Selbst wenn es blödsinnig war – so wie Ufos oder Kobolde. Oder noch besser, Kobolde, die in Ufos herumflogen. Wahrscheinlich glaubte Obi auch daran.

Obi war davon überzeugt, dass die US-Regierung in den vierziger Jahren in Roswell ein fremdes

Raumschiff gefunden hatte, das sie seitdem nach-
zubauen versuchte. Er sah sich zahllose Dokumen-
tationen zu diesem Thema an und war Mitglied in
mehreren Online-Foren zu diesem Thema. Jack war
erstaunt, wie viele Menschen wie Obi es auf der
Welt gab.

Sie hatten darüber schon zigmal diskutiert, mit
dem immer gleichen Ergebnis: Obi begann damit,
dass er darauf beharrte, irgendetwas sei real. Die
anderen behaupteten das Gegenteil. Obi regte sich
auf, Charlie musste ihn trösten und so weiter... Es
war jedes Mal das Gleiche.

Jack kam auf einmal der Gedanke, dass Obi diese
Streitereien nur anfing, um Charlies Aufmerksamkeit zu bekommen. Es würde ihn nicht überraschen.

Dann kam jetzt wohl sein Einsatz. Es hatte keinen
Sinn, Obi die paar Minuten von Charlies Zeit zu ver-
weigern.

»P.R.O.T.E.U.S. ist eine Legende, Kumpel.«

»Ist es nicht«, erklärte Obi überzeugt.

Das war nichts Neues.

Slink warf dramatisch die Hände hoch und ging
weg. »Du bist verrückt!«

»Bin ich nicht!«

Slink wirbelte herum, verschränkte die Arme und
sah Obi an, als wollte er sagen: *Ach, nein?*

58

»Obi, mein Lieber«, begann Charlie sanft.

Jetzt kommt's, dachte Jack.

»P.R.O.T.E.U.S.«, sagte Charlie und holte tief Luft, »gibt es nicht.«

»Was ist P.R.O.T.E.U.S.?«

Alle Blicke wandten sich Wren zu. Sie kaute an einem Stück Erdbeerlakritz und sah die anderen völlig verständnislos an.

»Das ist ein Quantencomputer«, sagte Obi, als würde das alles erklären.

Wren machte ein Gesicht. »Und was ist das?«

»Ein Computer, der seine Berechnungen mithilfe von Quantenphysik und der Kraft von Atomen anstellt. Daher ist er wesentlich besser als jede bestehende Technologie«, leierte Jack herunter.

Fassungslos schweigend sahen ihn die anderen an.

»Das hast du doch bei Wikipedia gelesen, oder, Einstein?«, flüsterte ihm Charlie ins Ohr.

»Sehr lustig.«

Charlie sah Wren an.

»Was Mister Neunmalklug und sein überfressener Kumpel damit sagen wollen, ist, dass es sich um einen sehr leistungsstarken Rechner handelt, der bislang noch nicht erfunden wurde.«

Obi runzelte die Stirn und warf ein: »Der wurde schon erfunden. Er ist…«

59

Jack hob die Hand und unterbrach ihn.

»P.R.O.T.E.U.S. ist ein Gerücht, das unter naiven kleinen Programmierern verbreitet wird.« Dann wandte er sich an Obi.

»Bitte komm mal zum Punkt, damit wir weitermachen können«, verlangte er, auch wenn er keine Ahnung hatte, mit was er sich den Rest des Abends beschäftigen wollte.

»Na gut.« Obi drehte an einem Trackball an seinem Stuhl, woraufhin der Hauptmonitor vor ihm aufleuchtete. Er zeigte das Schwarz-Weiß-Bild einer Überwachungskamera in der Gasse, in der Jack und Charlie an diesem Abend gewesen waren. »Ich habe mir die Aufnahme angesehen, weil ich herausfinden wollte, warum sie das Schloss ausgetauscht haben, und dabei bin ich auf das hier gestoßen.«

Ein weißer Lieferwagen stieß rückwärts in die Gasse und drei Männer sprangen heraus. Einer schloss das Rolltor des Gebäudes auf, während die anderen beiden eine Kiste aus dem Lieferwagen holten. Sie hatten Mühe, sie ins Gebäude zu tragen, und verschwanden aus dem Blickfeld.

Jack sah die anderen an, die ebenso unbeeindruckt schienen wie er.

Obi spulte die Aufnahme fünfzehn Minuten weiter, bis die Männer wieder aus dem Gebäude kamen.

Sie hatten immer noch die Kiste dabei, doch war sie diesmal offensichtlich wesentlich leichter.

Die Männer schlossen ab, schoben die Kiste in den Lieferwagen und fuhren davon.

Mit triumphierendem Lächeln wandte Obi sich an die anderen. »Seht ihr?«

Sie runzelten die Stirn.

»Was genau sollen wir denn sehen?«, erkundigte sich Charlie.

Obi schnaubte verächtlich, als seien sie alle blind. Er fuhr die Aufnahme zurück zu dem Punkt, an dem die Männer die Kiste in den Wagen hoben, und hielt das Bild an.

»Da!«

»Was sollen wir denn sehen?«, wollte Jack wissen.

»Also los, Leute!«, verlangte Obi und vergrößerte das Bild von der Kistenwand. In das Holz war ein Logo eingebrannt. Es war eine Eins, die aussah wie ein Schwert.

»Moment mal.« Jack konnte den großen Zweifel in seiner Stimme nicht verbergen. »Willst du sagen, dass das P.R.O.T.E.U.S. ist?«

»Genau das will ich damit sagen«, erklärte Obi empört.

Er tippte ein paar Befehle in die Tastatur vor ihm

ein und auf den Bildschirmen tauchten Bilder auf. Auf allen war das gleiche Schwert-Logo zu sehen.

Während die Bilder vorbeiglitten, kommentierte Obi sie rasch: »P.R.O.T.E.U.S. – wurde zuerst vor sechs Monaten auf den Cerberusforen genannt. Zwei Wochen später wurde darüber gesprochen, dass Komponenten bestellt wurden.« Er deutete auf die Kopien eingescannter Quittungen. »Dann konnte Gyro ein Bild hiervon schießen.« Eine Blaupause tauchte auf dem Monitor auf. Es war der Teil einer Konstruktionszeichnung für ein Kühlsystem. Oben rechts befand sich das Logo und darunter die Aufschrift P.R.O.T.E.U.S.. Obi stieß den Atem aus und sah sie an. »Und?«

Charlie schüttelte den Kopf. »Ich weiß gar nicht, wo ich anfangen soll.«

»Wieso?«

Sie deutete auf die Zeichnung. »Wenn sie wirklich einen Quantencomputer haben, dann wäre der so groß wie ein Zimmer und bräuchte alle möglichen… jedenfalls mehr als das.«

»Laser«, warf Slink ein. »Solche Dinger haben immer Laser.«

»Egal was«, fuhr Charlie fort. »Sieh mal, Obi, was ich meine, ist, dass ein Quantencomputer nicht von zwei Männern in einer Kiste getragen werden kann. Das ist Unsinn.«

Obi seufzte. »Warum versteht das nur keiner?« Er sah sie an. »Findet ihr das nicht auch seltsam?«

»Ich finde es seltsam«, meldete sich Wren und wurde rot, als sich alle Blicke zu ihr wendeten. »Ich meine ja nur …«

»Und sie haben das Schloss ausgetauscht«, gab Obi zu bedenken.

»Na und?«, erwiderte Charlie stirnrunzelnd.

»Nein«, kam Jack plötzlich die Erkenntnis. »Obi hat recht!«

Er hatte noch keine Gelegenheit gehabt, herauszufinden, was das alles bedeutete, und musste es Obi überlassen, die Puzzleteile zusammenzufügen.

Slink lehnte sich an die Sofalehne und gähnte. »Kannst du das uns anderen auch mal erklären?«

»Na ja«, meinte Jack. »Es war ja auch plötzlich ein Wachmann da, wo zuvor keiner gewesen war.«

»Und«, ergänzte Charlie, »er hatte eine Waffe.«

Jack nickte. »Genau. Und das bedeutet, dass sie dort etwas bewachen wollen. Etwas Großes.«

»Also«, sagte Charlie mit einem Blick auf die Monitore, »was auch immer dieses Große ist …«

»P.R.O.T.E.U.S.«, murmelte Obi.

Charlie sah ihn böse an. »Was auch immer in dieser Kiste war, muss wichtig sein. Und diese Kerle sehen nicht gerade legal aus.«

»Besonders nicht, wenn sie Waffen haben«, fügte Wren hinzu.

Charlie sah Jack an und in ihren Augen lag die gleiche Aufregung wie in seinen. »Was meinst du?«

Jack lächelte und eine Welle neuer Hoffnung und Entschlossenheit durchströmte ihn.

Wenn diese Männer etwas bewachten, bedeutete es, dass es wertvoll war. Wenn es wertvoll war, dann konnten Jack und seine Freunde es vielleicht verkaufen oder zumindest verhindern, dass damit Schlimmes angerichtet wurde.

»Ich habe keine Ahnung, was in dieser Kiste war«, meinte er, »aber ich würde es gerne herausfinden.« Sein Lächeln wurde zu einem breiten Grinsen. »Lasst uns doch mal sehen, was für ein Spielzeug sie da haben.«

Am nächsten Abend um acht Uhr hatte sich die anfängliche Begeisterung bereits gelegt. Bis auf Obi natürlich – er war außer sich vor Freude, dass sie herausfinden wollten, was die Männer in das Gebäude gebracht hatten, da er immer noch felsenfest davon überzeugt war, recht zu haben.

Das Erste, was sie bei jedem Job machten, war, die

Überwachungskameras der Umgebung anzuzapfen und zu überprüfen, wer alles so kam und ging. Obi hatte alles noch vom Abend vorher parat, daher musste er lediglich die Monitore weiter beobachten. Bis jetzt war nichts geschehen.

Während er in der Küche etwas zu essen machte, dachte Jack darüber nach, ob sie vielleicht mit ihrer Aktion in der Nacht zuvor irgendjemanden von irgendeinem Vorhaben abgeschreckt haben könnten. Die Delikatesse des Tages war Pizza mit Schinken und Mais und Erdnussflips als Beilage, gefolgt von Schokoladeneis mit Streuseln.

Obi sah zu ihm hinüber und leckte sich die Lippen.

»Das da ist für dich«, deutete Jack auf eine Schüssel Salat.

Obi rümpfte die Nase. »Ich esse nicht noch mehr von dem Müll!«

»Du hast ihr versprochen, zehn Pfund abzunehmen!«

Obi stöhnte, da er sich offenbar an die Unterhaltung mit Charlie erinnerte. Jedem anderen hätte Obi wahrscheinlich gehustet, wohin er sich den Salat stecken konnte.

Jack nahm die beiden Pizzen aus dem Ofen und legte sie auf ein Schneidebrett.

»Würdest du die wohl bitte schneiden?«, forderte

er Slink auf und warf einen Blick auf die Uhr. Charlie war seit drei Stunden verschwunden, und es gab nur einen Ort, an dem sie sein konnte. Er verließ die Küche und lief einen Gang entlang.

Außer dem großen Gemeinschaftsraum verfügte der Bunker noch über elf kleinere Zimmer, sechs Schlafzimmer, den Generatorraum, den Elektroraum – der nicht größer war als ein Schrank –, ein Badezimmer und eine separate Toilette sowie Charlies Werkstatt.

Die Werkstatt selbst war drei Meter breit und zehn Meter lang. Von der Decke hingen Halogenstrahler und tauchten den Raum in Licht. Zu beiden Seiten verliefen Werkbänke. Linkerhand lagen darauf alle möglichen Elektrogeräte: Platinen, Teile aus alten Radios, Fernseher, Computer. In der Mitte des Durcheinanders befand sich unter einem Strahler eine Lötstation.

Auf der rechten Werkbank stapelten sich allerlei Metallgeräte: Schraubzwingen, Sägen, Bohrer, und an der Wand hing eine ganze Auswahl an Werkzeugen. Es gab sogar einen elektrischen Rollstuhl, den Charlie »modifiziert« hatte.

Für einen Außenstehenden sah die Werkstatt aus wie ein unordentliches Tohuwabohu. Charlie bezeichnete es als »organisiertes Chaos«.

Jack hatte zwar eine gewisse Ahnung davon, wozu die einzelnen Dinge gut waren, aber er war eher ein Denker als ein Macher.

Elektronik und Geräte konstruieren, das war Charlies Ding.

Charlies Mutter war bei ihrer Geburt gestorben. Jack hatte einmal ein Bild von ihr gesehen, das Charlie in einer Schublade verwahrte, und erkannt, woher Charlie ihr schwarzes Haar und ihr asiatisches Aussehen hatte, doch sie sprach selten von ihr.

Ihre auffallend grünen Augen hatte sie von ihrem deutschen Vater geerbt, doch das war längst nicht alles. Er war Mechaniker gewesen, und so war Charlie inmitten von Autos und Motorrädern aufgewachsen. Sobald sie alt genug gewesen war, einen Schraubenzieher zu halten, hatte sie Dinge auseinandergenommen: Motoren, Fahrräder, Fernseher. Mehr als einmal hatte ihr Vater sie davor bewahrt, einen Stromschlag zu erhalten, sich zu verbrennen oder sich schlimmere Verletzungen zuzuziehen.

Jack wusste, dass Charlie ihren Vater vermisste, denn jedes Mal, wenn sie von ihm sprach, wurde ihr Blick abwesend, als befände sie sich wieder mit ihm in seiner Werkstatt, oder er bei ihr. Meist wandte sie sich dann ab, weil ihr die Tränen kamen.

Jack ging zum anderen Ende des Raumes, wo Charlie über einem Tisch gebeugt saß.

Er ließ sich neben ihr auf einen Stuhl fallen und fragte: »Was machst du denn da?«

Charlie zuckte zusammen. »Jack! Das nächste Mal klopfst du, ja?« Sie warf ihm einen schuldbewussten Blick zu.

Jack betrachtete stirnrunzelnd den Laptop vor ihr. Charlie war auf einer Webseite – die *Dr.-Benjamin-Stiftung für vermisste Kinder.*

»Du weißt doch, dass meine Eltern tot sind, oder?«, fragte er.

»Ich suche doch nicht nach *dir*«, erwiderte Charlie und scrollte weiter nach unten zu einer Liste von Kindern und Familien.

»Nach wem suchst du dann?«

Charlie zögerte und schaute zur Tür.

»Lass mich raten«, meinte Jack. »Wren. Du suchst nach ihren Eltern, nicht wahr?«

»Nur nach einem«, entgegnete Charlie und scrollte durch die Liste.

Die Tür im Blick, senkte Jack die Stimme und sagte: »Hat sie dir ihre Geschichte erzählt?«

»Teilweise.«

Charlie schwieg lange, als müsse sie überlegen, ob sie weiterreden sollte. Schließlich stieß sie die Luft aus und wandte sich zu ihm. »Wrens Eltern haben sich getrennt, bevor sie geboren wurde. Ihre Mutter hat ihrem Vater verboten, Wren je zu sehen. Sie sagte, sie wolle nicht, dass er irgendetwas mit ihr oder ihrem Baby zu tun hat.«

»Klingt hart.«

Charlie zuckte mit den Achseln. »Wir haben alle unser Päckchen zu tragen.«

Das stimmte wohl. Charlies Vater war von einem unzufriedenen Kunden erschossen worden. Er hatte keine Chance gehabt.

Und Jack? Seine Eltern starben bei einem Autounfall, als er drei Jahre alt war. Er hatte mit ihnen im Auto gesessen, konnte sich aber an nichts mehr erinnern.

»Und«, fragte er, »wie ist Wren denn auf der Straße gelandet?«

»Eines Tages kam sie von der Schule nach Hause und fand ihre Mutter auf dem Sofa. Sie hat nicht mehr geatmet und sie konnte nichts für sie tun.«

Jack verzog das Gesicht, als er sich diese Szene vorstellte.

Charlie lehnte sich zurück. »Der Sozialdienst ist gekommen und hat das Übliche getan. Sie haben versucht, ihren Vater zu finden.«

»Sie haben ihn nicht gefunden?«

Charlie schüttelte den Kopf. »Wrens Mutter hatte keinerlei Angaben zu dem Kerl hinterlassen. Selbst auf der Geburtsurkunde stand ein falscher Name.«

»Warum?«, wunderte sich Jack.

Charlie zuckte mit den Achseln. »Keine Ahnung.« Sie räusperte sich und fuhr fort: »Auf jeden Fall haben sie sie in ein Kinderheim gesteckt. Niemand wollte sie aufnehmen, bla, bla.«

»Okay.«

Hinter dieser Geschichte musste noch mehr stecken. Warum sollte ein süßes Kind wie Wren keine Pflegeeltern finden?

»Da war ein älteres Mädchen... Tracy Irgendwie. Sie hat Wren immer schikaniert, verstehst du?«

Jack nickte. Er kannte das nur zu gut. Es war schwer, in einem Kinderheim aufzuwachsen. Verständlicherweise hatten viele der Kinder Probleme.

»Also ist sie weggelaufen?«

»Ja.«

»Und so hast du sie gefunden?«

»Ein paar Wochen später.«

»Wochen?«, fragte Jack überrascht. »Wie hat sie überlebt?«

»Betteln. Und sie ist ein geschickter Taschendieb.«

Jack deutete auf den Laptop. »Und wozu die Seite für vermisste Kinder?«

»Ich dachte, vielleicht hat ihr Vater irgendwie er-
fahren, was passiert ist, und versucht möglicherweise, seine verlorene Tochter zu finden.«

Jack zog eine Augenbraue hoch. »Das ist aber weit
hergeholt.«

Charlie sah auf den Bildschirm. »Ich weiß.«

»Vielleicht ist er ja auch tot.«

»Vielleicht. Aber wenn er nicht nach ihr sucht,
dann auf jeden Fall das Sozialamt. Man kann es ja
mal probieren.« Sie wandte sich zum Computer und
begann den Bildschirm herunterzuscrollen. Ein paar
Minuten später sagte sie: »Ich hab's!«

Jack neigte sich zu ihr, um auf den Bildschirm zu
sehen. In der Mitte stand Wrens richtiger Name.

Jennifer Jenkins

Tatsächlich. Das Sozialamt suchte nach Wren.

»Und was jetzt?«, fragte Jack.

»Vielleicht kann ich eine Spur von ihrem Vater finden. Ich muss es bekannt machen. Ich will sehen, ob
jemand nach ihr sucht. Einen Namen finden. Eine
Adresse. Irgendetwas.« Sie sah auf den Monitor und
dann zu Jack. »Sag ihr nichts.«

Jack hob abwehrend die Hände.

»Ich sage gar nichts.«

»He, Leute!«

Charlie knallte den Laptop zu und wirbelte herum. In der Tür stand Slink. Er wirkte aufgeregt.

»Was ist los?«, fragte Jack.

»Obi hat etwas.«

Im Gemeinschaftsraum schnappten sich Jack und Charlie ein Stück kalte Pizza und alle versammelten sich um Obi. Er hatte das gleiche Überwachungsbild auf dem Monitor wie vorher, aber jetzt tat sich dort etwas. Jede Menge sogar.

Mehrere Laster und Lieferwagen waren in die Gasse gefahren, in der geschäftiges Treiben herrschte. Das Rolltor war oben und gut zwanzig Männer schleppten Kartons hin und her.

Mit einem Gabelstapler wurden weitere Kisten aus einem Laster geladen.

Jacks Eingebung war richtig gewesen. Hier ging es um etwas Großes.

»Was ist das alles?«, wunderte sich Charlie.

»Man bereitet sich auf den dritten Weltkrieg vor?«, schlug Jack vor.

Slinks Augen leuchteten auf. »Meinst du, es sind Waffen?«

»Was auch immer das ist, es ist bestimmt keine Büroeinrichtung«, meinte Jack und richtete seine Aufmerksamkeit auf den Bildrand, wo am Ende der Gasse ein schwarzer Geländewagen mit abgetönten Scheiben parkte.

Zwei Männer und eine Frau stiegen aus dem Auto. Sie trugen schwarze Anzüge und Sonnenbrillen. Das hier war England – da braucht eigentlich kaum jemand je eine Sonnenbrille, und schon gar nicht nachts.

»Oh nein«, entfuhr es Jack. Ihm wurde flau.

»Was ist?«, fragte Charlie.

»Game over.«

Jack ging zum Wohnbereich und ließ sich resigniert auf eines der Sofas fallen.

»Was ist over?«, wollte Charlie wissen und setzte sich ihm gegenüber.

Er wedelte mit der Hand zum Bildschirm hinter ihm. »Das sind Agenten der Regierung.«

»Nur im Film«, lachte Slink. »Im echten Leben ziehen sie sich nicht so an.«

»Tun sie wohl.«

»Das ist lächerlich.«

»Aber wenn ich es doch sage«, beharrte Jack. »Weißt du, warum sie diese Sonnenbrillen tragen?«

»Weil sie Vampire sind«, vermutete Obi.

»Nein, weil die Gesichtserkennungssoftware der Überwachungskameras nicht funktioniert, wenn sie Sonnenbrillen tragen. Die erkennt Gesichtsmuster und die Sonnenbrillen verhindern das.«

»Wieso sollte es sie kratzen, wenn sie erkannt werden?«, wunderte sich Slink.

»Damit sie sich unerkannt bewegen können. Die Software ist ja nicht nur der Regierung zugänglich. Jeder kann sie benutzen. Selbst die Schurken verwenden sie, um nach Agenten oder Feinden zu suchen.«

»Und was macht es, wenn diese Kerle Agenten sind?«, fragte Obi. »Wir können doch trotzdem…«

»Vergiss es«, verlangte Jack. »Auf keinen Fall wollen wir etwas mit der Regierung zu tun haben.«

Außerdem glaubte ja sowieso keiner von ihnen an P.R.O.T.E.U.S., fügte er im Geiste hinzu. Außer Obi natürlich.

Jetzt waren die Karten neu gemischt. Was in diesen Kisten und Schachteln steckte, gehörte nicht den Bösen. Schlimmer. Es gehörte der Regierung.

Jack wollte gerade vorschlagen, dass sie aufgeben und sich ein anderes Ziel suchen sollten, als Obi sie noch einmal rief.

Die Laster und Lieferwagen standen zwar noch in der Gasse, aber die Leute waren alle weg.

»Wo sind sie denn?«, fragte Charlie.

Obi deutete auf das Rolltor. Im Gebäude sah man schemenhafte Gestalten. Die Überwachungskamera hatte allerdings den falschen Winkel, um zu sehen, was dort vor sich ging.

Charlie wandte sich an Jack. »Du willst mir doch nicht erzählen, dass du kein bisschen neugierig bist?«

Jack schüttelte den Kopf.

»Jack«, versuchte Slink es vorsichtig. »Lass mich doch mal nachsehen gehen.«

»Auf keinen Fall.«

»Ich passe auch auf.«

»Niemals.«

»Ich habe eine Idee«, erklärte Charlie und eilte den Gang hinunter. Gleich darauf kam sie in Kapuzenshirt und schwarzer Lederjacke wieder. Sie hatte sich etwas auf die Schulter geschnallt und hängte sich eine Batterie an den Gürtel.

»Was ist das?«, fragte Wren.

»Eine Kamera. SIM sieben!«, rief sie Obi zu und sah Jack an. »Ich mache ganz schnell. Rein, raus, weg.«

»Du gehst nicht.«

Charlie ignorierte ihn. »Obi?«

Obi gab ein paar Befehle ein und der Hauptbildschirm schaltete sich ein. Er zeigte den Bunker aus der Sicht von Charlies Schulterkamera.

Jack packte sie am Arm. »Du gehst *nicht*!«

»Jack!«, widersprach Charlie ernst. »Wenn du ein besseres Ziel vorschlagen kannst…« Sie brach ab.

Jack zögerte und ließ sie dann los. »Na gut. Wie du meinst.«

Wenn sie unbedingt wollte, konnte er nichts dagegen unternehmen. Er konnte ihr nichts befehlen. Sie waren ein Team. »Aber sei vorsichtig«, seufzte er.

Charlie zwinkerte: »Immer. Fertig?«, fragte sie Obi.

Obi hielt den Daumen hoch, und Charlie rannte zur Tür, die sich zischend vor ihr öffnete.

Die anderen betrachteten den großen Monitor. Er zeigte das Bild von Charlies Kamera, während sie durch die Tunnel lief und der Strahl ihrer Taschenlampe auf den Wänden tanzte.

Jack hatte kein gutes Gefühl bei der Sache.

Zwanzig Minuten später kletterte Charlie die Metallleiter zum Park hinauf. Langsam hob sie den Gullideckel an und spähte hinaus. Der Park war dunkel und verlassen. Lautlos ließ sie sich ins Gras gleiten.

Nach einem weiteren Blick in den Park lief sie

den Hauptweg entlang Richtung Eingang. Sie rannte über die Straße und hielt sich dicht an den Gebäuden. Ein paar Häuserblocks weiter wurde sie langsamer und zog sich, den Rücken zur Wand, in den Schatten zurück. Die anderen konnten ihren schnellen Atem über die Lautsprecher hören.

Etwa eine Minute später blickte Charlie vorsichtig um eine Ecke in die Gasse. Die Laster und Lieferwagen waren noch da, aber von den Leuten keine Spur.

Jetzt tauchte Charlie auf den Schwarz-Weiß-Bildern der Überwachungskamera auf Obis Bildschirm auf.

»Können die Regierungsagenten Charlie auch auf ihren Monitoren sehen?«, fragte Jack Obi.

Obi schüttelte den Kopf. »Die sehen eine Aufzeichnung von früher. Sie ist sicher.«

Charlie duckte sich hinter einem Lieferwagen, um wieder zu Atem zu kommen.

Jack nahm das Mikrofon »Charlie?«, sagte er.

»Ja?«

»Sei vorsichtig.«

Das unangenehme Gefühl wollte einfach nicht weichen.

Nach einer kleinen Pause antwortete Charlie: »Alles klar. Sie müssen drinnen sein.« Sie linste hinter dem Lieferwagen hervor. Vor ihr lag das offene

Rolltor. Aus dem Raum dahinter fiel Licht auf den Asphalt, in dem sich Schatten bewegten. »Ich kann drinnen immer noch nichts sehen«, flüsterte sie. »Ich muss näher ran.«

»Charlie!«, warnte Jack.

Plötzlich erloschen die Bilder der Überwachungs-kameras und auf dem Monitor war nur noch stati-sches Geflimmer zu sehen.

»Charlie?«

»Was ist?«

»Raus da, sie haben dich erwischt!«

Charlies Kameraansicht schwenkte hin und her. »Hier ist aber niemand«, flüsterte sie.

»Aber ich sage es dir doch«, drängte Jack. »Hau schon ab!«

Charlie stöhnte verärgert.

»Na gut.«

In gebückter Haltung lief sie um den Lieferwagen herum und erstarrte. Die Agentin kam direkt auf sie zu. Charlie wirbelte herum und versuchte zu flüch-ten, doch hinter ihr war plötzlich ein weiterer Agent aufgetaucht. Aus Charlies Sicht wirkte er riesig – über eins neunzig und gebaut wie ein Panzer. Char-lie versuchte, an ihm vorbeizuschlüpfen, doch er be-kam sie zu fassen und hielt sie fest, wie sehr sie sich auch wehrte.

Ein dritter Agent baute sich vor ihnen auf und betrachtete sie über den Rand seiner Sonnenbrille hinweg. Stirnrunzelnd blickte er in die Kamera, dann riss er sie Charlie von der Schulter. Der Bildschirm wurde schwarz.

Jack starrte auf den Monitor und verfluchte seine Nachgiebigkeit. Es war seine Schuld. Er hätte Charlie daran hindern müssen, zu gehen. Sie hätte das Risiko nicht eingehen dürfen.

Er blickte gerade noch rechtzeitig auf, bevor Slink sich seine Jacke von einer Stuhllehne schnappte und zur Tür lief. Jack rannte ihm nach und packte ihn am Arm.

»Was hast du vor?«

»Was glaubst du denn?« Slink versuchte, sich freizumachen, doch Jack ließ ihn nicht los. »Lass mich!«

»Wir müssen darüber nachdenken.«

»Wie nachdenken?«, wollte Slink wissen und lief rot an. »Wir haben keine Zeit, um das hier zu planen. Wer weiß, was sie ihr antun werden.«

»Sie werden ihr nichts antun.«

»Wieso nicht?«, fragte Slink finster.

»Lässt du mich es erklären, wenn ich dich loslasse?«

Slink starrte ihn einen Moment lang nur weiter an, dann entspannte er sich. »Du hast fünf Minuten, dann gehe ich ihr nach.«

Jack ließ ihn los und drehte sich um. Wren und Obi sahen ihn beide mit blassen Gesichtern an.

»Vor ein paar Jahren«, begann Jack, während er auf und ab lief, »haben Charlie und ich einen Pakt geschlossen. Wir haben uns versprochen, dass wir, falls einer von uns bei einer solchen Aktion geschnappt wird, den anderen verpfeifen.«

Slink runzelte die Stirn. »Und was soll das für einen Sinn haben?«

»So verteilt man die Schuld«, erklärte Obi.

»Genau«, nickte Jack.

»Das verstehe ich nicht«, bekannte Wren.

»Charlie ist doch auf frischer Tat ertappt worden. Sie haben die Schulterkamera gesehen. Sie wissen also, dass sie nicht allein arbeitet. Sie wird ihnen von mir erzählen und sagen, dass wir gemeinsam versucht haben einzubrechen.«

»Glaubst du, dass sie etwas über P.R.O.T.E.U.S. sagen wird?«, fragte Obi.

»Dann würden sie sie für blöd halten«, murmelte Slink, worauf Obi ihm einen giftigen Blick zuwarf.

Jack tigerte weiter auf und ab und versuchte dabei, sich in Charlies Lage zu versetzen. »Sie wird sich irgendeinen Grund ausdenken, warum wir uns für das Gebäude interessieren. Vielleicht, um herauszufinden, ob es dort etwas gibt, was wir stehlen können.«

»Wir verschwenden nur unsere Zeit, Jack«, grollte Slink.

Jack hob die Hand und dachte weiter nach. »Sie wird ihnen sagen, dass sie nicht allein gearbeitet hat. Das bedeutet, dass sie abwarten werden, ob ich komme, um sie zu retten.«

»Und von uns anderen wissen sie nichts«, sagte Wren.

Jack blieb stehen. Er musste es ihr lassen – Wren war ziemlich helle. »Was wiederum heißt, dass wir einen Vorteil haben«, lächelte er.

Slink warf Obi und Wren einen Blick zu und brummte: »Na, das ist vielleicht ein Vorteil.«

»Wir können da nicht einfach reinplatzen«, wandte Jack ein. »Wir brauchen einen Plan. Haben wir noch die Pläne von der letzten Mission?«

Slink ging zu einem Schrank im Spielbereich und machte die untere Schublade auf, aus dem er einen seiner Zeichenblöcke nahm.

Am Esstisch blätterte er die Seiten durch, bis er

die Skizzen von dem Gebäude fand, die er vor ein paar Monaten angefertigt hatte.

Jack betrachtete sie.

»Das ist gar nicht cool«, bemerkte Obi und deutete auf mehrere dunkle Monitore. »Sie haben die ganze Gegend abgeschaltet. Jetzt sind alle Überwachungskameras aus.«

»Erkunden?«, fragte Slink Jack.

Jack nickte. Ihnen lief die Zeit davon. Charlie brauchte sie *jetzt*.

Slink sprang auf und knöpfte sich die Jacke zu.

»Los geht's!«

Als sie an dem Gebäude ankamen, blieb Jack abrupt stehen und deutete auf das Nachbarhaus. Er eilte mit Slink hinüber. Das Erdgeschoss hatte große Glastüren, durch die sie in die Eingangshalle sehen konnten. An der Rezeption hatte ein Wachmann die Füße auf den Tresen gelegt, hielt den Kopf gesenkt und hatte die Augen geschlossen.

Jack zog sich zurück und nickte zum Schloss hin.

Slink nahm seine Tasche mit den Einbruchwerkzeugen aus der Jackentasche und machte sich an die Arbeit. Mit einem Dietrich stocherte er im Schloss herum und gleich darauf drehte er den Spanner. Das Schloss klickte auf.

»Du wirst immer besser«, stellte Jack fest.

Grinsend öffnete Slink die Tür und die beiden huschten hindurch.

Auf Zehenspitzen schlichen sie durch das Foyer auf die Treppe zu, wobei sie den schnarchenden Wachmann sorgfältig im Auge behielten.

Als sie die Hälfte der Strecke zurückgelegt hatten, ächzte der Wachmann. Jack und Slink erstarrten mitten in der Bewegung wie zwei Pantomimen. Der Wachmann rutschte auf seinem Stuhl hin und her, furzte geräuschvoll und schnarchte weiter.

Jack legte die Hand über den Mund, um den aufsteigenden Lachreiz zu unterdrücken. Jetzt besser keinen Blick zu Slink riskieren. Sie befanden sich hier in einer höchst gefährlichen Situation und ihn schüttelte es vor lautlosem Lachen.

Jack riss sich zusammen, gerade lange genug, um durch die Tür zur Treppe zu hasten, wo er keuchend nach Luft rang.

Auf dem Dach angekommen eilten sie zum Rand und äugten vorsichtig über die niedrige Mauer. Ihr

Zielgebäude war genauso hoch und so hatten sie freien Blick.

»Wie breit ist die Lücke?«, fragte Jack.

Slink zog ein Lasermessgerät aus seiner Innentasche, schaltete es ein und zielte damit auf das Nachbargebäude. Auf der Wand gegenüber tauchte ein roter Punkt auf und Slink sah auf die Anzeige. »Sieben Meter dreißig.«

Jack runzelte die Stirn. »Kannst du so weit springen?«

Slink starrte hinüber. »Werden wir ja sehen.«

Jack zuckte zusammen. Der Gedanke daran, dass Slink zwanzig Stockwerke in die Tiefe stürzte, war nicht gerade beruhigend. Aber fürs Erste mussten sie davon ausgehen, dass er es schaffte.

Jack suchte das Dach gegenüber ab. Es schien genauso wie beim letzten Mal, als sie dort gewesen waren, bis auf... Er nahm eine Bewegung war.

»Was ist das?«

Er holte sein kleines Fernglas aus der Tasche und hielt es ans Auge. Über dem Ausgang zum Dach hing eine Überwachungskamera, wo vorher keine gewesen war. Sie musste im Laufe des Tages angebracht worden sein. Und was noch schlimmer war, sie hatte einen Motor, mit dem sie hin und her schwenkte.

»Oh nein!«

»Was?«

Jack reichte Slink das Fernglas.

»Oh.«

»Ja«, antwortete Jack. »Das ist ein Problem.«

»Und es wird noch schlimmer«, meinte Slink, gab ihm das Fernglas zurück und deutete auf einen Lüftungsschacht in der rechten Ecke des Gebäudes.

Jack stöhnte auf. Auf einem stählernen Pfosten war eine weitere motorisierte Kamera angebracht, die sich ebenfalls hin und her bewegte. Mit beiden Kameras waren alle Bereiche des Daches abgedeckt. Es gab weder einen Weg zur Tür noch einen zum Lüftungsschacht.

Jack bemerkte ein Datenkabel, das zu beiden Kameras führte. Das konnte nur bedeuten, dass sie von Computern gesteuert wurden. So musste man nicht einmal einen Bildschirm überwachen – jede Bewegung würde Alarm auslösen. Und so wie die Kameras aussahen – teure, hochauflösende Geräte – meinte es jemand ernst damit.

Jack ging die Alternativen durch, suchte nach einem anderen Weg ins Gebäude, doch so schnell fand er keine Lösung. Der Haupteingang kam nicht infrage. Der Nebeneingang in der Gasse wurde überwacht. Die Fenster waren modern mehrfach verglast und jetzt war auch noch das Dach gesichert.

Sie steckten in Schwierigkeiten.

Er ließ das Fernglas sinken und setzte sich mit dem Rücken zur Wand. Slink hatte den gleichen niedergeschlagenen Gesichtsausdruck.

»Leute«, erkundigte sich Obi über den Kopfhörer. »Was ist denn los?«

»Sie haben Kameras.«

»Oh.«

»Genau das habe ich auch gesagt«, bestätigte Slink. »Und die bewegen sich auch noch.«

»Die bewegen sich?« Obis Stimme kletterte eine Oktave höher. »Wirklich? Du meinst, sie haben Motoren?«

»Ja«, bestätigte Jack.

»Juhu!«, schrie Obi.

Jack und Slink zuckten zusammen. Sie konnten Obi über den Kopfhörer fast hyperventilieren hören.

»Was ist denn los mit dir?«, fragte Jack.

»Sie haben einen Riesenfehler gemacht, Leute.«

Jack und Slink sahen sich fragend an.

Obi erklärte ihnen seine Idee, und bevor Jack und Slink zum Bunker zurückkehrten, stellten sie noch ihre eigene Kamera gut versteckt auf dem Dach des anderen Gebäudes auf.

Geschlagene zehn Minuten mussten sie die Position verschieben und wieder korrigieren, bis Obi endlich mit dem Ergebnis zufrieden war.

Jack und Slink nahmen die Treppe ins Erdgeschoss hinunter, doch anstatt durch das Foyer an dem Wachmann vorbeizuschleichen, schalteten sie den Alarm an der Hintertür aus und verließen das Haus auf diesem Weg, wobei sie darauf achteten, sie nicht wieder abzuschließen.

Eine halbe Stunde später waren sie wieder im Bunker.

»Ich glaube, ich weiß, wie wir es machen.«

Einer der Bildschirme zeigt einen Grundriss des Daches mit den Positionen der Luftschächte, Kameras, Mauern und der Tür. Mit der Maus fügte Obi noch ein paar Details ein und zuletzt noch kegelförmige schattierte Bereiche, die die Winkel darstellten, die von den Kameras abgedeckt wurden.

»Das hier sehen sie.« Obi drückte einen Knopf und die Kegel schwenkten hin und her. Neben jeder Kamera befand sich eine Stoppuhr.

Die Kamera neben der Tür brauchte zweiund-
zwanzig Sekunden, um von links nach rechts zu
schwenken, während die Kamera auf dem Pfosten
einunddreißig benötigte.

Jack beobachtete, wie sich die Kamerawinkel
überlappten und aneinander vorbeiglitten. Nach ein
paar Durchgängen erkannte er ein Muster. Er nahm
Slinks Zeichenblock vom Esstisch und notierte die
Zeiten. Nachdem er sie immer wieder gegengeprüft
hatte, atmete er aus.

Obi hatte recht.

»Es ist möglich, aber ziemlich knapp.«

Man würde vorsichtig und präzise vorgehen
müssen, aber wenn irgendjemand auf der Welt es
schaffte, an den Kameras vorbei zur Tür zu kommen, dann Slink.

Jack sah sich im Bunker um. »Wir müssen das
Dach nachbauen und üben.«

Slink studierte die Zeichnung. »Das sollte kein
Problem sein«, meinte er und nickte Wren zu.
»Komm, hilf mir mal.« Sie begannen sofort, die Mö-
bel zu verrücken.

Nach einer weiteren halben Stunde sorgfältiger Ver-
messungen hatten sie alles aufgebaut. Jack fand in
Charlies Werkstatt ein paar Webcams, die er mit

Obi an einen der Computer anschloss, und Jack schrieb ein Programm dafür. Sie würden die Überwachungskameras auf dem Dach simulieren, doch da sie keine Motoren hatten, nahm er die Linsen ab, um einen Weitwinkel zu bekommen. Das Programm würde über die Ansichten der Kameras schwenken und piepen, sobald sie Bewegungen wahrnahmen.

Endlich waren sie bereit.

Slink stand, mit dem Rücken an der Tür, an einem Ende des Raumes. Seine erste Aufgabe war es, zehn Meter zu rennen und sieben Meter weit zu springen. Das stellte die Lücke zwischen den Gebäuden dar. Der Bunker war gerade groß genug, dass er es sicher üben konnte.

Slink holte mehrmals tief Luft und sah auf.

»Fertig?«

Jack nickte.

»Los!«

Slink spannte seinen Körper an wie eine Feder und schoss los. Er rannte so schnell, dass man seine Beine kaum sehen konnte, und sein rechter Fuß traf zuerst auf die Markierung. Beim Absprung hielt er Arme und Beine in elegantem Bogen. Einen Augenblick lang sah es aus, als würde er fliegen, dann landete er mit einem Purzelbaum und sprang auf. Erwartungsvoll sah er zurück.

»Und?«

Jack schüttelte den Kopf. Slink war mindestens einen halben Meter vor der zweiten Markierung aufgekommen. Mit anderen Worten, er würde jetzt ein Matschfleck auf dem Straßenpflaster sein.

Slink knirschte mit den Zähnen und ging wieder zur Tür.

Noch acht Mal wiederholte er den Sprung. Jedes Mal mit dem gleichen Ergebnis – er sprang zu kurz. Und da er mit der Zeit müde und enttäuscht war, wurden seine Sprünge immer schlechter.

Dann fluchte er leise vor sich hin, dass das eigentlich nicht einmal der schwierigste Teil der Aktion sein sollte. Er ging im Raum auf und ab und blieb ab und zu stehen, um sich die Lücke wieder anzusehen, fluchte dann erneut und ging wieder auf und ab.

Nachdem er ihm ein paar Minuten zugesehen hatte, sprang Jack plötzlich auf und rannte in Charlies Werkstatt. Er hatte eine Idee

Er riss die Schranktüren unter den Tischen auf, bis er die Schuhe fand, die sie im Jahr zuvor bei einem Job benutzt hatten. Charlie hatte ein Paar Turnschuhe entworfen und modifiziert. Sie nannte sie »Springerschuhe«, und sie waren genau das, was sie brauchten.

Im Prinzip hatte Charlie die Sohlen in zwei Hälften geschnitten, so dass sie auseinanderklappten. Wenn man sprang, trat man mit der Ferse zuerst auf, sodass eine Feder gespannt wurde. Und wenn man abrollte, wurde die gespeicherte Energie auf den Ballen übertragen und ließ einen vorwärtsschnellen.

Jack untersuchte die Schuhe. Der Mechanismus schien noch zu funktionieren. Nun, es gab nur eine Möglichkeit, das herauszufinden. Er ging zum Hauptbunker zurück und überreichte sie Slink.

Dessen Blick leuchtete auf. »Die hatte ich ganz vergessen.« Er zog sie an und prüfte, ob sie passten. Ein Grinsen breitete sich auf seinem Gesicht aus und mit neuer Energie lief er zur Haupttür zurück. Er duckte sich und sein Blick zeigte neue Entschlossenheit.

»Los!«

Slink raste los. Seine Geschwindigkeit war unglaublich, er war deutlich schneller als zuvor. Sein rechter Fuß traf die Absprungmarke und er hob zu einem hohen Bogen ab. Nach einer scheinbaren Ewigkeit landete er dicht vor der anderen Wand. Mit einem Triumphschrei blickte er sich um. Er hatte die Lücke mit reichlich Spielraum übersprungen.

Obi und Wren applaudierten.

»Phase eins abgeschlossen«, erklärte Jack und erwiderte Slinks breites Grinsen. »Und jetzt kommt der schwierige Teil.«

»Dann mal los!«

Ihre Freude war jedoch nur von kurzer Dauer. Slink überwand zwar ohne Schwierigkeiten den Hindernislauf, der das Dach andeuten sollte. Das Timing jedoch war ein Problem. Jack und Obi hatten einen exakten Zeitplan ausgearbeitet, doch Slink hatte Schwierigkeiten, sich daran zu halten. Die Zeiten waren sehr knapp, und da sich die Kamerafelder überlappten, blieb kaum eine Sekunde, um sich zwischen ihnen hindurchzuwinden.

Beim vierten Versuch schaffte Slink es an der ersten Kamera vorbei, nur um von der zweiten eingefangen zu werden, als er die letzten Schritte zur Tür machen wollte. Er probierte es noch mehrere Male, zählte die Sekunden im Kopf, einmal sogar mit einer Uhr. Aber er bekam es einfach nicht richtig hin.

Obi versuchte sogar ihm zuzurufen, wann er losrennen sollte, aber auch das half nicht. Wie sehr sie sich auch bemühten, es funktionierte nicht, und nach zwei Stunden Dauerpiepsen vom Computer –

jedes Mal, wenn Slink von den Kameras entdeckt wurde – hatten sie es langsam satt.

Die Stimmung verschlechterte sich zusehends.

»Na gut, na gut«, brauste Slink auf, als Obi meinte, dass er nicht schnell genug auf seine Befehle reagierte. »Es liegt an dir! Du sagst nicht schnell genug ›Los!‹.«

»Ich sage es genau im richtigen Moment.«

Slink starrte Obi so böse an, als wolle er ihn umbringen.

»Beruhigt euch«, versuchte Jack zu schlichten. »Es muss doch noch einen anderen Weg geben.«

Allerdings hatte er im Augenblick keine Ahnung, was das sein sollte. In seinem Kopf hämmerte es. Er sah auf die Uhr. Es war jetzt fast sechs Stunden her, seit Charlie geschnappt worden war.

»Dubstep«, rief Wren so plötzlich, dass alle zusammenzuckten.

»Laute Musik hilft auch nicht«, erwiderte Jack.

»Doch«, beharrte sie und lief zu Slink. »Wo ist dein iPod?«

Slink deutete auf seine Jackentasche und Wren streckte die Hand danach aus. »Gib her.«

Stirnrunzelnd gehorchte Slink ihr.

Wren steckte die Kopfhörer ein und scrollte durch seine Playlist.

Mit immer noch skeptischer Miene erkundigte sich Slink: »Was machst du da eigentlich?«

Wren ignorierte ihn und lief zu Obi.

»Zeig mir die Zeiten, an die er sich halten muss.«

Ihre Idee war genial und eine Stunde später waren sie so weit. Jack und Slink standen wieder auf dem gegenüberliegenden Dach, die Kapuzen über die Köpfe gezogen. Ihre Mäntel flatterten im Wind.

Slink holte tief Luft und versuchte, sich zu konzentrieren.

»Legen wir los«, sagte Jack. Er war besorgt, dass der Wind zu stark war. Falls Slink stürzte... Jacks Magen verkrampfte sich bei dem Gedanken daran, was passieren könnte. Er trat zurück, um Slink so viel Platz zu machen wie möglich.

Slink zog sich das Halstuch über Nase und Mund, duckte sich und wippte hin und her wie ein Hochspringer bei der Vorbereitung zum Sprung.

Die Sprungschuhe quietschten, als wären sie ebenfalls ungeduldig und gespannt, was kommen würde.

Jack legte einen Finger ans Ohr. »Obi, alles bereit?«

»Ja«, gab Obi kurz zurück. Er klang genauso nervös wie sie.

»Okay«, flüsterte Jack Slink zu.

Slink wippte noch dreimal hin und her und sprintete dann los. Er schoss über das Dach wie Roadrunner in den albernen Cartoons, die er so mochte. Im letzten Sekundenbruchteil sprang er über die Mauer in die Luft.

Er schwang die Arme in einem großen Kreis und Jack blieb fast das Herz stehen.

Endlich kam Slink mit beiden Füßen auf der anderen Seite auf, ein paar Zentimeter hinter dem Rand. Doch anstatt sich nach vorne abzurollen wie zuvor, wedelte er mit den Armen und kippte nach hinten.

»Nein!«, schrie Jack unwillkürlich.

Irgendwie schaffte Slink es, das Gleichgewicht zu halten und sich aufzurichten.

Jack stieß die Luft aus. Das war knapp gewesen!

Slink atmete tief durch und bereitete sich auf die nächste Aufgabe vor.

»Sag Bescheid, wenn ihr so weit seid«, sagte Obi.

»Jetzt«, erwiderte Slink.

Über seinen Kopfhörer hörte er den leisen Anfang eines Dubstep-Tracks und nickte mit dem Kopf Er hatte mit Wren geübt, die Bewegungen präzise im Takt mit der Musik auszuführen.

Plötzlich legte die Musik los und Slink ebenfalls. Er machte eine Rolle über ein Oberlicht und duckte sich hinter einen Luftschacht. Der Rhythmus hielt einen Moment inne und brach dann wieder los. Slink sprang über den Luftschacht, stellte sich hinter die Wand und nahm die Kamera auf dem Pfosten ins Visier.

Noch etwa einen Meter, dann hatte er es geschafft.

Quälende zehn Sekunden lang baute sich die Musik auf, um dann wieder in einer weiteren lauten Kaskade zu explodieren. Slink folgte dem Rhythmus, stand auf, drehte sich um hundertachtzig Grad und sprang los, doch irgendetwas stimmte nicht. Die Sohle des linken Sprungschuhs flog weg. Slink stolperte und fiel mit dem Gesicht voran auf das Dach.

Jack packte die Mauer vor ihm. »Slink!«

Die Kamera wandte sich wieder in Slinks Richtung. Jacks Blick konzentrierte sich auf einen Punkt und er hielt die Luft an. Er konnte nichts tun, er musste nur machtlos zusehen.

Mit ein paar ausgesuchten Schimpfworten – die Wren mittlerweile wohl auch perfekt beherrschte – zerrte sich Slink die Springschuhe von den Füßen, sprang auf, packte den Türgriff und schlüpfte gerade noch rechtzeitig hindurch.

Jack stieß triumphierend mit der Faust in die Luft. »Brillant, Slink! Verdammt brillant!«

»Danke«, bekam er trocken zur Antwort.

Jack wandte sich um und rannte zum Ausgang.

Im Erdgeschoss schlich sich Jack zur Gasse, immer auf der Hut vor Agenten oder jeder kleinsten Bewegung in seinem Sichtfeld. Dann duckte er sich hinter den gleichen Lieferwagen, hinter dem sich Charlie versteckt hatte.

»Slink?«

»Bin gleich da«, flüsterte Slink.

Jack hörte, wie er einen Lüftungsschacht öffnete und in den Sicherheitskontrollraum eindrang.

Die Minuten zogen sich ewig hin.

Endlich sagte Slink: »Fertig.«

»Obi? Alles bereit?«, flüsterte Jack ins Mikro.

»Sieht ganz so aus.«

Slink hatte einen USB-Stick an den Sicherheitscomputer angeschlossen, wo das Programm, das Jack geschrieben hatte, jetzt seine Magie entfaltete.

Dreißig Sekunden später verkündete Obi: »Wir sind wieder mit ihren Kameras verbunden. Nehme sie vom Netz. Aufzeichnung eingespielt.«

So weit, so gut, dachte Jack. *Ihr Sicherheitssystem ist schwächer als vermutet.*

Er richtete sich auf und schlenderte hinter dem Lieferwagen hervor. Bei der Tür mit der Zahlentastatur angekommen zählte er die Sekunden.

»Drei, zwei, eins.«

Es klickte und das Schloss öffnete sich. Jack huschte ein Lächeln übers Gesicht, als er die Tür aufmachte und eintrat.

Drinnen eilte er die Treppe zum ersten Stock hinauf. Leise machte er die Tür auf und sah in den Gang – er war leer. Jack eilte durch den Flur und überprüfte jedes Zimmer. Am Ende gelangte er an eine Kreuzung und erstarrte. Irgendwo rechts von ihm spielte ein Radio.

»Links«, sagte Obi. »Drei Zimmer weiter.«

Jack warf einen Blick zur Überwachungskamera hoch und lief dann weiter. Bei der dritten Tür links packte er den Türgriff, hielt den Atem an und steckte den Kopf in das Büro.

»Charlie.«

Sie war an einen Stuhl gefesselt und geknebelt. Ihre Augen weiteten sich, als sie erkannte, wer dort stand. Jack eilte zu ihr und zog ihr den Knebel aus dem Mund.

»Falle!«, zischte sie.

Jack wirbelte herum. Ein Hüne von einem Agenten hatte sich in die offene Tür gestellt.

Auf der anderen Seite des Raums ging eine weitere Tür auf und ein weiterer Agent in schwarzem Anzug hob sich als Silhouette vor dem Licht ab.

»Guten Morgen, Achilles.«

Jack sah sich im Raum um. Er saß an einem Blechtisch. Fenster gab es nicht, auch keine Kameras, und nur eine Tür. Er lauschte, aber alles, was er hören konnte, war das leise Summen der Klimaanlage. Seine Hände und Knöchel waren mit Kabelbindern an den Stuhl gefesselt. Er zerrte an den Fesseln, aber vergeblich.

Die Tür ging auf und der leitende Agent betrat den Raum. Er richtete seinen kalten Blick auf Jack und ließ ihn nicht los, als er sich ihm gegenüber niederließ. Er ließ eine dicke Akte auf den Tisch plumpsen und starrte Jack an, als könne er ihm direkt in die Seele sehen.

Jack versuchte, möglichst neutral auszusehen, fast unbeteiligt. Der Mann konnte ihn anstarren, so viel er wollte. Er hatte keine Macht. Er war nur ein weiterer dummer Erwachsener aus einer ignoranten Welt. Wenn sie es schafften, Jack wieder ins Kinderheim zu stecken, würde er eben wieder fortlaufen. Ganz einfach. Aber irgendwie wusste Jack, dass dieser Agent mehr wollte. Die Frage war nur, was?

»Mein Name ist Agent Connor.«

Erst nach einer langen Pause schlug der Agent den Aktenordner vor ihm auf. Er nahm sich Zeit beim Sprechen, um jede Silbe zu betonen, als wolle er so seinen Worten mehr Gewicht verleihen.

»Nun, Achilles«, sagte er, als er aufsah. »Du bist doch *der* Achilles, oder?«

Jack schaffte es, äußerlich ganz ruhig zu bleiben, doch in ihm sah es völlig anders aus. Woher wusste dieser Mann, wer er war? Wie hatten sie die Verbindung zwischen ihm und seinem Decknamen gefunden? Er war unsichtbar. Hatte ihn jemand verpfiffen? Er dachte an Charlie. Doch sie hätte nie seinen Hackernamen preisgegeben. Aber wer dann? Und wie?

Connor sah wieder in seinen Ordner.

»Du warst ja ein ganz böser Junge«, stellte er fest und tippte auf den Ordner. »Hier steht, dass Achilles im Laufe der letzten Jahre für ein paar größere Sachschäden verantwortlich war. Es gibt da eine ganze Menge Leute, die gerne mal ein Wörtchen mit dir wechseln würden.« Connor schürzte seine Lippen. »Dem weltbekannten Hacker.«

Jack verließ der Mut. Dann war sein Gesicht jetzt also aktenkundig.

Agent Connor räusperte sich und fuhr damit fort, eine Liste von Jacks Verbrechen vorzulesen, doch Jack hörte gar nicht zu. Er dachte an die Zeit im Kinderheim. An die anderen Kinder. Die schäbigen Möbel, ramponiert von tausend Kindern. Die abgetretenen Teppiche. Der permanente Uringeruch in den feuchten Betten. So etwas blieb für immer an einem kleben.

Oh ja, im Laufe der Jahre hatte man versucht, eine Familie für ihn zu finden, aber immer wieder war er in diesem lauten, stinkenden Heim gelandet. Falls es so etwas wie Glück überhaupt gab, war es ihm jedenfalls nie hold gewesen.

Jacks Rettung war schließlich aus einer unvermuteten Ecke gekommen. Er erinnerte sich daran, wie Mrs. Waverly ihm das erste Mal erlaubt hatte, den Computer im Büro des Kinderheims zu benutzen. Er wusste noch, dass er geglaubt hatte, es sei wie ein Wunder, dass diese simple Kiste ihm die ganze Welt eröffnete. Sie brachte ihn überall hin, zeigte ihm alles. Jack war ein digitaler Forscher, und das Internet lehrte ihn mehr, als er je in der Schule lernen konnte.

Nachdem Jack überall gewesen war, wohin ihn

die Schulverbindung bringen konnte, wollte er noch mehr erkunden, doch Mrs. Waverly war der Ansicht, dass er viel zu viel Zeit vor dem Computer verbrachte, und verbannte ihn aus dem Büro.

Jack war am Boden zerstört. Das Internet war seine Welt, seine Fluchtmöglichkeit. Also musste er es heimlich tun. Er musste es. Er hatte keine andere Wahl. Zahllose Nächte schlich er sich nach unten ins Büro, verschloss die Tür, stellte den Monitor dunkler und tauchte in seine eigene Welt ein.

So hatte alles begonnen – das Spielen, Lernen, Experimentieren. Er brachte sich die Sprache selbst bei. Doch im Laufe der Monate und Jahre wollte er immer mehr. Sein Wissenshunger war ins Unermessliche gestiegen.

Damals hatte er angefangen, Sicherheitssysteme zu umgehen, sich durch Firewalls zu arbeiten und Codes dort zu setzen, wo keine hingehörten. Hintertüren zu öffnen. Im Laufe der Zeit wuchs sein Ruhm, ohne dass er einen Namen hatte. Zuerst hatte er sich nicht zeigen wollen, aber mit der Zeit ging ihm auf, dass er von den anderen lernen konnte, Teil einer Gemeinschaft zu sein, dass er irgendwo dazugehören konnte. Dass er jemand sein konnte.

Achilles war geboren.

Jack erinnerte sich ganz deutlich an diesen Tag –

den Tag, an dem er seinen Decknamen gewählt hatte.

Ein paar Monate zuvor war er im River-Forum herumgesurft und war auf eine Diskussion über eine neue Art von Verschlüsselung gestoßen. Angeblich war sie unmöglich zu knacken. Für Jack war das eine verlockende Herausforderung gewesen. Er hatte sich nicht viel davon versprochen, aber zu seiner eigenen Überraschung hatte er den Code drei Monate später tatsächlich geknackt. Er konnte es nicht erklären. Das Muster war ihm einfach *ins Auge gesprungen.*

Als Jack im River-Forum seinen Erfolg vermelden wollte, brauchte er einen Namen. Er hatte Achilles gewählt, weil er die Firewall mit einem Trojaner durchbrochen hatte – ein schädliches Programm, versteckt in einem scheinbar guten Programm.

Das Trojanische Pferd, und Achilles, der Held aus der Schlacht um Troja.

Agent Connor schlug mit der Faust auf den Tisch.

»Ich rede mit dir!«, rief er.

Jack wurde aus seinen Gedanken gerissen und konzentrierte sich wieder auf den Mann vor ihm.

Der Agent sah ihn wütend an. An seinem Hals pulsierte eine Ader und der Schweiß stand ihm auf der Stirn.

»Langweile ich dich etwa?«

Jack zuckte mit den Achseln. »Ein wenig.« Er hatte keine Lust, darüber zu sprechen. »Wo ist meine Freundin?«

»Ach ja, Pandora.« Connor blätterte in der Akte. »In unseren Listen steht, dass auch sie einige Verbrechen verübt hat.« Er sah auf. »Wie lautet ihr richtiger Name?«

Jack antwortete nicht.

Sie hatten also auch Charlies Decknamen gefunden? Wie nur?

»Ist sie deine feste Freundin?«, fuhr Agent Connor fort. »Bildet ihr euch etwa ein, ihr wärt Bonnie und Clyde reloaded?«

Jack knirschte mit den Zähnen. »Wir sind nur befreundet.«

Connor schlug die Akte zu, lehnte sich zurück und verschränkte die Arme.

Jack atmete ein ganz klein wenig auf. Offenbar stand in dieser Akte nichts über Slink, Obi oder Wren. Das hieß, wenigstens die drei waren in Sicherheit. Vorerst zumindest.

Ein Lächeln umspielte Connors Lippen.

»Nun, Achilles, was meinst du, was ich mit dir machen soll?«

Jack antwortete nicht. Er würde diesem selbstgefälligen Kerl nicht die Genugtuung geben, Angst oder andere Emotionen zu zeigen.

Nach einer Weile hörte Agent Connor auf zu lächeln und sagte: »Ich hätte nicht gedacht, dass Achilles ein jämmerliches…«, verächtlich musterte er Jack, »…*Kind* sein würde.«

Jack ballte die Fäuste, sodass die Fesseln in sein Fleisch schnitten. Er hätte den Kerl am liebsten ins Gesicht geschlagen. Doch er hielt seinen Zorn zurück und versuchte immer noch, sein Pokerface zu bewahren.

»Soll die Tatsache, dass Sie mich älter geschätzt haben, etwa ein Kompliment sein?«

»Nein.« Connor zog seine Krawatte gerade. »Du bist mir in die Falle gegangen. Jemand, der ein wenig… *reifer* wäre, wäre nicht so dumm gewesen.«

Jetzt kochte der Zorn in Jack fast über, und er brauchte seine gesamte Willenskraft, um sich im Zaum zu halten. Genau das wollte Connor doch – dass Jack die Beherrschung verlor. Wieder knirschte er mit den Zähnen.

»Was wollen Sie eigentlich?«

Connor zog eine Augenbraue hoch. »Ich habe, was ich will. Dich. Hier. Gefangen. Ich habe ja gesagt, du hast eine Menge Schaden angerichtet.«

»Nicht für Sie.«

Connor kniff die Augen zu schmalen Schlitzen zusammen. »Und wie willst du das wissen?«

»Ich habe mir meine Ziele sehr sorgfältig ausgesucht.«

Das stimmte zwar, aber gelegentlich fragte er sich, wie die Dinge wohl in einem größeren Zusammenhang aussahen. In einem Krieg gerieten immer auch Unschuldige ins Kreuzfeuer.

Connor stieß langsam die Luft aus. »Die Sache ist die, Achilles, deine Anwesenheit hier lässt vermuten, dass du zu viel weißt. Wir können dich nicht einfach laufen lassen.« Er lehnte sich in seinem Stuhl vor und sah Jack in die Augen. »Hier ist Schluss.«

Also, fragte sich Jack, *glaubt er tatsächlich, dass ich zu viel weiß?* Sie sahen Jack als Bedrohung an. Vielleicht hatte Obi ja doch recht?

Bei diesem Gedanken entspannte sich Jack ein klein wenig.

»P.R.O.T.E.U.S.«, sagte er und wartete auf die Reaktion.

Connor sah ihn misstrauisch an und machte schon den Mund auf, um ihm zu antworten, als es an der Tür klopfte.

Die Agentin trat ein. »Sir?«

Connor wandte den Blick nicht von Jack. »Agent Cloud?«

»Ein Anruf für Sie.«

»Nehmen Sie die Nachricht entgegen.«

Cloud zögerte. »Es ist dringend, Sir.«

So wie sie *dringend* sagte, war Jack klar, dass es jemand sein musste, der weiter oben auf der Regierungsleiter stand. Connor sah sie an. Schließlich grunzte er verärgert und stand auf.

»Sie und Agent Monday bringen dieses …«, er wedelte herablassend in Richtung Jack, »… Balg in die Zelle.«

Damit stürmte er an ihr vorbei und den Gang entlang.

Agent Monday, der Hüne, kam herein, schnitt Jacks Fesseln durch und half ihm hoch. Gemeinsam mit Cloud brachte er Jack durch den Flur in ein anderes Zimmer. Monday stieß ihn hinein und knallte die Tür zu.

Mit einem Klick verriegelte das elektronische Schloss.

»Jack!«

Charlie lief auf ihn zu.

»Alles in Ordnung?«, erkundigte sich Jack.

»Mir geht es gut«, bestätigte Charlie und sah sich um. »Aber mir wird hier langsam langweilig.«

Jack setzte sich im Schneidersitz auf den Boden, legte die Hände auf die Knie und schloss die Augen.

»Jack?«, fragte Charlie ein wenig besorgt. »Was machst du da?«

Er machte die Augen auf und deutete vor sich auf den Boden. »Setz dich.«

Charlie verschränkte die Arme. »Gibst du etwa auf?«

»Setz dich«, wiederholte Jack.

Charlie stieß einen missbilligenden Laut aus, setzte sich ihm aber gegenüber.

Jack schloss erneut die Augen und atmete mehrmals ein und aus, als bereite er sich darauf vor, in eine Art Trance versetzt zu werden.

»Warum sitzen wir hier herum?«, fragte Charlie.

Jack hielt die Augen geschlossen. »Wir warten darauf, dass sich uns eine Lösung offenbart.«

»Was für eine Lösung?«

Jack machte die Augen auf und presste einen Finger an die Lippen.

Charlie runzelte die Stirn und wollte gerade ansetzen etwas zu sagen, doch plötzlich hielt sie inne. Vor Jacks Gesicht baumelte plötzlich ein Bluetooth-Kopfhörer, der an einer unsichtbaren Angelschnur hing.

Sie sahen auf und konnten Slinks Gesicht erkennen, das hinter einem Lüftungsschlitz hervor auf sie heruntersah.

Jack löste den Kopfhörer und steckte ihn sich ans Ohr.

»Gab es Probleme?«

»Nix«, erwiderte Slink gelassen.

»Dann weiter wie geplant.«

Slinks Gesicht verschwand in der Dunkelheit.

Charlie sah Jack verwundert an.

Jack legte den Kopf schief. »Du hast doch nicht im Ernst geglaubt, ich würde einfach so in eine Falle laufen, oder?«

Charlie boxte ihn in den Arm.

»Autsch! Was soll das denn?«

»Nächstes Mal holt mich gefälligst schneller raus, ja?« Sie stand auf und klopfte sich den Staub ab. »Ich habe Hunger. Lass uns gehen!«

Jack sprang auf und ging zur Tür.

»Obi?«, flüsterte er in sein Mikro.

»Hier. Das Sicherheitssystem taugt gar nichts«, kam Obis Stimme zurück. Das rote Licht über der Tür wurde grün. »Seht ihr?«

Jack griff nach der Klinke, zögerte aber.

»Was ist los?«, fragte Charlie.

»Ich habe ein ungutes Gefühl. Warum ist das so einfach?«

»Es war überhaupt nicht einfach!«, erinnerte ihn Slink über den Kopfhörer.

Jack schüttelte das Gefühl mit einem Schulterzucken ab, hielt den Atem an und machte die Tür nur so weit auf, dass er in den Gang spähen konnte. Er war leer. Misstrauisch sah er die Überwachungskamera an.

»Hast du die Überwachungskameras bearbeitet?«, fragte er Obi.

»Natürlich«, erwiderte Obi beleidigt. »Ich füttere ihre Kontrollmonitore mit einer aufgezeichneten Schleife. Nur ich sehe, was tatsächlich vor sich geht.«

»Alles klar?«

»Ihr könnt gehen. Ich leite euch hinaus.«

Jack und Charlie schlüpften auf den Gang. Dicht an der Wand schlichen sie bis ans Ende.

»Warte!«, verlangte Charlie plötzlich. »Ich glaube, in dieses Zimmer haben sie meine Sachen gebracht.«

Sie lief zu einer der anderen Türen, machte sie auf und ging hinein.

Es war so still, dass Jack sein eigenes Blut in den Ohren rauschen hörte.

Etwa eine Minute später kam Charlie wieder aus dem Zimmer. Sie steckte die Schulterkamera in ihre Tasche, klipste sich den Kopfhörer wieder ans Ohr und untersuchte sorgfältig ihr Handy. »Sieht nicht so aus, als hätten sie daran herummanipuliert.«

»Das können wir auch später noch prüfen«, flüsterte Jack. »Komm jetzt!«

Sie schlichen ans Ende des Ganges.

»Links«, befahl Obi.

Jack behagte es gar nicht, so geführt zu werden, obwohl er Obi durchaus sein Leben anvertraut hätte.

Auf Zehenspitzen gingen sie durch den nächsten Gang bis zu einer Tür an dessen Ende.

»Stopp!«

Jack und Charlie erstarrten.

»Da kommt jemand die Treppe herauf«, erklärte Obi. »Schnell! Versteckt euch!«

Jack packte Charlies Hand und stürmte zu einer Bürotür, riss sie auf, stieß Charlie hinein und schloss die Tür gerade noch rechtzeitig. Sekunden später öffnete jemand die Tür zur Treppe.

Laut hallten schwere Schritte auf dem Marmorboden des Ganges. Dann blieben sie stehen, man hörte, wie eine Tür erst geöffnet und gleich darauf wieder geschlossen wurde. Dann gingen die Schritte weiter.

»Jemand von der Security überprüft die Zimmer«, erklärte Obi.

Jack sah sich das Schloss an. Es war ein altmodisches Zylinderschloss, kein elektronisches. Dabei würde ihnen Obi nicht helfen können – sie waren also auf sich gestellt.

Charlie war bereits losgelaufen. Sie befanden sich in einem kleinen Büro. Erst dachte Jack, sie wollte ein Fenster öffnen, doch stattdessen ging Charlie hinter den Schreibtisch und begann die Schubladen zu durchsuchen.

»Obi?«, fragte Jack.

»Ja?«

»Wo ist er?«

»Drei Türen weiter.«

Charlie war mit der ersten Schublade fertig, fluchte, schloss sie und nahm sich die nächste vor.

Sie hörten, wie die Schritte des Wachmannes erneut innehielten und dann das Rütteln an einem Türgriff.

»Die ist verschlossen«, stellte Obi fest.

Die Schritte näherten sich weiter.

Charlie schloss die zweite Schublade und zog die letzte auf.

»Noch zwei Türen bis zu eurer«, berichtete Obi nervös.

Charlie fluchte. »Nichts«, sagte sie und schloss die letzte Schublade. Sie drehte sich im Kreis und suchte das Zimmer ab.

Wieder wurde an einer Klinke gerüttelt.

Jack überlegte schnell. Sie saßen in der Falle. Die Fenster ließen sich nicht öffnen. Er sah zum Lüftungsschacht an der Decke hinauf. Selbst wenn sie schnell genug hinaufkommen konnten, würde er wahrscheinlich nicht ihrer beider Gewicht tragen.

Charlie lief zu einem Regal, während Jack im Geiste weiterhin verschiedene Szenarios durchspielte.

Vielleicht konnten sie den Wachmann überraschen und überwältigen. Das Problem war nur, dass sie ihn irgendwie k.o. schlagen mussten. Aber diese magischen Schläge, die einen Menschen beim ersten Hieb außer Gefecht setzten, gab es nur im Film. Wenn sie doch nur Charlies Elektroschocker hätten!

Charlie kippte eine Dose mit Stiften um.

»Ja!«, rief sie und hielt einen Schlüsselbund hoch.

Damit eilte sie zur Tür und versuchte es mit dem Ersten.

Der passte natürlich nicht.

Die Schritte des Wachmanns näherten sich der Tür neben ihrer.

»Beeil dich, Charlie!«, drängte Jack.

»Schon gut!«, zischte sie. Mittlerweile standen ihr Schweißperlen auf der Stirn.

Die Tür zum Büro nebenan ging auf und schloss sich ein paar Sekunden später wieder. Die Schritte des Wachmannes klangen jetzt sehr nah.

Charlie versuchte es mit dem zweiten Schlüssel.

Er passte auch nicht.

»Los jetzt, ja?«, zischte sie angestrengt durch die Zähne.

Sie hantierte mit den Schlüsseln, steckte den letzten davon ins Schloss und drehte ihn um. Es klickte leise. Sie richtete sich auf und hob mit schreckgeweiteten Augen die Hände.

Die Schritte hielten inne, und einen Augenblick glaubte Jack schon, der Wachmann hätte das Schließen des Schlosses gehört, doch dann bewegte sich die Klinke auf und ab. Nach einer Pause von einigen Sekunden setzte der Mann schließlich seinen Gang fort.

Jack und Charlie stießen gleichzeitig den Atem aus.

Zehn weitere Minuten vergingen, bis Obi sicher war, dass der Wachmann in ein anderes Stockwerk gegangen war. Er gab Jack und Charlie das Signal, dass der Weg frei war. Sie schlossen die Tür auf und befanden sich wieder auf dem Gang.

Unbehelligt gelangten sie die Feuertreppe hinunter und zum Ausgang in die Gasse.

Charlie duckte sich hinter einen Lieferwagen und linste um die Ecke. »Alles klar!«

Jack rührte sich nicht – er hielt noch die Türe auf.

»Was machst du da?«, fragte Charlie.

»Geh schon.«

»Wie?«

Jack sah zur Treppe. »Ich muss noch etwas erledigen.«

»Auf keinen Fall!«, warnte Charlie, lief zu ihm und nahm seine Hand. »Lass uns hier verschwinden!«

Jack riss sich los. »Wir sehen uns im Bunker.«

»Aber…«

»Vertrau mir«, verlangte Jack bestimmt. »Außerdem, wenn ich geschnappt werde, musst *du mich* befreien.«

Charlie runzelte die Stirn, doch dann gab sie nach. »Aber sei vorsichtig, ja?«

»Bin ich das nicht immer?«

»Nicht wirklich«, erwiderte Charlie kopfschüttelnd. Sie zögerte kurz, dann zog sie sich die Kapuze über den Kopf und eilte die Gasse hinunter.

Das war noch etwas, was er an ihr mochte. Wenn er etwas für sich behalten wollte, ließ Charlie ihn in Ruhe. Außerdem erzählte er ihr letztendlich doch alles. Aber im Augenblick hatte sie genug durchgemacht.

Jack lief wieder ins Gebäude und drückte sich mit dem Rücken gegen die Tür. »Slink?«

»Ja?«

»Hast du es gefunden?«

»Ich glaube schon.«

Obi navigierte Jack in den Keller des Gebäudes. Die Gänge hier unten mit ihren nackten Betonwänden erinnerten Jack an ein Gefängnis. Ihn schauderte. Das Kinderheim war wie ein Gefängnis gewesen, und er hatte nicht die Absicht, je wieder dorthin zu gehen.

Vor einer Tür mit einem Schwert in Form einer Eins blieb er stehen.

»P.R.O.T.E.U.S.!«, stieß er leise hervor.

Plötzlich wirbelte er mit geballten Fäusten herum, weil hinter ihm etwas auf den Boden aufschlug.

Vom Boden erhob sich eine Gestalt und über ihren Köpfen schwang eine Luftschachtabdeckung.

»Slink!«, keuchte Jack und griff sich an die Brust. »Glaubst du, du könntest mich das nächste Mal vielleicht vorwarnen?«

»Dann macht es doch keinen Spaß mehr«, grinste Slink.

»Das war gute Arbeit«, sagte Jack. »Geh zurück zum Bunker.«

Slink betrachtete das Logo an der Tür.

»Ich will es sehen.«

»Wir können nicht riskieren, dass wir beide geschnappt werden. Gib mir das«, verlangte Jack und löste die Kamera von Slinks Schulter, um sie auf seiner eigenen zu befestigen.

Slink rührte sich nicht.

»Slink!«, drängte Jack und deutete auf die Kamera. »Du kannst es in der Aufnahme sehen!«

Slink zögerte kurz, dann ließ er die Schultern hängen.

»Bis später!«, sagte er, lief den Gang entlang und verschwand um die Ecke.

Jack wandte sich wieder zur Tür und betrat den Raum dahinter.

Er war etwa sieben mal sieben Meter groß, hatte weder Fenster noch weitere Türen und wurde von grellem Neonlicht erhellt. In der Mitte befanden sich jede Menge Edelstahlrohre und Glaszylinder, die durch ein Gewirr aus Leitungen, Drähten und Kabeln miteinander verbunden waren. Vier zwei Meter hohe Kühlmitteltanks standen nebeneinander und seitlich davon waren eine Reihe isolierter Batterien angebracht. Jack war beeindruckt, wie schnell sie den Apparat aufgebaut hatten.

»Obi?«, flüsterte er. »Hast du das?«

»Ja. Ich habe dir doch gesagt, dass er real ist!«

Obwohl Jack so etwas noch nie zuvor gesehen hatte, war ihm doch klar, dass Obi recht hatte. Ein Schauer lief ihm über den Rücken. Das war der Anfang einer Revolution. Einer der ersten funktionierenden Quantencomputer der Welt.

Langsam ließ er seinen Blick durch den Raum schweifen, bis er in einer Ecke einen Arbeitsplatz sah. Er lief hinüber und ließ sich auf dem Sitz nieder. Vor ihm lag das Hauptterminal: eine Tastatur, ein Monitor und eine Maus. Als er die Maus bewegte, schaltete sich der Bildschirm ein.

P.R.O.T.E.U.S.

Einen Moment lang blieb Jack schweigend sitzen, unfähig, sich zu rühren. Erst Obis Stimme holte ihn in die Realität zurück.

»Was hast du gesagt?«

»Ich habe gesagt, du sollst ihn anschließen.«

Jack runzelte die Stirn. »Wie meinst du das?«

»Sieh mal nach links.«

Über den Boden schlängelte sich ein dickes Kabel von P.R.O.T.E.U.S. zu einem Serverturm, doch deren Verbindungskabel war nirgendwo angeschlossen.

Jack sah sich um und entdeckte einen leeren Steckplatz an der Wand. Er nahm das Netzkabel und steckte es ein.

122

»Ich wette, das Sicherheitssystem ist verschlüsselt«, meinte Obi. »Aber das sollte für dich ja kein Problem sein.«

Jack wandte sich wieder zum Monitor, krempelte die Ärmel hoch und machte sich an die Arbeit.

Obi hatte recht – das Netzwerk war verschlüsselt, doch Jack brauchte nur ein paar Minuten, um es zu umgehen. Jetzt war P.R.O.T.E.U.S. mit dem Internet verbunden und sie konnten jederzeit vom Bunker aus Zugang dazu erhalten. Jack prüfte, ob alles funktionierte, als er erneut Obis Stimme hörte.

»Äh, Jack?«

Jack war hoch konzentriert. Wenn er jetzt auch nur den kleinsten Fehler übersah, war alles umsonst.

»Jack!«, schrie Obi so laut, dass Jack fast vom Stuhl fiel.

»Was?«

»Diese drei Agenten kommen!«

»Wo sind sie?«

»Im Gang, und sie kommen direkt auf dich zu!«

Jack lauschte an der Tür und hörte die Schritte, die sich näherten. Sie klangen entschlossen, als wüssten die Agenten, dass er hier war.

Er hastete zurück zum Terminal. Für weitere Tests blieb keine Zeit mehr. Eilig fuhr er den Rechner herunter, schaltete den Monitor aus und sah sich um. Es gab keine anderen Türen, und weil die Agenten ihm den einzigen Fluchtweg versperrten, duckte er sich hinter die Kühlaggregate von P.R.O.T.E.U.S..

»Obi?«

»Ja?«

»Mach das Licht aus.«

»Wie?«

»Der Strom! Schalt den Strom ab!«

»Schon dabei!«

Er hörte, wie Obis Finger die Tastatur klappern ließen.

Dann flog die Tür auf und die drei Agenten stürmten herein.

Sie durchkämmten systematisch den Raum und besonders das Gewirr von Röhren und Kabeln.

»Cloud, Sie kümmern sich um P.R.O.T.E.U.S.«, befahl Connor. »Prüfen Sie, ob irgendetwas manipuliert wurde.« Dann rief er lauter: »Achilles, wir wissen, dass du hier drin bist!«

Jack konnte Obi über seinen Kopfhörer immer noch tippen hören.

»Achilles, du kannst dir die Sache sehr erleichtern, wenn du einfach …«

Auf einen Schlag versank der Raum in vollkommener Dunkelheit. Connor fluchte wütend.

Jack tastete nach dem Rand des seitlichen Kühlaggregats und erhob sich lautlos. Es herrschte absolute, schwarze Finsternis. Jetzt waren sie alle blind.

Irgendjemand stieß gegen etwas.

»Autsch!«, beschwerte sich Cloud.

»Passen Sie auf den Rechner auf!«, fuhr Connor sie an.

»Ich sehe sie!«, verkündete Obi leise über Jacks Kopfhörer.

Ein Glück, dachte Jack. Die Kamera auf seiner Schulter war hoch lichtempfindlich und hatte Infrarotdioden. Obi konnte also alles sehen.

»Zwei sind nach rechts gegangen«, erklärte Obi, »der dritte ist links von dir. Folge meinen Anweisungen. Ich versuche dich da rauszubringen.«

Rechts leuchtete ein schwacher Lichtschein auf – einer der Agenten benutzte sein Handy als provisorische Taschenlampe, doch P.R.O.T.E.U.S. metallene Konstruktion war nur als diffuser Schatten zu sehen.

»Und was jetzt, Boss?« Es war Mondays Stimme, die irgendwo aus Jacks Nähe erklang.

»Cloud, Sie bleiben bei P.R.O.T.E.U.S.«, befahl Connor. »Monday, Sehen Sie hinter den Kühlaggregaten nach, ich gehe zur Tür.«

Jack wich zurück und duckte sich. Agent Monday kam direkt auf ihn zu.

»Wenn ich es sage, drei Schritte zurück!«, erklang Obis Stimme über das Mikro. »Jetzt!«

Jack tat es und hielt die Luft an. Er spürte den Luftzug, als jemand an ihm vorbeiging.

»OK«, flüsterte Obi. »Jetzt eine Vierteldrehung nach rechts und einen Schritt nach vorne.«

»Achilles?«, hörte Jack Connors wütende Stimme ganz aus der Nähe »Hör auf, Spielchen zu spielen. Wir sind bewaffnet.«

Na klar, dachte Jack. *Vielleicht haben sie Waffen, aber sie haben kein Ziel.* Nicht, wenn sie nicht riskieren wollten, sich gegenseitig zu treffen, oder P.R.O.T.E.U.S..

»Ducken!«

Jack ließ sich auf die Knie fallen.

»Das war knapp!«, ächzte Obi.

»Wo ist die Tür?«, knurrte Connor und fluchte leise.

Jack stellte sich vor, wie die Agenten mit ausgestreckten Armen umhertasteten wie Mumien in einem Horrorfilm.

»Jetzt ist deine Chance!«, flüsterte Obi aufgeregt in Jacks Ohr. »Kriech los, bis ich dir sage, dass du stehen bleiben sollst.«

Jack folgte Obis Instruktionen.

»Gut, halt! Du bist an der Tür.«

Jack streckte die Hand aus und berührte die glatte Oberfläche der Tür. Langsam und lautlos stand er auf. Er drückte die Klinke herunter und hoffte, dass sie keinen Lärm machte, dann schlüpfte er in den Flur.

Vorsichtig schloss er die Tür hinter sich wieder.

Wie lange würden die Agenten wohl im Dunkeln herumtasten, bis sie merkten, dass er gar nicht da war?

Jack ließ die Hände über die Betonwand des Ganges gleiten, während er in Richtung des leuchtenden Notausgangsschilds joggte.

Erst als er wieder sicher im Bunker angelangt war und festgestellt hatte, dass es allen anderen auch gut ging, konnte Jack sich entspannen.

Er nickte Obi zu. »Danke, dass du mich da rausgeholt hast.«

»Ich habe dir doch gesagt, dass P.R.O.T.E.U.S. real ist«, bemerkte Obi mit einem triumphierenden Blick.

Die anderen grinsten Jack an. Alle bis auf Wren. Die saß mit verschränkten Armen am Tisch, schmollte vor sich hin und nahm seine Rückkehr nicht einmal zur Kenntnis.

»Was ist denn mit der los?«, fragte Jack leise, als Charlie ihm eine Dose Limonade zuwarf.

Mit einem Blick auf Wren sagte Charlie leise: »Sie ist sauer, weil du ihr bei dieser letzen Mission gar keine Aufgabe zugeteilt hast.«

Jack runzelte die Stirn. »Es gab nichts für sie zu tun. Wir haben keine Ablenkung gebraucht. Ich bin einfach direkt in die Falle getappt.«

»Ich weiß, dass du sie beschützen willst, Jack. Mir geht es genauso, aber...«

»Ich beschütze sie nicht.«

Erneut sah Charlie zu Wren. »Du musst ihr mehr Verantwortung geben.«

»Sie ist neu. Sie hat noch keinerlei Training. Auf jeden Fall ist sie erst zehn Jahre alt.«

»Sie ist clever.«

»Das weiß ich.« Jack hatte ein wenig das Gefühl, sich verteidigen zu müssen. »Sie war diejenige, die auf die Idee kam, wie Slink an den Kameras vorbeikommt. Aber das bedeutet noch nicht, dass ich bei jeder Mission etwas für sie zu tun habe. Bei dem Job mit Richard Hardy hat sie ihre Rolle gehabt.«

Er machte die Sprite auf und ließ sie kühl und erfrischend seine Kehle hinunterrinnen. Das milderte Charlies bissigen Kommentar ein wenig ab.

»Leute!« Obi sah aus, als würde er sich vor Aufregung gleich in die Hose machen.

Jack und Charlie gingen zu ihm hinüber.

»Was hast du denn?«, fragte Jack.

»Die Verbindung zu P.R.O.T.E.U.S..« Obi klickte auf den Trackball und zeigte ihnen ein Fenster mit durchlaufenden Zahlenkolonnen.

»Das ist aber nicht sonderlich schnell.«

Jack hätte erwartet, dass P.R.O.T.E.U.S. alles übertraf, was er je gesehen hatte. Aber das hier hatte ungefähr die Rechengeschwindigkeit einer Schnecke.

Einer betrunkenen Schnecke.

Einer betrunkenen Schnecke nach einer Gehirnamputation. Aber von P.R.O.T.E.U.S. erwartete er mehr.

Jack seufzte. Er konnte seine Enttäuschung nicht verbergen.

»Was für eine Programmierungssprache ist das?«, fragte Charlie und neigte sich vor. »Python?«

Auch Jack sah genauer hin.

»Sieht wie ein hybrider Code aus. Python gemischt mit…« Er richtete sich auf. »…nichts Besonderem.« Die Enttäuschung verursachte ihm ein flaues Gefühl im Magen. Er ging zum Wohnbereich und ließ sich auf eines der Sofas fallen.

All die Mühe. Und wofür?

Beinahe wären sie in riesige Schwierigkeiten geraten. Ganz zu schweigen davon, dass dieser Agent Connor jetzt wusste, wie Achilles und Pandora aussahen. Aber was machte es schon aus, wenn sie die Namen der Hacker mit einem Gesicht verbinden konnten? Es spielte keine Rolle. Es machte keinen Unterschied – Connor würde sie nicht kriegen. Er wusste nichts vom Bunker.

»Jack?«, winkte Charlie ihn zu sich.

Er stand auf und ging wieder zu den anderen. »Was?«

»Sieh dir das an.«

Obi deutete auf den Bildschirm. Er zeigte einen Ordner mit drei Videodateien. Jede war mit dem Namen *Prof. J. Markov* sowie Datum und Uhrzeit bezeichnet.

»Was ist das?«, fragte Jack.

»Ich glaube, die sind von dem Kerl, der P.R.O.T.E.U.S. entwickelt hat«, erklärte Obi. »Irgendeine Art Tagebuch.«

»Ein was?«

»Sieh doch.«

Obi klickte auf die erste Videodatei vom achtzehnten März und ein Fenster öffnete sich.

Ein grauhaariger, blasser Mann mit hagerem, von Falten zerfurchtem Gesicht sah direkt in die Kamera. Er hatte Ringe unter den Augen und trug eine Brille mit dünnem Rand. Er sah aus, als hätte er seit Monaten nicht mehr geschlafen. Hinter ihm stand P.R.O.T.E.U.S., allerdings an einem anderen Ort, in einem Raum mit hellgelb gestrichenen, verputzten Wänden.

Obi drückte auf »Play« und Professor Markov begann zu sprechen. Sein Akzent klang osteuropäisch, aber es war schwer zu sagen, wo genau er herkam.

»Trotz meiner Bemühungen bleibt P.R.O.T.E.U.S. hartnäckig. Er weigert sich einfach, auch nur annähernd innerhalb der vorgegebenen Parameter zu arbeiten.«

Er nahm seine Brille ab und blickte zur Seite. Professor Markov wirkte wie ein Mann, der seine Seele in das legte, was er tat, und es sah nicht aus, als würde er sie wiederbekommen.

Er setzte die Brille wieder auf, zwinkerte ein paar Mal, bevor er seinen Blick wieder in die Kamera richtete.

»Unsere erste Aufgabe wird sein, P.R.O.T.E.U.S. auseinanderzunehmen und nach Konstruktionsfehlern zu suchen.« Er griff nach der Tastatur und damit endete das Video.

Jack bedeutete Obi, das nächste abzuspielen, das vom 3. April datiert war.

Im nächsten Bild saß wieder Professor Markov vor der Kamera. Obwohl Jack es nicht für möglich gehalten hätte, sah er noch abgezehrter aus als zuvor. Seine Haut wirkte unter dem harten Licht wächsern.

Professor Markov rang heftig und angestrengt nach Atem.

»Ich habe die P.R.O.T.E.U.S.-Maschine bis auf den letzten Millimeter auseinandergenommen und geprüft, aber nichts gefunden, was diese Anomalie verursachen könnte. Ich habe alle Schlüsselbereiche untersucht und mich vergewissert, dass es kein Hardware-Problem ist. Vorsichtshalber habe ich einen zusätzlichen Schutz vor elektromagnetischen Interferenzen angebracht.« Er sah kurz an der Kamera vorbei, als stünde jemand dahinter, der ihn beobachtete, dann richtete er seine Aufmerksamkeit wieder auf das Objektiv. »Meine nächste Aufgabe ist es also, die Algorithmen zu überprüfen. Die einzige Erklärung ist nun ein Fehler im Programmcode.«

Wieder sah er auf, doch sein Blick ging ins Leere, fast leblos. Ohne ein weiteres Wort schaltete er die Kamera aus.

Das letzte Video war vom 19. Juli.

Obi startete es und wieder erschien das Bild von Professor Markov auf dem Monitor.

»Alle Zeilen des Codes wurden unabhängig voneinander verifiziert. Ich habe keine offensichtlichen Fehler gefunden.« Er sah von der Kamera hoch, ballte die Faust und fuhr mit scheinbar äußerster Willensanstrengung fort: »Aus diesem Grund...« Er sah angespannt und gequält in die Kamera. »...aus diesem Grund bin ich gezwungen, das Projekt P.R.O.T.E.U.S. aufzugeben.«

Es klickte. Der Professor sah plötzlich auf und blickte fast trotzig drein.

»Ich habe Ihnen doch gesagt, dass wir alle Möglichkeiten...« Seine Augen weiteten sich auf einmal und seine Stimme bebte. »Lassen Sie mich gehen! Ich habe alles getan, was Sie verlangt haben...« Dann wurde das Bild schwarz.

Lange Zeit sprach keiner von ihnen. Jack war sich nicht sicher, was sie da gerade gesehen hatten.

Hatte jemand Markov bedroht? Hatte man ihn umgebracht? Es schien so unwirklich.

»Und was machen wir jetzt?«, fragte Obi schließlich.

Wir sollten uns von P.R.O.T.E.U.S. abkoppeln und die Finger davon lassen, dachte Jack. *Wir sollten nie wieder darüber reden. Einfach wie gewohnt weitermachen.* Aber da war es wieder – dieses Gefühl, dass sie wissen mussten, um was es eigentlich ging.

Er sah Charlie an, der es anscheinend genauso ging.

Er räusperte sich und sagte: »Wir müssen nachsehen, was das Problem von P.R.O.T.E.U.S. ist. Wir müssen einfach vorsichtig sein. Irgendetwas stimmt da nicht.«

Schnell klickte sich Obi durch die Ordner. Vielleicht gab es ja irgendeinen Hinweis darauf, wo das Problem mit P.R.O.T.E.U.S. lag. Das, was sie suchten, fand er schließlich nicht in den Dateien, sondern in der direkten Verbindung zu P.R.O.T.E.U.S. selbst.

Jedesmal, wenn Obi versuchte, P.R.O.T.E.U.S. einen einfachen Befehl zu geben, erhielt er eine unsinnige Antwort. Jack hatte recht – selbst eine Schnecke war schneller als dieses Ding.

»Könnten zufällige Interferenzen sein«, meinte Charlie stirnrunzelnd.

Die Daten, die zurückkamen, ergaben keinen Sinn. Es war, als würde ein äußerer Einfluss P.R.O.T.E.U.S. stören. Doch Professor Markov hatte gesagt, dass sie die elektromagnetische Abschirmung um den Computer verstärkt hatten, daher konnten sie äußere Interferenzen wie Handy- oder Funksignale ausschließen. Aber was konnte es sonst sein?

Obi fand die Dateien mit den Konstruktionszeichnungen von P.R.O.T.E.U.S. auf dessen Festplatte und Charlie machte sich sofort an die Arbeit. Seit Monaten hatte Jack sie nicht mehr so aufgeregt erlebt. Sie studierte die Zeichnungen und versuchte herauszufinden, wozu die einzelnen Komponenten dienten. Auch wenn sie zugeben musste, dass sie nicht alles verstand, erklärte sie, dass sie die Genialität bewunderte, die der Konstruktion zugrunde lag. Das handwerkliche Können. Die Kunstfertigkeit.

Doch nachdem sie P.R.O.T.E.U.S.' Festplatte eine Stunde lang nach Hinweisen abgesucht hatten, waren Jack, Charlie und Obi kein bisschen schlauer.

Obi setzte sich auf. »Das ist dämlich.«

»Was ist denn los?«, fragte Jack. »Erfüllt P.R.O.T.E.U.S. nicht deine Erwartungen?«

»Es sollte funktionieren, Jack«, erklärte Charlie. »Jedenfalls, soweit ich es beurteilen kann. Ich bin schließlich kein Genie.«

»Jack schon«, meinte Obi. »Vielleicht kann er es herausfinden.«

Jack sah ihn schräg an.

»Ich verstehe es nicht«, sagte Charlie. »Es sieht aus, als würde eine Interferenz P.R.O.T.E.U.S. daran hindern, zu funktionieren. Aber das kann nicht sein.« Sie warf verzweifelt die Hände in die Höhe. »Ich weiß nicht, was ich sonst sagen kann.«

»Kannst du die Interferenz isolieren?«, fragte Jack. »Ich möchte sie mir mal ansehen.«

Obi öffnete ein paar weitere Fenster. Gleich darauf flimmerte eine Live-Version des Interferenzsignals über den Bildschirm.

Jack betrachtete das Bild lange. Er wollte gerade die Flinte ins Korn werfen, als ihm etwas auffiel.

»Einen Moment!«, stieß er hervor.

Er schnappte sich die Tastatur von Obi, öffnete ein Dialogfenster und begann ein neues Programm zu schreiben.

Fünf Minuten später war er damit fertig. Er gab »RUN« ein und der Code begann zu arbeiten. Jack hatte ein Programm geschrieben, das das Interferenzsignal in akustische Signale umwandelte, und gleich darauf vernahmen sie eine Reihe von Knack- und Quietschlauten aus Obis Computerlautsprechern.

»Das ist die Interferenz?«, fragte Charlie.

Jack nickte, schloss die Augen und lauschte.

Zuerst klangen die Geräusche völlig beliebig, aber nach ein paar Minuten änderte sich der Ton, wurde lauter und leiser, wurde von verschiedenen Pfeiftönen begleitet, die Jack an Delfine erinnerten.

Und ganz tief darunter war noch etwas anderes, schwach und in langen Abständen – ein tiefes Summen.

Jack riss die Augen auf. Das war irgendein vielschichtiger Code. Aber definitiv nicht beliebig.

»Kopier den Code auf unsere Server«, befahl er.

Obi stellte die Lautsprecher aus und ein paar Mausklicks später begann der Download.

»Wow«, machte Obi. »Das ist schnell.«

»Hör erst auf, wenn du alles hast«, sagte Jack. »ich will mir so viel davon ansehen wie möglich.«

Obi zuckte mit den Achseln. »Geht klar.«

»Was glaubst du, was das ist?«, fragte Charlie.

»Zeit für etwas Spaß«, rief Slink. Er ließ mehrere selbst gemachte Hartschalen-Kuriertaschen auf den Esstisch fallen.

»Was ist das denn?«, fragte Wren neugierig.

Slink schob ihr einen der Rucksäcke zu.

»Deine Ausrüstung, junge Dame«, erklärte er und verneigte sich leicht.

»Wozu?«, wollte Wren wissen.

Slinks Augen blitzten auf.

»Wir gehen Z.A.N.G.en.«

»Was ist das?«

»Das wirst du schon sehen.« Slink reichte Charlie einen Rucksack und gab auch Jack einen.

»Ich komme nicht mit«, wandte Jack ein, die Augen auf den Code gerichtet.

»Doch, tust du«, beharrte Slink und drückte ihm den Rucksack in die Hand.

»Nein, ich will das hier entschlüsseln.«

»Du starrst das schon viel zu lange an«, fand Slink. »Wer zu viel arbeitet…«

»…wird irgendwann krank«, ergänzte Charlie lächelnd. »Er hat recht, Jack. Du brauchst eine Pause. Obi kann bleiben und weiter darauf aufpassen.«

Jack seufzte.

»Na gut, wie ihr meint.« Er sah Slink an. »Hast du die Liste der Zielpersonen?«

Slink nahm ein gefaltetes Blatt Papier aus der Hosentasche und hielt es hoch. »Selbstverständlich.«

Eine Stunde später duckten sich Wren und Slink hinter einen verbeulten Müllcontainer vor einem

Wohnblock. Sie hatten die Kapuzen und Halstücher vors Gesicht gezogen, sodass nur noch ihre Augen zu sehen waren.

Im Schatten waren sie fast unsichtbar.

Benning war ein heruntergekommenes Wohngebiet. Müll lag auf der Straße und alles wirkte verwahrlost und schmutzig. Entweder wusste der Bürgermeister nicht, dass dieser Teil von London existierte, oder er ignorierte seine Existenz. Auf jeden Fall sah man so etwas nicht in den Touristenbroschüren.

»Was machen wir denn hier?«, wunderte sich Wren zum hundertsten Mal, seit sie den Bunker verlassen hatten.

Slink legte einen Finger an die Lippen.

»Hab ich doch gesagt: Wir Z.A.N.G.en.«

»Ja«, erwiderte Wren genervt, »aber was soll das sein?«

»Jack?«, meldete sich eine Stimme in Jacks Ohr. Es war Charlie, die sich ein Stück weiter weg in der Straße versteckte. »Unsere Zielperson nähert sich.«

Jack sah auf und tatsächlich kam eine Frau mit einem Kinderwagen um die Ecke. Jack schätzte sie auf Anfang zwanzig, obwohl sie wesentlich älter aussah. Ihre Kleider waren schäbig und abgetragen. Das Haar hatte sie zurückgebunden, um zu verbergen, wie matt und schmutzig es war. Sie hinkte und war so dünn, dass man meinen konnte, ein Windhauch könne sie entzweibrechen.

Vor ihrer Wohnungstür blieb sie stehen und holte ihre Schlüssel heraus.

In diesem Moment kamen vier Kinder mit Baseballmützen vorbei und machten eine spöttische Bemerkung zu ihr. Die Frau duckte sich und wartete, bis sie um die Ecke verschwunden waren.

Schließlich schloss sie ihre Wohnungstür auf und zerrte rückwärtsgehend den Kinderwagen nach drinnen.

Jack erhaschte einen Blick auf ein blasses Gesicht, das aus den schmutzigen Decken hervorlugte. Das Baby war etwa acht Monate alt und offensichtlich unterernährt.

Jack und Slink traten aus ihrer Deckung.

»Fertig?«, flüsterte Jack ins Mikrofon.

»Fertig«, bestätigte Charlie.

»Was habt ihr denn ...«, begann Wren, doch Slink bedeutete ihr, still zu sein und zuzusehen.

Mit einem letzten Klicken schloss sich die Tür der Frau hinter ihr.

»Jetzt!«, sagte Jack.

Blitzschnell schoss Charlie auf Rollerblades die Straße entlang und blieb vor der Tür der Frau stehen. Sie setzte ihren Rucksack ab, hockte sich hin und machte ihn auf. Dann nahm sie zwei volle Einkaufstüten heraus, die sie vor die Tür stellte. Anschließend schwang sie den Rucksack wieder über die Schulter, klopfte laut an die Tür und rollte mit Hochgeschwindigkeit davon.

Jack lächelte. Diesen Teil liebte er.

Die Tür ging einen Spaltbreit auf und die junge Frau spähte nach draußen. Gerade als sie sie wieder schließen wollte, bemerkte sie die Tüten. Einen Augenblick dachte Jack schon, sie würde sie ignorieren und die Tür einfach wieder zumachen, doch dann siegte ihre Neugier. Sie öffnete die Tür weiter, überprüfte noch einmal misstrauisch die Straße, bückte sich und riskierte einen Blick in die Tüten, als fürchtete sie, sie könnten jeden Moment explodieren.

Dann machte sie plötzlich große Augen.

»Was ist denn da drin?«, fragte Wren, deren Augen mindestens ebenso groß geworden waren.

Die Frau nahm eine Packung Windeln heraus und betrachtete sie. Dann holte sie mehrere Gläser Babynahrung, Suppendosen, Hustenmedizin hervor… Erstaunt sah sie die Sachen an.

»Einkäufe«, stieß Wren hervor und sah Jack an. »Ihr habt ihre Einkäufe erledigt?«

»Das hat sie gebraucht.«

Die Frau packte die erste Tasche wieder ein und

schaute schnell in die zweite. Kurz blieb sie stehen und sah aus, als würde sie gleich in Tränen ausbrechen. Sie überprüfte mit einem letzten Blick die Straße, dann nahm sie die Tüten fast zärtlich in beide Arme, richtete sich auf und verschwand im Haus. Leise schloss sich die Tür hinter ihr.

Mit breitem Grinsen kam Charlie zu ihnen geskatet.

»Habt ihr ihr Gesicht gesehen?«

Jack nickte.

Wren sah sie verblüfft an. »Wie habt ihr das noch mal genannt?«

»Zangen.«

»Z.A.N.G.«, erläuterte Slink. »Zufällige Akte Netter Gefälligkeiten.« Während sie sich entfernten, erklärte er weiter: »Wie bei jedem anderen Job suchen wir uns unser Ziel – wir finden Menschen, die ein wenig Unterstützung brauchen können, recherchieren, und dann besorgen wir ihnen, was sie brauchen. Wir helfen auch zufälligen Freunden und verbreiten ein wenig Freundlichkeit.«

»Alles anonym«, fügte Charlie hinzu.

»Es sind nur Kleinigkeiten,« ergänzte Jack mit einem Schulterzucken.

Charlie schaute zurück. »Auf jeden Fall hat ihr Tag einen glücklichen Abschluss gefunden.«

Slink zog die Liste mit den Zielpersonen aus der Tasche und hielt sie Wren hin.

»Möchtest du dir jemanden aussuchen?«

Die nächsten drei Stunden vergingen wie im Flug. Wren glühte förmlich vor Begeisterung. Zuerst hatte sie ein einfaches Ziel gewählt – mit etwas weniger Wirkung, aber dennoch sehr befriedigend – und die Sache selbst erledigt. Sie hatte eine durchsichtige Plastiktüte an einen Automaten geklebt. In dieser Tüte steckte ein Zettel – *Der nächste Snack geht auf uns* –, und daran wiederum waren ein paar Pfundmünzen geklebt.

Dies hatte sie bei vier weiteren Automaten getan, bis Jack vorschlug, dass sie sich etwas anderem zuwandten.

Auch die nächsten Ziele waren relativ harmlos.

Vor einem Haus angekettet stand ein Fahrrad mit einem platten Reifen. Sie hängten ein Reparaturset an den Lenker. Ein paar Straßen weiter war bei einem rostigen Ford Anglia eine neue Steuermarke fällig. Slink steckte eine unter den Scheibenwischer, damit der Besitzer sie fand.

In einem heruntergekommenen Bungalow an einer Straßenecke wohnte ein alter Mann. Jack erinnerte sich daran, dass er verheiratet gewesen war, aber seine Frau war gestorben. Damals war das Haus sauber und der Garten ordentlich und gut gepflegt gewesen. Jetzt hatte es schon bessere Tage gesehen. Die Regenrinnen waren lose, die Farbe blätterte von den Fensterrahmen, und am mittlerweile halb verfallenen Zaun prangten Graffiti.

Die Aufgabe war einfach. Wren musste lediglich einen Brief bei einer anderen Tür einwerfen. Das war alles. Zufällig wohnte ein Maler, Dekorateur und Handwerker ein paar Häuser weiter in derselben Straße.

Slink hatte es vorbereitet, indem er ihm erklärte, was er von ihm wollte, und dreihundert Pfund in den Umschlag gesteckt.

Als Wren zurückkam, fragte sie: »Können wir in ein paar Wochen wiederkommen und sehen, wie es dann aussieht?«

»Natürlich«, versprach ihr Charlie.

In Jacks Kopfhörer piepte es.

»Ja?«

Es war Obi und er klang aufgeregt.

»Es hat aufgehört.«

»Was?«, fragte Jack stirnrunzelnd und wunderte sich: »Der Code? Und?«

»Nein«, sagte Obi, »das hast du falsch verstanden. Ich meine die Interferenz hat aufgehört. Wir haben P.R.O.T.E.U.S. repariert.«

Auf dem Weg die Gleise entlang, die sie zurück zum Bunker führten, blieb Jack plötzlich stehen und starrte eine Brücke zehn Meter über ihnen an. Und in der Mitte – in meterhohen Graffiti-Buchstaben – prangten die Worte *Street Warriors*.

Über die Brücke verlief eine Hauptstraße, auf der Tag und Nacht der Verkehr dahinströmte.

»Wie hast du das gemacht?«, fragte Jack kopfschüttelnd.

Slink zuckte mit den Achseln.

»Schablonen.«

»Witzbold. Ich meine, wie bist du da raufgekommen?«

Wieder zuckte Slink mit den Schultern.

»Geklettert.«

So wie Jack ihn kannte, hatte er keine Seile oder gar ein Geschirr verwendet.

Er warf einen Blick auf Charlie, die ebenfalls beeindruckt zu sein schien. Allerdings war es nicht gerade die intelligenteste Tat gewesen, die Tags in der Nähe des Bunkers zu platzieren. Sicher, Slink konnte gerne Graffiti anbringen, aber doch bitte irgendwo anders in London, nicht ausgerechnet so dicht bei ihrem Versteck. Slink hätte genauso gut ein großes Schild mit einem Pfeil »Zum Geheimbunker bitte hier entlang« aufstellen können. Gerade als Jack überlegte, ob er ihn darauf ansprechen sollte, hörten sie von hinten einen Zug kommen. Sie rannten in den Tunnel bis zu einer Seitentür und schlüpften hindurch.

Dieser Weg zum Bunker war nur halb so spektakulär wie der an den Gleisen. Wren summte sogar vor sich hin, während sie eine Betontreppe hinunterliefen und so in den Tunnel zum Bunker gelangten.

Vor der Luftschleusentür blieb Jack stehen und wollte sie gerade aufmachen, doch plötzlich erstarrte er.

»Was ist los?«, fragte Charlie.

»Pssst!«, machte Jack.

Da war es wieder. Ein Zischen, gefolgt von einem dumpfen Schlag. Er bedeutete den anderen, zurückzubleiben, machte vorsichtig die Tür auf und spähte in den Korridor.

148

Dort war alles still.

Er wollte schon wieder zurücktreten, als die Schiebetür am anderen Ende aufging. Jack straffte die Schultern, aber es kam niemand. Mit einem heftigen Knall schloss sich die Tür wieder. Er runzelte die Stirn.

»Was ist denn da los?«, wollte Charlie wissen.

Jack wollte schon antworten, als die Tür mit einem Zischen wieder aufging und sich gleich wieder schloss. Er öffnete die Stahltür ganz, damit die anderen es auch sehen konnten.

Sie beobachteten eine Weile, wie sich die Türen aufschoben und schlossen. Jack versuchte ein Muster zu erkennen, aber es gab keines. Die Zeitabstände waren rein zufällig. Er betrachtete die Tastatur an der Wand, die unaufhörlich blinkte. Ansonsten konnte die Tür nur von Obis Computer aus gesteuert werden.

»Haltet diese Tür hier offen«, befahl Jack Charlie und betrat vorsichtig die Luftschleuse. Die Tür zischte auf, schloss sich, öffnete sich und schloss sich wieder, jedes Mal mit einem Knall, der Wände und Boden vibrieren ließ.

»Obi?«, fragte er über seinen Kopfhörer. Er bekam keine Antwort.

»Obi!«, schrie er.

»Ja?«, hörte er schwach die Antwort.

»Was machst du da?«

»Das bin ich nicht!«, verwahrte sich Obi. »Das Sicherheitssystem ist durchgedreht!«

»Kannst du sie lange genug offen lassen, dass wir sicher reinkommen können?«

»Ich habe keinerlei Kontrolle darüber.«

Jack sah Charlie an. »Keinerlei Kontrolle?«

Obi war der Meister der Sicherheit. Er hatte immer die Kontrolle!

Die Tür zischte auf und knallte so heftig zu, dass sich ein Stück Putz von der Decke löste.

»Wir müssen da rein«, stellte Jack fest.

»Ich mache das«, erklärte Slink und drängte sich an ihm vorbei.

Jack hielt ihn an der Schulter zurück. »Wenn diese Tür dich erwischt…«

»Dann bin ich Matsch«, erklärte Slink und lächelte schief. Dann ließ er die Knöchel knacken. »Also los!«

Jack ließ ihn los und nickte. Slink kannte sich aus mit Gefahr. Er war geschmeidig wie eine Katze, aber Jack wollte lieber nicht darüber nachdenken, wie viele seiner neun Leben er schon aufgebraucht hatte.

Slink beobachtete die Tür aufmerksam. »Kein Muster?«

Jack schüttelte den Kopf. »Ich kann zumindest keines erkennen.«

»Ausgezeichnet.« Slink wirkte noch entschlossener als zuvor.

Die Tür ging auf, und Slink wollte gerade lossprinten, doch schlug sie wieder zu, bevor er noch richtig reagiert hatte.

Wren stand in der Ecke an der anderen Tür, knetete ihre Hände und flehte: »Sei bloß vorsichtig, Slink!«

»Ja, ja«, erwiderte der und konzentrierte sich weiter auf die wild gewordene Tür, die auf- und zuschlug. »Ich hab's. Ganz einfach.«

Die Tür zischte auf. Slink sprang, und drei Dinge geschahen gleichzeitig: Er wirbelte vorwärts, Wren schrie auf, und die Tür knallte zu.

Sie verfehlte Slink um Haaresbreite, doch er hatte es hindurchgeschafft.

»Alles in Ordnung?«, rief Jack. Die Tür zischte erneut eine Sekunde lang auf und gab den Blick auf Slink frei, der den Daumen hochhielt.

Knapp eine Minute später kam Slink mit einem Stuhl zurück, und sobald sich die Tür öffnete, schob er ihn in die Lücke. Die Tür prallte auf den Stuhl, doch der hielt sie offen.

Jack winkte Wren zu sich.

»Du zuerst.«

Wren trat vor, steif und aufrecht, mit angstgewei-
teten Augen, und betrachtete nervös die Tür. Wieder
zischte sie einen kurzen Moment auf und knallte
dann auf den Stuhl, dass es knackte.

»Das geht schon, aber mach schnell«, forderte
Jack sie auf. »Und du hilfst Wren, wenn sie kommt«,
rief er Slink zu.

»Mach ich, keine Angst.«

»Wenn ich es sage, springst du los«, befahl Jack
Wren. Die Tür ging auf, zögerte und krachte wieder
gegen den Stuhl. »Jetzt!«

Sie halfen Wren hinauf und gleich darauf war sie
drinnen.

»Jetzt du«, sagte Jack zu Charlie.

Sie nickte und machte sich bereit.

Die Tür ging auf und prallte erneut auf den Stuhl.
Jack fuhr zurück, als ihn Holzsplitter im Gesicht trafen. Ohne auch nur noch eine Sekunde zu zögern,
sprang Charlie über den Stuhl und durch die Lücke.

Sofort knallte die Tür wieder zu. Dieses Mal war
das Krachen noch lauter und Jack schützte seine
Augen vor weiteren Splittern. Der Stuhl würde keinen weiteren Schlag mehr aushalten. Jack holte
schnell Luft und setzte zum Sprung an. Die Tür öffnete sich, er drehte seinen Körper in der Luft und sah

wie in Zeitlupe, wie sich die Tür wieder zu schließen begann. Der Stuhl brach in der Mitte durch und zersprang in tausend Splitter. Jack schaffte es durch die Lücke und landete auf dem Boden.

Keuchend rollte er sich auf die Seite und versuchte einen Moment, wieder zu Atem zu kommen. Er hatte Glück, dass seine Beine noch heil waren.

Charlie hielt ihm die Hand hin, um ihm hochzuhelfen. Die Lichter im Bunker flackerten an und aus. Die Monitore um Obi herum blinkten wie verrückt. Es war das reinste Chaos.

Sie liefen zu Obi.

Obi keuchte, als wäre er einen Marathon gelaufen. Schweiß rann ihm über die Stirn, über die Wangen und tränkte sein T-Shirt. Seine Hände flitzten über Tastaturen und Trackballs.

»Er reagiert nicht«, erklärte er panisch. »Das hat vor zehn Minuten angefangen. Ich habe alles versucht, um es zu stoppen.«

Alles erbebte, als die Tür erneut zuknallte und weitere Brocken Putz von der Decke fielen.

»Immer schön der Reihe nach«, sagte Jack zu Charlie, und sie spurteten den Gang entlang.

Er warf die erste Tür auf der linken Seite auf und stürmte hindurch. Der Elektroraum war klein, nicht viel größer als ein Besenschrank, aber er war geram-

melt voll mit Elektronik, summenden Sicherungs-
schaltern und Steuerungen. An den Wänden und
von der Decke hingen dicke Kabelbündel.

Jack blieb vor einem Serverschrank stehen und
machte ihn auf. Hier wurde das Sicherheitssystem
des Bunkers mit den Computern verbunden. Vielleicht hörte das Chaos auf, wenn sie die Verbindung
unterbrachen.

»Welches ist es?«

»Welches ist was?«, fragte Charlie.

Jack fasste nach einem grauen Kabel. »Ist das die
Verbindung vom Server zur Steuerung des Bunkers?«

»Nein.«

Jack ließ das Kabel los. »Welches ist es dann?«

Charlie deutete auf einen armdicken Strang von
zusammengebundenen Kabeln über dem Schrank,
der in etwas endete, das aussah wie ein Netzwerk-
eingang.

Jack packte eine Handvoll Kabel.

»Warte!«, hielt ihn Charlie auf. »Wenn du alle Verbindungen löst, verlieren wir alles.«

»Wir haben keine Wahl. Wenn wir es nicht tun,
könnte die Tür zufallen, und dann sitzen wir hier
unten fest.«

Charlie stieß ihn beiseite und fuhr, leise vor sich
hin murmelnd, mit dem Finger über die Kabel.

154

Vom Hauptbunker erklang ein Donnern.

»Uns läuft die Zeit davon!«, mahnte Jack.

Charlie löste zwei Verbindungskabel und das Hämmern der Tür hörte auf.

»Siehst du?«, sagte sie. »So etwas muss man vorsichtig machen.«

Jack trat zurück und atmete erleichtert auf. Doch gleich darauf erklang ein lautes Knirschen von draußen.

»Was ist denn jetzt schon wieder los?«

Sie liefen auf den Gang zurück und lauschten. Das Geräusch kam aus dem Generatorraum.

In der Mitte des Raums stand ein großer Dieselgenerator, der mit dicken Stahlbolzen auf eine Betonplatte befestigt war. An einem Ende des Generators befand sich ein großer Kühler und am anderen verliefen Rohre zur Decke. Durch das eine wurde Sauerstoff von oben angesaugt, durch das andere wurden die Abgase abgeleitet.

Jack warf einen Blick auf die Tankanzeige. Sie stand auf halb voll. Das sollte ihnen noch wochenlang reichen. In einer Ecke lagerten fünf Ersatztanks, von denen sie noch nicht einmal den ersten verbraucht hatten.

Charlie überprüfte den Kühler. Er hatte genügend Wasser. Alles war so, wie es sein sollte.

Jack wollte schon vorschlagen, dass sie in den Hauptraum zurückgehen sollten, als es wieder zu knirschen begann. Er wandte sich um und stellte fest, dass das Geräusch nicht vom Generator stammte, sondern von einem zweiten Motor, über den der Bunker mit Frischluft versorgt wurde.

Charlie eilte hinüber und hockte sich davor. Der Motor surrte, wurde schneller, dann langsamer und dann wieder schneller. Stirnrunzelnd betrachtete sie den Zähler daneben.

»Die Stromversorgung spielt total verrückt«, stellte sie fest.

»Wird die auch über die Computer gesteuert?«, fragte Jack.

Charlie nickte.

»Dann müssen wir das auch abschalten.«

Charlie stand auf. »Wir könnten die Stromversorgung zum ganzen Bunker kappen und es mit einem Neustart versuchen.«

»Nein.«

Jack hatte das ungute Gefühl, dass ihnen das nur noch mehr Probleme bringen würde. Wenn die Computer nicht mehr hochfuhren, was für Schwierigkeiten würden sie dann haben?

»Kannst du alle computergesteuerten Systeme abschalten?«

»Alles?«

»Alles.«

Charlie nickte.

»Ja, aber es würde Ewigkeiten dauern, bis ich wenigstens die Luftversorgung wieder zum Laufen kriege. Ich muss eine Umleitung einrichten...«

»Los, fang an«, forderte Jack sie auf.

Charlie zögerte, denn offensichtlich war sie sich nicht sicher, wie lange der Sauerstoff hier unten reichen würde. Tage? Stunden? Sie hatten keine Ahnung.

»Das geht schon gut«, versicherte ihr Jack zuversichtlicher, als er sich fühlte.

Als würde er protestieren, knirschte der Motor, während er wieder schneller wurde. Ohne zu zögern, lief Charlie in den Kontrollraum zurück, und einen Augenblick später drosselte der Motor sein Tempo und starb dann ganz ab.

Jack traf im Gang wieder auf Charlie. »Und jetzt finden wir heraus, was eigentlich passiert ist.«

Zusammen gingen sie in den Hauptbunker zurück.

»Nun?«, fragte Jack und versuchte, so ruhig wie möglich zu klingen.

Obi deutete mit zitterndem Finger auf den Monitor mit den Codes, die sie gerade kopierten.

»Wie ich schon sagte, es hat aufgehört, okay?«

Jack nickte. »Und du hast gesagt, dass P.R.O.T.E.U.S. funktioniert?«

»Ja, genau«, nickte Obi. »Ich bin die Laufwerke durchgegangen, um herauszufinden, wohin die Datei verschwunden ist und ...«, er schluckte, »... ich habe sie gefunden. Hier.« Er klickte auf den Trackball, woraufhin sich ein Fenster mit einem Code öffnete. »Ich glaube, es ist ein Virus.«

Jack starrte den Bildschirm an. »Bist du sicher?«, fragte er, doch nach allem, was gerade geschehen war, kam ihm das ziemlich wahrscheinlich vor.

»Wenn ich es doch sage!«, beharrte Obi. »Es ist ein Virus. Das blöde Ding hat die Hardware geschreddert und die Computer dazu gebracht, alle möglichen Befehle zu geben.«

Jack neigte sich vor, um besser sehen zu können. Es schien sich um eine Art Programm zu handeln, aber wie konnte das sein? Zum einen war die Syntax falsch. Er erkannte Teile verschiedener Programmiersprachen, alle durcheinander, Python, C++, Java. Andere Symbole konnte Jack nicht identifizieren.

Er scrollte nach unten und bemerkte ein paar Zeilen im Code, die er verstehen konnte. Das Programm hatte die Steuerung ihres Sicherheitssystems infiziert und die Befehle für die Tür ausgelöst.

Auf Jacks Stirn bildete sich eine steile Falte.

»Was denkst du?«, wollte Charlie wissen.

»Soweit ich es sehen kann, hat Obi recht – es ist ein Virus, und er sucht.«

»Was heißt das denn?«, fragte Wren.

»Sieh mal!« Jack deutete auf die verschiedenen Zeilen. »Er sucht nach einer passenden Sprache – offenbar ist der Virus so konstruiert, dass er die Sprache eines neu infizierten Systems erkennt und dann darin Schaden anrichtet.«

Er zog die Tastatur näher und scrollte sich durch den Code. Teile des Virus veränderten sich ständig, schienen ununterbrochen im Fluss zu sein. So etwas hatte er noch nie gesehen.

»Unglaublich«, stieß er hervor.

Der Virus infizierte weitere Rechner im Bunker und mehrere Lüfter liefen an.

Obi richtete sich auf.

»Wir müssen ihn abschalten«, stellte er fest und griff nach der Tastatur.

Doch Jack nahm sie ihm weg. »Lass es!«

»Aber er pfuscht uns in die Bunkerkontrollen.«

»Jetzt nicht mehr«, erklärte Jack. »Charlie hat ihn von unserem Sicherheitssystem getrennt.«

Obi schien nicht überzeugt und runzelte die Stirn.

»Aber er ist immer noch in unserem System. Was hast du denn mit ihm vor?«

»Nichts«, sagte Jack und sah die anderen an. Sie erwiderten seinen Blick, als sei er verrückt geworden. »Lasst uns einfach mal sehen, was er als Nächstes versucht.«

»Ist das nicht riskant?«, fragte Charlie.

Jack war fasziniert von dem Virus. Er musste unbedingt herausfinden, wie er funktionierte, die Konstruktion dieses Meisterwerks bewundern. Er sah seine Freunde an und behauptete: »Es ist sicher«, auch wenn er nicht erwarten konnte, dass sie ihn verstanden.

Obi fluchte plötzlich so laut, dass alle erschraken.

»Was ist denn jetzt los?«, fragte Slink.

Obi deutete auf einen anderen Bildschirm. »Seht mal!«

Jack wandte sich zum Bildschirm.

Dort tauchte ein grünliches, ein wenig verschwommenes Satellitenbild auf. Es zeigte die Luftaufnahme eines Lagers mitten in einer Wüste. Mehrere Zelte standen im Kreis und daneben zwei Pick-ups.

Jack konnte die Silhouette eines Mannes erahnen, der sich an einen der Wagen lehnte.

Stirnrunzelnd betrachteten die fünf das Bild.

»Woher kommt das?«, wollte Jack wissen.

Obi deutete auf einen der anderen Bildschirme,

auf dem der Pfad aufgetaucht war, der direkt zu P.R.O.T.E.U.S. führte.

Zuerst verstand Jack nicht, doch dann fiel es ihm wieder ein. Sie waren durch den Virus so abgelenkt gewesen, dass sie die Hauptsache vergessen hatten – dass sie das Problem mit P.R.O.T.E.U.S. gelöst hatten.

P.R.O.T.E.U.S. war offensichtlich mit dem Virus infiziert gewesen, es war gar keine Interferenz. Und irgendwie war der Virus von P.R.O.T.E.U.S. auf ihren eigenen Server gelangt. Sie hatten ihn nicht kopiert, er war tatsächlich gewandert.

Jetzt, wo P.R.O.T.E.U.S. frei war, lief er mit maximaler Effektivität. Was Professor Markov nicht gelungen war, hatten sie durch Zufall repariert.

Aber was machte P.R.O.T.E.U.S. eigentlich?

Das Bild von der Wüste verschwand und an seiner Stelle tauchte ein Dokument auf. Oben auf der Seite prangten das Logo und die Adresse der russischen Botschaft in London. Darunter stand ein Brief in, wie Jack vermutete, kyrillischer Schrift.

»Ich nehme mal an, dass das keiner von euch lesen kann?«

Die anderen schüttelten die Köpfe.

Das Dokument verschwand und wurde durch ein anderes Bild ersetzt. Dieses Mal war es das Verbrecherfoto eines Mannes mit schulterlangem, wirrem braunen Haar und einem dichten Bart. Er trug ein schmutziges cremeweißes Hemd und starrte sie mit kaltem, durchdringendem Blick an.

Unter dem Foto stand ein Name: *Simon Grate. Alter: 37. Gesucht in Verbindung mit dem Bankraub in Manhattan am 3. August. Vermutlich bewaffnet und gefährlich. Nicht ansprechen. Rufen Sie ...*

Bevor sie weiterlesen konnten, zeigte der Bildschirm ein neues Satellitenfoto – dieses Mal war es eine dicht besiedelte Stadt, obwohl es mehr wie eine Wellblechsiedlung aussah als wie eine richtige Stadt. An einem Hügel standen Tausende von roten und grauen Schachteln dicht nebeneinander.

Jack glaubte, Caracas zu erkennen, war sich aber nicht sicher.

Genau in diesem Moment verstand er.

»Ich weiß, was das ist«, rief er und wurde plötzlich ganz aufgeregt. Die anderen sahen ihn fragend an. »Digitale Geheimnisse.«

»Digitale was?«, fragte Charlie.

»Geheimnisse«, erwiderte Jack und deutete auf den P.R.O.T.E.U.S.-Bildschirm. »Das macht er. Seht ihr das nicht?«

Er konnte es nicht fassen. Es konnte nicht sein. Aber da war es.

»Willst du uns das vielleicht erklären?«, forderte

ihn Slink auf, verschränkte die Arme und lehnte sich an Obis Stuhl.

Jack holte tief Luft.

»P.R.O.T.E.U.S. ist doch ein Quantencomputer, oder? Theoretisch ist er leistungsfähiger als jeder andere Computer auf der Welt, nicht wahr?«

Die anderen zuckten entweder mit den Schultern oder nickten.

»Nun, eine Nutzungsmöglichkeit für einen solchen Quantencomputer könnte es sein, jedes Passwort zu knacken und sich Zugang zu jedem Netzwerk zu verschaffen«, erklärte er und schluckte. »Man könnte jedes Geheimnis ausspionieren.«

»Jetzt warte mal«, warf Slink ein. »Dieser Virus hat P.R.O.T.E.U.S. daran gehindert, zu funktionieren, und jetzt, wo wir ihn entfernt haben… was ist da? P.R.O.T.E.U.S. kann jetzt überall auf der Welt Geheimnisse stehlen?«

Jack nickte und sah zu, wie sich die Erkenntnis auf ihren Gesichtern breitmachte. Ein weiteres Dokument tauchte auf dem Bildschirm auf. Dieses Mal stand in dicken Buchstaben der Stempel TOP SECRET darüber.

»Dank uns ist P.R.O.T.E.U.S. jetzt der beste Hacker der Welt«, stellte er fest.

Jack saß auf dem Sofa und starrte ins Leere. An den Wänden um ihn herum tanzten die Lichter der Bildschirme, über die Bilder flackerten – Hunderte von streng geheimen Dokumenten. Er ignorierte sie und bekam gleich darauf ein schlechtes Gewissen. Was hatten sie getan? Sie hatten das Problem mit P.R.O.T.E.U.S. gelöst und damit die Tür zu allen Geheimnissen der Welt aufgestoßen.

Es war wirklich nicht sein bester Tag.

Jack hatte nicht gewusst, was es bedeutete, als er Obi bat, den Code zu kopieren. Wie konnte er ahnen, dass der Virus von P.R.O.T.E.U.S. auf ihre eigenen Computer übergreifen würde? Er hatte sich den Code doch nur ansehen wollen. Im Nachhinein war es klar, wozu der Virus da war – er sollte P.R.O.T.E.U.S. daran hindern, effektiv zu arbeiten –, er sollte die Regierung daran hindern, den Rest der Welt zu hacken.

Stöhnend vergrub Jack den Kopf in den Händen.

Jetzt war P.R.O.T.E.U.S. in der Lage, jedes Geheimnis zu stehlen, und die Regierung hatte Zugang zu unbeschränkter Macht. Keine Nation hatte so viel Macht verdient.

Es war eine viel zu große Versuchung.

Sicher, mithilfe von P.R.O.T.E.U.S. konnte man jeden Terroristen und Schurken auf der Welt schnappen und vor Gericht bringen, aber man konnte mit ihm auch die Rechte der Menschen beschneiden. Vor P.R.O.T.E.U.S.' Blick wäre niemand sicher.

Das Schlimmste jedoch war, dass die Regierung mit P.R.O.T.E.U.S. auch die Street Warriors aufspüren konnten. Sie würden Jack all seine früheren Hacker-Verbrechen nachweisen und ihn in die Jugendstrafanstalt schicken.

Wer weiß, was sie mit den anderen machen würden.

Jack seufzte. Er musste das in Ordnung bringen, bevor es zu spät war.

Charlie saß ihm auf dem Sofa gegenüber und wirkte sehr blass. Sie verstand den Ernst ihrer Lage offensichtlich.

»Ich habe die Luftversorgung und die Sicherheitssysteme des Bunkers isoliert«, sagte sie leise, als würde sie eine höhere Lautstärke noch weiter in

Schwierigkeiten bringen. Aber da brauchte sie keine Sorge zu haben – schlimmer konnte es nicht werden. »Es sollte gehen, bis wir die Computer wieder anschließen können.«

Jack nickte.

»Und was machen wir jetzt?«, fragte Charlie zögernd.

Jack fühlte sich unglaublich machtlos.

»Wir müssen P.R.O.T.E.U.S. aufhalten«, sagte er, obwohl er keine Ahnung hatte, wie sie das bewerkstelligen sollten.

»Aber das ist doch das Problem der Welt da draußen, nicht unseres«, wandte Slink ein und ließ sich neben Jack aufs Sofa fallen.

»Natürlich ist es unser Problem«, widersprach Charlie ungläubig.

Slink zuckte mit den Achseln. »Ich wüsste nicht, warum.«

»Wieso denn nicht?«

Ein Lächeln umspielte seine Lippen. »Soll die Welt da draußen doch brennen. Es ist doch Regierung gegen Regierung. Sie haben einander verdient. Sollen sie doch ihre dummen Kriegsspiele spielen.«

»Die Sache ist nur die«, erklärte Jack, »es ist kein Spiel, und der Rest der Welt wird mit ihnen verbrennen. Einschließlich uns.« Normalerweise bewunderte er Slink für seine sorglose anarchistische Haltung, aber das war jetzt nicht angebracht. »Wir haben ein Monster losgelassen«, erklärte er. »Die Regierung hat jetzt die Möglichkeit, uns alle zu beobachten, jeden Tag, jede Minute. Der ultimative Big Brother.«

Eine Welt vollkommen ohne Privatsphäre war eine furchtbare Vorstellung. Er musste etwas tun. Vielleicht konnten sie …

»Nein!«, schrie Obi.

Jack sprang auf und rannte zu ihm hinüber. »Was ist?«

Obi tippte und klickte. Er sah Jack an.

»Die Verbindung zu P.R.O.T.E.U.S.. Sie ist weg.«

Jack erschrak. Die Agenten mussten die Verbindung entdeckt haben, die sie benutzt hatten. Er blies die Backen auf. Sie hatten keine andere Wahl – sie mussten handeln, und zwar schnell. »Wir müssen P.R.O.T.E.U.S. vernichten.«

»Vernichten?«, wiederholte Obi entsetzt. »Bist du ver…«

Jack hob die Hand und sah Charlie an. »Wir müssen zurück in dieses Gebäude, und zwar schnell.«

Charlie erhob sich langsam. »Soll das heißen …?«

Jack holte tief Luft. Er hatte das Gefühl, als würde er dies später noch bereuen. »Es ist aber der schnellste Weg, oder?«

»Aber du hast doch gesagt, du willst nicht, dass ich es benutze? Du sagst doch immer, es sei nicht sicher.«

»Ist es ja auch nicht«, erwiderte Jack und ging zur Tür. »Aber entweder wir kommen schnell dorthin oder wir sterben bei dem Versuch.« Und im Moment war es ihm auch völlig egal.

»Ich für meinen Teil bin vorerst zufrieden«, erklärte Charlie, die fröhlich hinter ihm herhüpfte.

Als Jack Schritte hinter ihnen hörte, drehte er sich um. Slink und Wren folgten ihnen.

»Ihr zwei wartet hier!«

Als sie protestieren wollten, hob Jack die Hand, um sie zum Schweigen zu bringen. »Wenn wir Schwierigkeiten bekommen, müsst ihr uns rausholen.«

Es war eine Lüge, denn eigentlich hatte Jack schon entschieden, dass er, sollte man ihn ein zweites Mal schnappen, die Konsequenzen selbst tragen würde.

»Aber ihr braucht mich, um in das Gebäude zu kommen«, wandte Slink ein.

Da hatte er zwar nicht unrecht, doch Jack blieb hart.

»Nicht dieses Mal«, erklärte er bestimmt. Sie hatten es hier nicht mit Kriminellen zu tun. Dieses Mal ging es um die Regierung von Großbritannien, die genau wusste, was sie tat.

Normalerweise hätte sich Jack nicht so sehr auf sein Bauchgefühl verlassen, denn es machte ihm Angst, aus einem Impuls heraus zu agieren. Er zog es vor, ruhig, kühl und überlegt zu handeln, doch dazu hatten sie einfach keine Zeit.

»Hast du immer noch Verbindung zum Sicherheitssystem des Gebäudes?«, rief er Obi zu.

Obi gab ein paar Befehle ein und stieß dann einen erleichterten Seufzer aus.

»Ja!«

»Auch zu den Kameras?«, fragte Charlie.

Obi nickte.

Jack zögerte. Wieder schien irgendetwas nicht zu stimmen. Er schüttelte das Gefühl ab. Jetzt war nicht der Moment, kalte Füße zu bekommen, sie mussten zur Tat schreiten. Er hatte bereits genug Zeit verschwendet. Einen Plan mussten sie eben unterwegs schmieden. Obwohl sie bei dem, was sie vorhatten, wahrscheinlich an nichts anderes denken konnten als an ihren bevorstehenden Tod.

Er wandte sich wieder zur Tür, betätigte die Tastatur, und die Tür schob sich knirschend auf, als hätte sie Sand ins Getriebe bekommen. Sie schien beschädigt worden zu sein, doch wenigstens funktionierte sie noch.

Jack winkte Charlie hindurch und ballte die Fäuste

in Erwartung dessen, was ihnen bevorstand. Charlie hingegen stürmte bis über beide Ohren grinsend nach draußen.

Als Jack und Charlie die Oberfläche erreichten, war es elf Uhr abends, und es war gespenstisch ruhig. Zu ruhig. Es schien, als hielte die Welt den Atem an.

Am Ende der Gasse, in der sie sich befanden, stand ein Metallcontainer, dessen Deckel mit einem Vorhängeschloss verschlossen war.

Charlie sah sich um, um sich zu vergewissern, dass sie allein waren, dann zog sie einen Schlüssel hervor, den sie an einer Kette um den Hals trug. Damit schloss sie das Vorhängeschloss auf und hob die Lasche an.

Mit Jacks Hilfe klappte sie die ganze Seitenwand des Containers nach oben. Der Deckel war auf Gaszylindern gelagert wie der Kofferraumdeckel eines Autos. Charlie hatte den Container im Jahr zuvor umgebaut.

Von außen sah der Behälter aus wie ein alter, verrosteter Container, doch er war innen mit zusammengeschweißten Metallblechen ausgelegt und sauber gestrichen, um ein sicheres Versteck zu bieten.

Batman wäre stolz auf sie gewesen.

Und worin bestand der Schatz, der so gehütet wurde? Flackernd sprang eine Neonröhre an und darunter kam ein Sportmotorrad MV Augusta mit spezialgefertigten silberglänzenden Chromteilen über einer 1000-Kubik-Maschine zum Vorschein.

Charlie würde zwar nach britischem Gesetz erst nächstes Jahr alt genug sein, um ein Motorrad mit 50 Kubik fahren zu dürfen, doch sie holte das Bike oft für eine kurze Spritztour hervor.

Jack hasste das. Er machte sich nicht nur Sorgen wegen der Gefahren, die das Motorradfahren mit sich brachte – bei einem Unfall könnte Charlie um-kommen –, sondern auch, weil immer das Risiko be-stand, dass man sie dabei erwischen konnte, wie sie auf dem dummen Ding herumkurvte.

Dann würde die Polizei sie mit Sicherheit ein-sperren, bis sie ein passendes Kinderheim gefun-den hatten. Das war sicherlich nicht das Ende der Welt, aber es würde viel Mühe machen, sie wieder herauszuholen.

Zusätzliche Mühe, die keiner von ihnen brauchte.

Charlie strich mit den Fingern über die glatte Oberfläche der Rennlackierung und seufzte, dann rollte sie das Motorrad ganz vorsichtig aus dem Con-tainer, um nicht gegen die Seiten zu schrammen.

Jack nahm zwei schwarze Helme von Haken im Container und reichte einen davon Charlie, die ihn sich gleich aufsetzte.

Jack zögerte.

»Ich werde gut aufpassen«, versprach ihm Charlie.

Ohne zu antworten, stülpte sich Jack den Helm über, schaltete den eingebaute Bluetooth-Kopfhörer ein und stieg hinter Charlie auf das Motorrad.

Charlie drehte den Zündschlüssel und der Motor heulte auf.

»Festhalten«, erklang ihre Stimme über die Sprechanlage.

Jack hielt sich an ihrer Taille fest, als das Motorrad einen Satz machte, sodass das Vorderrad sich fast einen halben Meter in die Luft erhob, und hörte sie vergnügt quietschen.

Jack packte sie noch fester. »Ich dachte, du wolltest vorsichtig sein?«

Aber wenigstens würden sie so im Nu da sein – falls Charlie sie nicht vorher gegen einen Baum setzte.

Charlie lachte.

Die Räder des Bikes landeten wieder auf dem Asphalt, sie bogen auf die Straße ein und rasten über eine rote Ampel.

Jack schloss die Augen und hoffte, dass sie heil ankommen würden.

Fünf Minuten später standen sie wieder in der Gasse. Die Laster waren verschwunden und das Rolltor geschlossen.

Jack sah sich um. Auch hier war es ruhig auf den Straßen, kein Mensch war zu sehen. Ein Schauer lief ihm über den Rücken.

»Was denkst du?«, fragte Charlie.

»Irgendetwas stimmt nicht.«

»Soll ich uns hier rausbringen?«

»Noch nicht.«

Jack scannte die Gebäude um sie herum ab. Es gab kein Anzeichen dafür, dass sie beobachtet wurden.

Fast eine Minute blieben sie sitzen und warteten darauf, dass sich etwas rührte. Jack wollte gerade vom Motorrad absteigen und sich das Rolltor ansehen, als sie das leise Rumpeln eines Motors hörten.

Charlie warf einen Blick in den Rückspiegel.

»Das gibt Ärger.«

Jack sah sich um. Ein großer Laster kam auf sie zu.

»Nicht rennen«, warnte er. »Dann werden sie nur misstrauisch.«

Nicht, dass zwei schwarz gekleidete Motorradfahrer, deren Helme abgedunkelte Visiere hatten, besonders unauffällig gewesen wären.

Charlie schob das Motorrad ein paar Meter aus der Gasse, damit es nicht so offensichtlich war, für was sie sich interessierten. Dann zog sie ihr Telefon hervor und tat so, als würde sie eine SMS schreiben.

»Gute Idee!«, flüsterte Jack.

Vielleicht würde der Fahrer des Lastwagens glauben, sie hätten sich verfahren. Er hielt die Luft an, als der Wagen näher kam.

Doch anstatt vorbeizufahren, hielt der Laster neben ihnen. Jack bemerkte, wie Charlie die Lenkergriffe fester packte, um beim ersten Anzeichen von Gefahr flüchten zu können.

Ein paar angstvolle Sekunden später hörten sie die Gangschaltung des Lasters knirschen, und wie er rückwärts in die Gasse stieß.

Als der Laster außer Sichtweite war, stieg Jack vom Motorrad, lief zur Ecke des Gebäudes. Er nahm den Helm ab und spähte in die Gasse.

Der Laster rangierte rückwärts vor das Rolltor, bevor der Fahrer ausstieg, es hochschob und hineinging.

Jack starrte die Szene einen Moment lang an, dann begriff er, was da vor sich ging.

»Sie bringen ihn weg«, sagte er und presste einen Finger auf sein Ohr. »Obi?«

»Ja?«

»Siehst du das?«

»Den Wagen? Habe ich gesehen. Wollen sie P.R.O.T.E.U.S. wegbringen?«

»Sieht ganz so aus.«

Jack überlegte schnell. Er musste P.R.O.T.E.U.S. vernichten, bevor sie ihn für immer aus den Augen verloren. Wenn P.R.O.T.E.U.S. weg war, war das Spiel aus.

»Kannst du ihnen immer noch Aufzeichnungen auf ihre Kameras schicken?«, fragte er Obi.

»Jack!«, zischte Charlie.

Er drehte sich um.

»Was ist?«

Sie nickte zur Straße hin, wo ein schwarzer Geländewagen am Bordstein hielt. Jack gefror das Blut in den Adern, denn er wusste, welcher Wagen das war.

Tatsächlich konnte er Agent Connor hinter dem Steuer erkennen. Auf dem Beifahrersitz saß Agent Cloud und hinter ihr konnte er die massige Gestalt von Agent Monday ausmachen.

Einen Augenblick lang rührte sich keiner von ihnen. Dann öffnete sich die Fahrertür, und Connor stieg aus, schob die Jacke zurück, unter der eine Pistole sichtbar wurde. Er ließ keinen Zweifel an seinen Absichten.

Jack setzte den Helm auf, rannte zum Bike und sprang hinter Charlie auf, die sofort Gas gab.

Eine Sekunde lang drehte das Hinterrad durch, dann fand es Halt, und sie schossen los.

Agent Connor griff nach seiner Waffe.

Charlie bremste stark ab, ließ das Motorrad um hundertachtzig Grad herumschleudern und raste in einer Wolke aus Gummirauch davon.

Jack riskierte einen Blick zurück. Connor sprang wieder in den Wagen und nahm die Verfolgung auf.

Am Ende der Straße bog Charlie scharf links ab und legte dabei das Motorrad so stark in die Kurve, dass ihre Knie fast den Boden berührten.

Als sie sich wieder aufrichteten, sah Jack noch einmal nach hinten.

Das Auto der Agenten schlitterte mit quietschenden Reifen hinter ihnen her.

»Los, schneller!«, schrie Jack und hielt sich krampfhaft an Charlie fest und versuchte sich ihren Bewegungen anzupassen.

Charlie duckte sich über den Lenker. Der Wind zerrte an ihren Jacken.

Die nächste Kurve – diesmal scharf nach rechts – ließ sie quer über die Straße rutschen, wodurch sie einem entgegenkommenden Polizeifahrzeug direkt vor den Kühler gerieten. Sie verfehlten es nur um Zentimeter.

Jack erhaschte einen Blick auf das erstaunte Gesicht des Polizisten, als sie an ihm vorbeirasten.

Die Polizeisirene heulte auf, und Jack sah, wie sich jetzt auch das Polizeiauto mit blitzendem Blaulicht hinter dem Geländewagen einfädelte.

»Na toll«, meinte er, »jetzt sind es schon zwei.«

»Eher drei«, stellte Charlie fest.

Ein weiterer Polizeiwagen kam mit Blaulicht direkt auf sie zu.

Charlie bog in eine enge Seitenstraße ein und gab Gas.

Der Wagen der Agenten und die beiden Polizeiautos folgten ihnen.

»So leicht geben die nicht auf.«

Charlie zog den Lenker nach links, holperte auf den Gehweg und schoss zwischen zwei Zäunen hindurch.

Einen Augenblick lang gerieten sie ins Schlingern, doch fing sie das Motorrad schnell wieder ein, und sie rasten durch eine schmale Gasse. Hier konnten ihnen die Autos auf keinen Fall folgen.

Charlie bog noch mehrmals scharf ab und fuhr Slalom um Müll und Container.

Endlich nahm sie Gas weg und wurde langsamer. Hinter ihnen lag ein wahrer Irrgarten.

Auf einer einsamen Straße hielten sie an.

Jack brauchte einen Moment, um wieder zu Atem zu kommen.

»Das war knapp.«

»Ich weiß«, antwortete Charlie, ebenfalls atemlos. »Aber es hat Spaß gemacht, oder?«

Jack fielen einige Bezeichnungen für das Geschehen ein, aber »Spaß« war nicht darunter.

Plötzlich hörte er Reifen quietschen und sah auf, als der Geländewagen vor ihnen auf die Straße einbog.

Ohne zu zögern, gab Charlie wieder Gas, und sie rasten in die entgegengesetzte Richtung davon. Einen Augenblick später war der Wagen der Agenten nur ein paar Meter hinter ihnen, und Jack bemerkte, dass es hier keine Gassen oder Nebenstraßen gab, durch die sie hätten flüchten können.

Er schaute wieder nach vorne.

Vor ihnen blockierten die beiden Polizeiwagen die Straße.

Eine Falle.

Woher hatten sie gewusst, wo sie waren?

Jacks Augen suchten den Himmel ab, konnten aber keinen Polizeihubschrauber erblicken.

»Da gibt es nur einen Weg durch«, bemerkte Charlie.

Jack wollte schon fragen, welcher das war, als er die Lücke zwischen den Polizeiautos bemerkte. Sie war nur einen halben Meter breit, aber es war eine Lücke.

In diesem Zwischenraum stand ein Polizist mit gezogenem Schlagstock, bereit, jemandem eins überzuziehen.

Charlie duckte sich über den Lenker.

»Dann spielen wir mal Angsthase!«

Jack stöhnte auf. Sie schien zu allem entschlossen.

Wie schnell mochten sie wohl sein? Sechzig, siebzig, achtzig Stundenkilometer? Wenn sie irgendein Hindernis auf ihrer Flucht trafen, würde es in einer Katastrophe enden, oder besser gesagt im Krankenhaus. Vielleicht sogar im Leichenschauhaus.

Er duckte sich hinter Charlie, schloss die Augen und wünschte sich, er hätte eine dickere Jacke angezogen, Stiefel, Handschuhe, alles, was den Aufprall abmildern würde.

Er spürte, wie Charlie erst nach links und dann rechts schwenkte und das Motorrad ausrichtete.

»Wie einen Faden durch ein Nadelöhr«, hörte er sie sagen.

Ja, dachte Jack, *nur dass der Faden ein Haufen heißer*

Schrott mit zwei Teenagern obendrauf ist, der mit hundert Millionen Sachen durch die Gegend schießt.

Das konnte nicht gut gehen.

Charlie stieß einen lauten Schrei aus.

Jack riss die Augen auf und sah gerade noch, wie der Polizist beiseitesprang, als sie durch die Lücke schossen. Er spürte, wie seine Fußstütze das Nummernschild eines der Polizeiautos schrammte. Das Bike kam gefährlich ins Schlingern, aber irgendwie brachte Charlie es wieder unter Kontrolle.

Und sie schafften es.

Jack blickte zurück und sah, wie der Geländewagen der Agenten mit quietschenden, rauchenden Reifen zum Stehen kam.

Charlie legte das Motorrad in die Kurve.

Automatisch ahmte Jack ihre Bewegungen nach, als sie um die Ecke verschwanden.

Zehn Minuten später, als sie sicher waren, genügend Abstand zu ihren Verfolgern zu haben, blieb Charlie stehen.

»Ich muss erst mal rausfinden, wo wir hier eigentlich sind.«

Jack musste zugeben, dass auch er nach den vielen Richtungswechseln, die sie genommen hatten, keine Ahnung hatte. Sie konnten überall sein. Er sah sich um, ob er irgendetwas erkannte, doch Fehlanzeige. In dem Moment, als er sich wieder zu Charlie wandte, sah er den Geländewagen vor ihnen auf der Straße auftauchen. Er erstarrte.

»Das ist doch verrückt!«, rief Charlie. »Wie können sie uns finden?«

Sie wendete das Motorrad, und wieder schossen sie davon, den Geländewagen auf den Fersen.

Jacks Magen verkrampfte sich.

Charlie hatte recht. Wie konnten die Agenten ...?

»Das ist es!«, schrie er. »So haben sie die ganze Zeit gewusst, wo wir waren!«

»Wovon redest du?«

»Sie haben uns über die Überwachungskameras verfolgt.«

In London gab es Tausende von Überwachungskameras.

Jack wechselte den Kanal seines Sprechfunkgerätes.

»Obi?«

»Was ist los?«

»Ach, nichts Besonderes. Hör mal ...« Jack erklärte ihm seine Theorie.

»Das geht nicht, Jack«, widersprach Obi nach kurzem Überlegen. »Selbst wenn es so wäre, hätten sie nur Zugriff auf die polizeilichen Überwachungskameras, nicht auf die privaten.«

Stimmt, dachte Jack. Normalerweise hatten sie nur Zugriff auf die offiziellen Aufnahmen der Stadt. Die zahllosen privaten Überwachungsanlagen waren ihnen nicht zugänglich.

»Außerdem bräuchten sie Hunderte von Leuten, die sich die Aufnahmen ansehen«, fuhr Obi fort. »Das ist einfach nicht möglich.«

Die Erkenntnis traf Jack wie ein Schlag.

»Nicht für einen Menschen.«

»Was sagst du da?«

»Wir haben so etwas schon gesehen.«

Es entstand eine weitere kurze Pause, dann verstand auch Obi.

»P.R.O.T.E.U.S.. Natürlich, sie benutzen P.R.O.T.E.U.S.!«

»Genau«, stimmte Jack zu. »Ich denke, es ist irgendeine Art von Bilderkennungsprogramm. P.R.O.T.E.U.S. hackt sich in die Kameras und verwendet die Erkennungssoftware, um uns zu folgen.«

Charlie legte sich so schräg in eine Kurve, dass Jack fast vom Bike flog, quetschte sich zwischen zwei Pollern hindurch und sauste eine Gasse entlang.

Jack sah, wie der Wagen der Agenten erneut mit

quietschenden Reifen stehen blieb, nur Zentimeter vor den Pollern.

Das würde ihnen etwas Zeit verschaffen.

Sein Gehirn arbeitete auf Hochtouren. P.R.O.T.E.U.S. würde keine normale Erkennungssoftware verwenden. Derartige Software war zwar hoch entwickelt, aber so hoch nun auch wieder nicht. Wenn ein anderes Motorrad an der Kamera vorbeifuhr, konnte sie höchstwahrscheinlich Feind und Freund nicht voneinander unterscheiden. Er zermarterte sich das Hirn. Sie beide trugen schwarz, wie viele andere Biker auch. Sie waren kleiner als ein durchschnittlicher Motorradfahrer, aber das konnten die Kameras wahrscheinlich nicht erkennen.

»Denk nach, denk nach«, murmelte Jack vor sich hin.

Endlich begriff er. Es war so einfach, dass er sich vollkommen dumm vorkam.

»Ich hab's!«, schrie er.

Vor Schreck zuckte Charlie so zusammen, dass das Motorrad wackelte. »Lass das!«

Sie fuhren um eine Ecke und hinter ein paar Gebäuden entlang.

»Halt an«, verlangte Jack.

»Was? Auf keinen Fall!«

»Halt an!«

Charlie bremste scharf und sie kamen schlitternd zum Stehen.

Jack sprang ab.

»Was machst du denn?«, fragte Charlie und sah sich ängstlich um.

»Ich brauche ... das.« Er zog Charlie das Halstuch weg, ging zum Heck des Motorrads und wickelte es ums Nummernschild.

»Jack, das ist mein Lieblings ...«, begann Charlie.

»Wenn wir hier lebend rauskommen, kaufe ich dir ein neues«, versprach Jack kurz angebunden, knotete die Enden zusammen und überprüfte, ob das Nummernschild unleserlich war. Zufrieden stieg er wieder auf. »Los, weiter!«

Sie rasten die Gasse entlang auf eine Hauptstraße auf der sie sich in den dichten Verkehr einfädelten.

»Langsamer«, verlangte Jack ein paar Minuten später. »Jetzt können sie uns nicht mehr folgen.«

Charlie nahm Gas weg.

»Zum Bunker?«, fragte sie.

»Nein«, seufzte Jack resigniert. »Wir können noch nicht zurück.«

Charlie antwortete nicht. Offensichtlich war sie zum gleichen Schluss gekommen wie er. Die Regierungsagenten würden nicht lange brauchen, um zu bemerken, was Jack getan hatte, und P.R.O.T.E.U.S.

neu programmieren, damit er nach ihnen und nicht nach dem Bike suchte.

Sie würden nicht genügend Zeit haben, um unbemerkt zum Bunker zu kommen, und wenn man sie sah, könnten sie die Agenten möglicherweise zu ihrem Versteck und zu den anderen führen.

Sie mussten das Motorrad loswerden, zu Fuß weitergehen und sich so gut wie möglich von Kameras fernhalten.

»Jack?«, meldete sich Obi. Er klang nicht so, als habe er gute Neuigkeiten.

Doch Jack hatte im Moment ernstere Sorgen.

»Alles abschalten«, befahl er. »Wir machen uns unsichtbar.«

Es bestand ebenfalls die Gefahr, dass P.R.O.T.E.U.S. die Position des Bunkers fand. Zwar würde zunächst nur die IP-Adresse einer Pizzeria gefunden werden, die sie zur Tarnung benutzten. Aber wer weiter nachforschte, würde auf die drahtlosen Verbindungen stoßen und das Signal verfolgen können.

Und irgendwann würden sie bis zur Quelle gelangen und der Bunker würde auffliegen.

»Hast du mich gehört, Obi?«

Es konnte doch nicht noch schlimmer werden.

»Ja, habe ich«, erwiderte Obi ziemlich kleinlaut. »Aber da ist noch ein anderes Problem.«

Jack blieb fast das Herz stehen. »Was denn?«

»Na ja«, meinte Obi nach einer kurzen Pause. »Es ist der Virus.«

»Und was ist damit?«

»Er ist weg.«

Charlie ließ das Motorrad mitsamt Helmen hinter einer Kirche stehen. Sie deckte es mit Pappe zu, sah dabei aber ziemlich niedergeschlagen aus. Mit großer Wahrscheinlichkeit würde jemand das Motorrad finden und für Ersatzteile auseinandernehmen oder es würde von der Verkehrspolizei beschlagnahmt. Auf jeden Fall war es verloren.

Jack legte ihr die Hand auf die Schulter. »Wir müssen los.«

»Die hier können sie von mir aus auch gleich haben«, meinte Charlie und steckte den Schlüssel unter der Pappe ins Zündschloss. »Und jetzt?«

»Wir müssen irgendwohin, wo ich nachdenken kann.« Das hätte er eigentlich schon vor langer Zeit tun sollen.

Ein Polizeiauto raste mit heulender Sirene an der Gasse vorbei.

Jack zog Charlie zurück in den Schatten.

»Irgendwohin, wo man uns nicht stört«, fügte er hinzu.

Charlie schob die Kapuze zurück und nahm seine Hand.

»Da weiß ich genau den richtigen Ort.«

Eine Stunde später kamen sie an die Tower Bridge. Charlie hatte die Tür aufgebrochen und jetzt saßen sie oben auf dem Dach des einen Turmes. Von hier aus hatten sie einen guten Blick über die Themse und London.

Lange Zeit starrte Jack nur über die Stadt, blicklos, und die Millionen Lichter der Stadt verschwammen vor seinen Augen. Aber Charlie war unruhig. Jack sah sie an.

»Was ist los mit dir?«

»Mir ist gerade etwas eingefallen.«

»Was denn?«

»Ich habe den Laptop angelassen.«

»Und?«

»Da habe ich eine Suche nach Wrens Vater laufen lassen.«

»Hast du seinen Namen gefunden?«

Charlie nickte.

Jack runzelte die Stirn. »Ich weiß nicht, ob das so eine gute Idee ist.«

Charlie erwiderte seinen Blick. »Warum nicht?«

»Wren… na ja… ich weiß nicht, ob sie irgendwo anders wohnen wollte. Sie hat sich gut bei uns eingelebt.«

»Sie hat einen Vater, Jack. Sie hat die Chance auf ein richtiges Familienleben, nicht…« Charlie biss sich auf die Lippe und sah weg.

»Nicht was?«, hakte Jack nach und dachte an den Bunker. »Was stimmt denn nicht an dem, was wir haben? Ist doch viel besser, als in einem Haus zu wohnen.«

»Aber wenn du wieder bei deinen Eltern sein könntest, würdest du das nicht wollen?«, fragte ihn Charlie.

Jack dachte darüber nach. Er konnte sich an seine Eltern nicht erinnern, aber er glaubte, wenn er die Chance dazu hätte… Seufzend schaute er wieder auf London.

Im Geiste ging er die letzten Tage durch. Wie waren sie nur in diese Lage geraten? Und vor allem, wie sollten sie wieder herauskommen?

»Wir brauchen Hilfe«, meinte er, auch wenn er es nicht gerne zugab.

Charlie sah ihn an. »Noble?«

»Noble«, nickte Jack.

Charlie tippte etwas in ihr Telefon, das gleich darauf mit einer Antwort piepte.

»Er sagt, er trifft sich morgen Mittag mit uns.«

Das war typisch Noble, dachte Jack. Stets bereit, ihnen zu helfen, ohne Fragen zu stellen. Doch Jack hasste es, ihn um etwas zu bitten, weil er ihnen bereits so viel gegeben hatte. Ohne ihn wären sie immer noch im Heim oder auf der Straße.

Ein paar Jahre zuvor, als sie nur zu dritt waren – Jack, Charlie und Obi –, hatten sie die perfekte Mission ausgetüftelt, mit der sie ihre gemeinsamen Fähigkeiten unter Beweis stellen wollten.

Hatten sie zumindest geglaubt.

Ein Junge namens Michael West hatte Obi ständig schikaniert. Mike zog ihn wegen seiner Figur auf, stahl ihm Geld und Süßigkeiten, Kleidung, Turnschuhe und tat alles, um Obi das Leben zur Hölle zu machen. Mike wohnte im gleichen Kinderheim wie sie, daher hatte Obi keine Chance, ihm je zu entkommen.

Jack und Charlie hatten mehrmals versucht, Mike aufzuhalten, doch er wollte einfach nicht hören. Einmal hatte er sogar versucht, Charlie ins Gesicht zu schlagen. Doch die war viel zu schnell für ihn.

Schließlich hatten sie es als geheime Mission betrachtet – sie suchten Informationen, die sie gegen Michael verwenden konnten, damit er Obi in Ruhe ließ. Oder noch besser, damit er aus ihrer aller Leben verschwand.

Die drei bekamen mehr, als sie erwartet hatten. Es stellte sich heraus, dass Mike und sein Bruder regelmäßig vor einer Schule in East London gestohlene Telefone, elektronische Geräte und Schmuck an Kids vertickt hatten. Die meisten Geräte funktionierten nicht, und der Schmuck war falsch, doch die Kinder hatten zu viel Angst, um sich zu beschweren, und die Polizei unternahm nichts dagegen.

Also versteckten sich eines Tages, als die Kinder aus der Schule kamen, Jack, Charlie und Obi in der Nähe und begannen mit ihrer Arbeit.

Charlie hatte ein Gerät konstruiert, mit dem sie sich in die Handys von Mike und seinem Bruder einloggen konnte. Sobald sie die Verbindung hergestellt hatte, begann Jack mit seiner Magie.

Zunächst suchte er ihre Kontakte und kopierte sie. Dasselbe tat er mit den privaten Nachrichten. Zusammen mit ein paar dank Obi heimlich aufgenommenen Videos von den beiden bei ihren Aktionen sollte dies Beweis genug liefern, um Mike ein für alle Mal das Handwerk zu legen.

Zufrieden packten Jack, Charlie und Obi ihre Sachen zusammen und wollten gerade gehen, als ihnen ein großer Mann Anfang sechzig mit langen silberweißen Haaren und dunkler Haut den Weg vertrat.

»Ich hätte euch gerne einen Augenblick gesprochen«, sagte er mit amerikanischem Akzent.

Zuerst glaubte Jack, dass der Mann ebenfalls ein Krimineller war, doch – zum Glück für sie – war es Noble.

Noble erklärte, dass er Mike und seinen Bruder seit fast einem Jahr beschattete und eine Menge Beweise gegen die beiden gesammelt hatte. Sie gehörten zu einer ganzen Bande von Jungen, die mit gefälschten Waren, gestohlenem Schmuck oder sogar Waffen hehlten. Was man auch wollte, sie hatten es.

Noble hatte eine Liste mit Gangmitgliedern, die bis ganz nach oben reichte. Er erklärte, dass seine ganze Mühe umsonst gewesen wäre, wenn Jack, Charlie und Obi mit ihren paar mageren Beweisstücken zur Polizei gehen würden. Die Gang würde Lunte riechen, dass ihnen jemand auf der Spur war, ihre Computer und ihre Telefone vernichten und irgendwo anders neu anfangen.

Noble wollte an Robert Mitson, »Mr. Big«, den Kopf der Bande, herankommen. Mitson brachte Waffen ins Land und exportierte gestohlene Autos und andere Dinge.

Dennoch zeigte Noble sich beeindruckt von den Fähigkeiten, die Jack, Charlie und Obi gezeigt hatten.

»Offensichtlich habt ihr Talent für dieses Spiel.«

Jack hatte die Stirn gerunzelt.

»Welches Spiel?«

Noble verzog die Lippen.

»Ich bin mir nicht sicher, wie wir es nennen sollen. Cyber-Wächter vielleicht?«

»Was wollen Sie denn?«, wollte Charlie misstrauisch wissen.

Noble betrachtete sie einen Moment lang.

»Wenn ihr auf mich hört, könntet ihr etwas bewirken.«

Charlie schnaubte verächtlich. »Ja, was denn?«

»Ich möchte, dass ihr mir helft, Robert Mitson zur Strecke zu bringen.«

Jack sah Charlie und Obi an. Sie schienen an diesem Fremden ebenso zu zweifeln wie er. Auch wenn er nicht den Eindruck machte, ihnen Böses zu wollen, konnten sie nicht vorsichtig genug sein.

»Ein Fremder bedeutet Gefahr, Jack«, mahnte Charlie. »Lass uns hier verschwinden.«

Jack sah Noble an. Er stimmte Charlie zwar zu, doch gleichzeitig war er auch neugierig.

195

»Bevor wir uns auf so etwas einlassen, müssen wir schon noch mehr hören.«

»Jack!«, entrüstete sich Charlie, »bist du denn vollkommen...«

Jack bat sie mit einer Handbewegung zu schweigen.

Noble nahm eine Brieftasche aus der Jacke, klappte sie auf und nahm ein Foto heraus. Er hielt es Jack hin.

Es war das Bild eines hübschen Mädchens mit schulterlangen schwarzen Haaren und der gleichen dunklen Haut, wie Noble sie hatte.

»Wer ist das?«

»Das war meine Tochter Lela.«

Jack reichte ihm das Foto zurück.

»Tut mir leid.«

Seufzend schob Noble es wieder in seine Brieftasche.

»Sie wurde ermordet. Ich glaube, es war jemand aus der Gang deiner Freunde, der sie erschossen hat. Seitdem suche ich nach Beweisen. Deshalb will ich Robert Mitson zur Strecke bringen.«

Jack sah Charlie und Obi an und dann wieder Noble.

»Das ist eine traurige Geschichte, aber wir...«

»Ich erwarte nicht, dass ihr mir so einfach vertraut«, sagte Noble. »Aber...« Er sah sie der Reihe nach an. »Wenn ihr mir helft, dann verspreche ich euch, dass ich auch Mike erwische.«

Keiner von ihnen antwortete.

Noble wartete ab.

»Ich kann euch bezahlen«, meinte er mit einem Blick auf Jack. »Ich denke, du könntest einen Laptop gebrauchen?«

Immer noch sagte keiner ein Wort.

Jack wollte nichts lieber als seinen eigenen Computer, damit er ins Internet konnte, wann immer er wollte.

Noble seufzte.

»Vielleicht bin ich ja naiv. Ihr könnt gehen«, sagte er und trat zurück. »Es tut mir leid, dass ich eure Zeit verschwendet habe.«

Noch einmal schaute Jack Charlie und Obi in die Augen.

Kurz darauf nickten beide.

»Okay«, sagte Jack zu Noble. »Wir machen Folgendes: Wir helfen Ihnen, aber zu unseren Bedingungen, ja? Wir treffen uns irgendwo in der Öffentlichkeit. Sagen wir nächsten Mittwoch in der British Library. Wir planen die Mission zusammen, und wenn wir einverstanden sind, dann helfen wir Ihnen. Aber sobald es Ärger geben sollte ...«

»... kriegen Sie es mit mir zu tun«, drohte Charlie.

Noble lächelte sie schwach an und nickte.

»Das bezweifle ich keine Sekunde. Nächsten Mittwoch dann also«, sagte er und ging zur U-Bahnstation.

Sie sahen ihm nach, und Charlie sagte: »Jack, wenn der Kerl ein Axtmörder ist und uns in Stücke hackt, dann bringe ich dich um!«

»Das ergibt keinen Sinn«, stellte Obi sachlich fest.

Charlie hätte sich keine Sorgen machen müssen. Im Laufe der nächsten Wochen und Monate wurde ihnen klar, dass Noble der eine Erwachsene war, den sie in ihrem Leben brauchten. Der einzige Erwachsene, dem sie trauen konnten. Er verfügte über ein unerschöpfliches Wissen über Gangs, über das Hacken und die Unterwelt. Stundenlang erzählte er ihnen, wie Kriminelle tickten, welcher Tricks sie sich bedienten und mit welch klugen Plänen er ihnen Fallen stellte.

Jack, Charlie und Obi halfen Noble zuerst bei seiner Mission, Robert Mitson zu schnappen. Dadurch landete Mikes Bruder im Gefängnis und Mike selbst in der Jugendstrafanstalt.

Nach dieser großartigen Erfahrung wollten sie

nicht aufgeben und setzten ihre Zusammenarbeit mit Noble fort.

Ein Jahr später befanden sich Jack, Charlie und Obi auf einer Mission, die ihr Leben für immer verändern sollte. Sie spürten eine Gang auf, die die Tunnel unter London für den Transport von Diebesgut benutzten.

Und in einem dieser Tunnel stießen sie auf den verlassenen Bunker aus dem Zweiten Weltkrieg.

Es sollte so sein.

Nach einem Monat harter Arbeit war alles bereit.

Damals hatte der Bunker noch keinerlei Unterhaltungselektronik gehabt – keinen Großbildfernseher, keinen Flipper –, aber mit den ganzen Computern war es dennoch beeindruckend.

Obi betrachtete gerade die neu angebrachten LCD-Bildschirme neben seinem Sessel, als etwas von der Decke fiel.

Mit einem mädchenhaften Schrei fuhr Obi zurück und stolperte fast über seine eignen Füße.

»Keine Angst, das ist kein Grund zur Furcht«, sagte Noble und hob die Hände. »Das ist Tom «

Der Junge, der Obi jetzt angrinste, war etwa zehn Jahre alt und extrem mager. Er streckte ihm die Hand hin.

»Du kannst mich Slink nennen.« Er nickte zu den

anderen hinüber und sagte zu Obi: »Willst du eine Limonade?«

Obi warf einen Blick an die Decke, als befürchte er, dass dort noch weitere Kinder hingen, und nickte dann vorsichtig.

Slink kicherte und ging zur Küche.

Leise sagte Noble zu Jack und Charlie: »Ich habe gehofft, Tom könnte hier bleiben.«

Noble erklärte, dass sich Tom um seine Mutter gekümmert hatte, die Multiple Sklerose hatte, doch der Sozialdienst hatte sie getrennt, und so war Slink obdachlos auf der Straße gelandet.

Geduldig hörte sich Jack die Geschichte an, dann fragte er: »Warum haben Sie ihm den Bunker gezeigt? Das sollte doch ein Geheimnis bleiben?«

Noble sah ihn einen Augenblick lang an. »Tom hat einige außerordentliche Fähigkeiten. Ich glaube, ihr vier werdet hier gut zusammenarbeiten.«

Charlie runzelte die Stirn.

»Was soll das heißen?«

»Ich weiß doch, wie sehr ihr das Kinderheim hasst«, entgegnete Noble und räusperte sich. »Es gibt eigentlich keinen Grund, warum ihr vier nicht hier unten leben solltet. Wenn ihr wollt, natürlich.«

Sechs Monate später nannten die Heroes den Bunker tatsächlich ihr Zuhause.

Und jetzt? Nun, jetzt verdankten sie Noble alles. Gelegentlich half er ihnen bei ihren Recherchen aus oder mit einem Computercode, aber ansonsten sah er nur hin und wieder nach ihnen und hielt sich ansonsten im Hintergrund.

Ein eiskalter, beißender Wind, der um den Turm strich, riss Jack aus seinen Erinnerungen.

Charlie zog sich die Jacke bis zum Kragen zu, verschränkte die Arme vor der Brust und lehnte den Kopf an seine Schulter.

»Gute Nacht, Jack.«

»Nacht.«

»Es ist nicht deine Schuld, weißt du.«

Jack antwortete nicht. Er betrachtete die Lichter des Verkehrs unter ihnen und fragte sich, was er wohl jetzt gerade tun würde, wenn seine Eltern noch leben würden.

Jack verbrachte eine unruhige Nacht und war erleichtert, als es Zeit für sie wurde, aufzubrechen. Mittags stand er mit Charlie an der Themse. Über ihnen ragte das Riesenrad des London Eye auf, das seinen Schatten über den Fluss warf.

Touristen standen in der Schlange, während andere sich geschäftig vorbeischoben. Jack hasste das Gefühl, dass ihn alle beobachteten. Dadurch fühlte er sich verletzlich, doch unter so vielen Gesichtern waren sie gut verborgen.

Plötzlich hupte es.

Jack sah zur Straße und bemerkte einen alten blauen VW-Bus mit geteilter Frontscheibe. Verärgert oder belustigt machten die Touristen ihm Platz, als er auf den Bordstein fuhr und parkte.

»Nicht gerade subtil, oder?«, grinste Jack.

Auch Charlie lächelte.

»Er muss sich nicht mehr verstecken.«

Das stimmte. Noble war einer der weltbesten Hacker gewesen. Manchmal hatte er Gutes getan – Sicherheitslücken auf den Seiten von großen Unternehmen gefunden und es ihnen höflich mitgeteilt – oder Böses, wie damals, als er die Seite von Microsoft gehackt hatte und ihnen ein großes Bild von einem Otter auf die Homepage gesetzt hatte.

Noble war in Amerika geboren. In den achtziger Jahren hatte man ihn erwischt, wie er sich ins Pentagon gehackt hatte, und so hatte er die nächsten sieben Jahre im Gefängnis verbracht und war dann

nach England geflüchtet. Jetzt nahm er gelegentlich ehrliche Arbeit an und führte Tests für Sicherheitssysteme, Netzwerke oder Firewalls durch. Mit
geplanten Angriffen suchte er nach Schwachstellen
und machte Vorschläge für die Verbesserung des
Schutzes.

Jack und Charlie bahnten sich ihren Weg durch
die Touristenmengen, bis sie den Bus erreichten.

Die Schiebetür ging auf und Noble stieg aus. Er
trug einen langen grauen Mantel und hatte das sil-
berne Haar zu einem Pferdeschwanz zusammenge-
bunden. Er sah aus wie ein Kind der Sechziger – wie
der Großvater der Street Warriors, der er ja gewis-
sermaßen auch war.

Als er Jack und Charlie sah, leuchteten seine Augen auf.

Charlie rannte auf ihn zu.

»Hi!«

»Charlie!«, rief er, breitete die Arme aus und um-
armte sie. Gleich darauf ließ er sie los, umfasste ihr
Gesicht mit den Händen und betrachtete sie streng.
»Bist du gewachsen?«

Charlie lächelte. »Ein wenig.«

»Du wirst eine richtige junge Dame«, stellte er
fest, ließ sie los und sah dann Jack an.

Jack streckte ihm die Hand hin, doch Noble

schnaubte nur verächtlich, stieß sie beiseite und umarmte ihn kräftig.

»Ich habe euch vermisst, Kids«, bekannte er. Dann ließ er Jack los und betrachtete sie beide mit väterlichem Stolz. »Es ist schon viel zu lange her.« Er ließ den Blick über die Menschenmenge gleiten und wurde dann wieder ernst. »Ist euch jemand gefolgt?«

Jack schüttelte den Kopf.

»Ich glaube nicht.«

»Trotzdem«, meinte Noble und winkte sie in den Bus.

Jack und Charlie stiegen ein.

Der Wagen war vollgestopft mit lauter summenden und knisternden Elektronikgeräten. Von der Decke hingen LCD-Monitore, und davor stand ein Sessel mit einer Tastatur und einem Trackball, der in die Armlehne integriert war. Es war eine kompakte Version von Obis Platz im Bunker. Noble nannte den Bus seine »mobile Kommandozentrale«.

Jack und Charlie setzten sich auf die hintere Bank.

»Wo sind denn die anderen?«, fragte Noble.

Jack verzog das Gesicht.

»Wir haben Ihnen viel zu erzählen.«

Noble betrachtete ihn einen Moment lang schweigend, dann sagte er: »Ich bringe uns erst mal von hier weg.«

Damit kletterte er auf den Fahrersitz, ließ den Motor an, holperte vom Bordstein und fuhr laut knatternd die Straße entlang.

Jack zog die dicken Vorhänge zu, die das Tageslicht ausschlossen. Soweit er es erkennen konnte, wurden sie immer noch nicht verfolgt.

Zehn Minuten später bog Noble auf einen Parkplatz ein, kam zu ihnen nach hinten und stellte sich vor eine kleine Kochnische mit einer Spüle, einem Kühlschrank und einem Wasserkocher.

»Tee?«, fragte er.

Jack und Charlie nickten.

Er stellte den Wasserkocher an und nahm drei Tassen aus einem Schrank, während Jack und Charlie ihm erzählten, wie sich ihre neue Rekrutin, Wren, machte.

Schließlich reichte Noble ihnen ihre Tassen und setzte sich in seinen Ledersessel.

»Es wird wohl Zeit, dass ihr mir erzählt, warum ihr hier seid.«

Jack und Charlie erzählten ihm abwechselnd alles, was vorgefallen war: wie sie P.R.O.T.E.U.S entdeckt hatten, herausfanden, dass er nicht funktionierte, wie sie aus Versehen den Virus heruntergeladen und ihn wieder verloren hatten.

Dann erzählten sie Noble, dass P.R.O.T.E.U.S. geheime Dokumente stahl und dass sie versucht hatten, zurückzugehen und ihn zu zerstören, aber zu spät gekommen waren. Jetzt hatten sie Angst, dass man mit Hilfe von P.R.O.T.E.U.S. jeden Hacker auf der Welt aufspüren konnte. Und sie hatten keine Ahnung, was sie als Nächstes tun sollten.

Als sie fertig waren, sah Noble sie nachdenklich an. Diesen Blick kannte Jack.

»Was ist?«, fragte er.

Noble riss sich aus seinem Tagtraum. »Schlau.«

»Schlau?«

»Jemand hat den Virus eingesetzt, um P.R.O.T.E.U.S. außer Betrieb zu setzen.«

»Das habe ich mir auch schon gedacht«, meinte Jack.

Charlie sah von Jack zu Noble.

»Aber wer hat den Virus denn zuerst eingesetzt?«

Noble nippte an seinem Tee. »Vielleicht war das der Wissenschaftler, von dem ihr gesprochen habt – der aus dem Video?«

»Professor Markov.«

»Vielleicht hat er erkannt, wozu die Regierung P.R.O.T.E.U.S. einsetzen will, und hat versucht, sie aufzuhalten.«

Wieder hatte Jack ein ungutes Gefühl. »Und wir haben den Virus für sie erledigt.«

»Ihr müsst ihn zurückbringen«, stellte Noble fest.

»Den Virus?«, fragte Jack. »Aber den haben wir nicht mehr, und wir wissen auch nicht, wo P.R.O.T.E.U.S. jetzt ist.«

»Jack«, meinte Noble mit schiefem Lächeln, »immer schön eins nach dem anderen. Was glaubt ihr, wohin der Virus gewandert ist?«

»Ich habe keine Ahnung.«

»Aber du weißt, wie er sich bewegt«, entgegnete Noble und lehnte sich zurück.

Jack runzelte die Stirn, doch dann riss er plötzlich die Augen auf. »Das Internet!«, erkannte er.

Noble nickte. »Als ihr den Virus downgeloadet habt, habt ihr ihm gezeigt, wie man sich durch Computersysteme bewegt. Er hat sich angepasst. Gelernt. Ich glaube nicht, dass er dafür konstruiert war, P.R.O.T.E.U.S. je zu verlassen.«

»Das ist alles meine Schuld«, seufzte Jack kopfschüttelnd.

»Aber Sie sagen, wir sollen den Virus finden und wieder in P.R.O.T.E.U.S. einsetzen?«, hakte Charlie nach.

Noble nickte. »Es ist auf jeden Fall einen Versuch wert, glaubt ihr nicht?«

»Aber die Agenten wollen den Virus doch bestimmt auch«, meinte Charlie unsicher. »Sie werden ihn doch sicher vernichten wollen. Er ist das Einzige, was sie daran hindern könnte, P.R.O.T.E.U.S. einzusetzen.«

Wieder nickte Noble. »Das könnte ich mir auch vorstellen. Und sie sind sicher auch hinter jedem her, der sich sonst noch dafür interessiert, und werden sie aufhalten wollen.«

»Stimmt.«

»Wie können wir herausfinden, wohin der Virus verschwunden ist, ohne dass sie uns dabei erwischen?«, wollte Charlie wissen.

»Ich glaube, ich habe eine Idee«, antwortete Jack.

Quälend langsam tuckerte der alte VW-Bus durch die Verkehrsstaus auf den Straßen von London, die hauptsächlich aus einem Meer schwarzer Taxis bestanden. Auf den Gehwegen drängten sich die Fußgänger, die eindeutig schneller unterwegs waren als die Autos.

Noble hing resigniert auf dem Fahrersitz und hatte die Arme auf das Lenkrad gestützt. »Schneller geht's nicht, fürchte ich.«

»Schon gut«, meinte Jack. »Je voller, desto besser.«

Er setzte sich in den Ledersessel und atmete tief durch, um sich vorzubereiten.

Charlie zog die Vorhänge zurück und ließ den Blick über die Menschen draußen gleiten.

»Niemand verfolgt uns.«

Noch nicht, dachte Jack. Aber früher oder später würden sie es tun. Garantiert.

Er nahm sein Telefon und verband es über den USB-Port mit dem Computer. Es würde als Modem fungieren.

Als Nächstes rief er eine Weltkarte auf. Die rote Linie darauf bezeichnete den Pfad seines Telefonsignals, das so wild über das Bild sprang, dass die grünen Umrisse der Kontinente darunter fast verschwanden.

»Jetzt versucht mal, das zu verfolgen«, murmelte er leise.

Charlie beobachtete weiter ihre Umgebung. »Das ist doch verrückt«, beschwerte sie sich. »Wenn sie wieder hinter uns her sind, haben wir ein echtes Problem.«

»Entspann dich«, meinte Noble. »Die haben dieselben Probleme mit dem Verkehr. Außerdem ist es besser, als draußen zu sein.«

»Aber wir sind draußen«, erinnerte ihn Charlie.

»Warum hast du auf einmal so eine Angst?«, fragte Jack. »Wir haben doch schon gefährlichere Dinge getan als das.«

»Es ist die Regierung, Jack. Wenn sie uns erwischen, bringen sie uns um.«

»Nein, tun sie nicht«, seufzte Jack.

»Stimmt, du hast recht«, erwiderte Charlie. »Sie werden uns erst foltern und dann töten. Die Regierung kann so etwas, klar? Sie können tun, was sie wollen.« Beleidigt wandte sie ihre Aufmerksamkeit wieder dem Fenster zu.

Jack musste unwillkürlich lächeln. Charlie war nur glücklich, wenn sie etwas Gefährliches tat, und zwar mit ihren eigenen Händen, doch hier in seiner Welt fühlte sie sich nicht wohl.

Jack wackelte erwartungsvoll mit den Fingern und legte sie auf die Tastatur. Nachdem er einmal tief Luft geholt hatte, begann er schnell zu tippen. Der Code floss förmlich aus seinem Kopf seine Arme entlang und durch die Fingerspitzen in die Tastatur. Nach knapp drei Minuten war er fertig. Als er aufhörte, umspielte ein zufriedenes Lächeln seine Lippen. Er hatte sich an Teile des Codes erinnert und ein Programm geschrieben, mit dem er die Signatur des Virus aufspüren und seine Position herausfinden konnte.

»Fertig?«, fragte Noble.

»Fertig.«

Noble hielt eine Stoppuhr hoch – sie hatten vermutet, dass sie keine fünf Minuten hatten, um den Virus zu finden, bevor man sie entdeckte.

»Drei, zwei, eins – Jetzt!«

Jack hob den Zeigefinger und blies auf die Spitze.

»Kawumm!«, sagte er und sah wie in Zeitlupe, wie sein Finger die Enter-Taste drückte.

Dann schloss er die Augen und versuchte sich vorzustellen, was als Nächstes passieren würde. Ein winziger elektrischer Impuls raste durch Leitungen und Schaltkreise und wurde zu einer Welle von Energie, die aus dem Mobiltelefon an Jack vorbei über das Auto und die Straße hinweg zu einer Antenne auf einem hohen Gebäude flog. Neue Wellen gingen von einer Satellitenschüssel aus und stiegen in den Himmel hoch über der Stadt, durch die Wolken und ins All, wo sie schließlich auf einen kreisenden Satelliten trafen. Innerhalb eines winzigen Augenblicks würden sie wieder zur Erde zurückgeschleudert werden.

Irgendwo in einem Serverraum flackerte ein Regenbogen über die Kristalle eines LCD-Bildschirms, die aufleuchteten, als Jacks Signal durchkam.

Jack öffnete die Augen und beobachtete den Bildschirm vor ihm.

Ein Fenster ging auf, und das Tracker-Programm, das er geschrieben hatte, begann seine Magie zu entfalten. Langsam bewegte sich der Balken.

In der unteren Ecke flackerte ein rotes Warnlicht auf.

Ortung aktiviert.

Jack starrte es einen Moment lang gebannt an.

»Sie verfolgen uns!«

»Jetzt schon?«, wunderte sich Noble. »Sie müssen sich von P.R.O.T.E.U.S. helfen lassen.«

Das rote Licht ging aus und wurde durch eine neue Botschaft ersetzt.

Ortung abgeschlossen.

Angewidert warf Noble die Stoppuhr in den Fuß-raum vor dem Beifahrersitz. So viel dazu, dass sie mindestens fünf Minuten hatten – mit dieser Schät-zung hatten sie weit daneben gelegen.

Jetzt hatte P.R.O.T.E.U.S. Jacks Telefonnummer und würde ihre ungefähre Position weiterleiten, die er durch Triangulation über die Telefonmasten ermit-teln konnte. Jetzt war es ein Wettlauf mit der Zeit.

Entweder fand das Programm, das Jack geschrie-ben hatte, den Virus rechtzeitig, oder die Agenten fanden sie vorher.

Die nächsten paar Minuten vergingen quälend langsam.

Noble schlug aufs Lenkrad.

»Los doch!« Der Wagen vor ihm fuhr los, und er folgte ihm, Stoßstange auf Stoßstange.

»Versuch nur, in Bewegung zu bleiben«, riet Jack und konzentrierte sich weiter auf den Bildschirm. Bislang hatte das Programm den Virus noch nicht gefunden.

»Wo ist er nur?«, fragte er grimmig.

»Gesellschaft!«, verkündete Charlie und zog die Vorhänge zurück.

Jack sah auf. Fünf Wagen hinter ihnen kam der schwarze Geländewagen aus einer Nebenstraße und bog in den Verkehr ein.

Jack fluchte leise und wandte seine Aufmerksamkeit wieder dem Bildschirm zu.

Immer noch nichts vom Virus.

»Wo sind sie?«

Der Geländewagen hupte, drängte sich an zwei Autos vorbei und kam näher.

Jack starrte den Laptop an, als wolle er ihn zwingen, seine Aufgabe zu vollenden. Es musste gleich so weit sein. Sie brauchten nur noch ein paar Minuten. Er schaute durch das Rückfenster. Sie hatten nicht einmal mehr ein paar Minuten – der schwarze Geländewagen hatte sie fast erreicht.

»Tut mir leid, Jack, sie haben uns«, verkündete Noble mit einem Blick in den Seitenspiegel und fasste das Lenkrad so fest, dass seine Knöchel weiß hervortraten.

»Schalt das Telefon aus«, verlangte Charlie.

»Das wird uns nichts nutzen«, meinte Jack und beobachtete den Geländewagen.

»Warum nicht?«

»Sie haben jetzt die Telefonnummer und wissen, dass wir in einem von ein paar Autos sind«, erklärte Noble. »Sie müssen nur den Verkehr vor uns anhalten und die Autos durchsuchen.«

»Ich würde schätzen, dass sie mit dem großen blauen Hippie-Bus anfangen«, vermutete Jack.

»Tut mir leid«, entschuldigte sich Noble gequält.

Jack sah wieder auf den Bildschirm, auf dem immer noch keine Spur vom Virus zu sehen war. Sie hatten einfach nicht genug Zeit.

Er ächzte verärgert, steckte das Telefon aus und hielt es fest, während er aus dem Fenster sah und auf eine Eingebung wartete.

»Schalt es aus, Jack«, verlangte Charlie. »Vielleicht finden sie uns ja nicht.«

Das wäre zu viel verlangt. Jack stand auf und sah Noble über die Schulter.

»Fahren Sie da ran«, sagte er und deutete auf eine Parklücke an der Straße.

»Wieso?«, wunderte sich Noble.

»Machen Sie einfach!«

Noble parkte in der Lücke ein.

Jack sah aus dem Rückfenster. Der Geländewagen war nur ein paar Autos hinter ihnen. Jack machte die hintere Tür auf und machte Anstalten, auszusteigen.

Charlie packte ihn an der Jacke und zog ihn zurück.

»Was hast du denn vor?«

»Fahrt ein paar Straßen weiter und parkt dort. Ich werde euch schon finden.«

»Ich komme mit dir.«

»Nein«, widersprach Jack, »das verdoppelt nur unsere Chancen, geschnappt zu werden.« Er schüttelte sie ab, sprang hinaus, schloss die Tür und verschwand in der Menge, wobei er sorgfältig darauf achtete, geduckt zu bleiben und sein Gesicht zu verdecken. Er warf einen Blick zurück und sah, dass der VW-Bus sich aus der Parklücke wieder in den Verkehr einfädelte.

Der Geländewagen blieb in der gleichen Lücke stehen und die Agenten Cloud und Monday stiegen aus. Agent Cloud hielt ein Telefonortungsgerät vor sich.

Gut, dachte Jack. Sie folgen dem Signal und nicht dem Bus. Er fasste das Telefon fester und verschwand in einem überfüllten Einkaufszentrum.

Er lief durch die Menge und sah sich nach Agent

Cloud um, die direkt vor der Tür stehen blieb. Sie sagte etwas und gestikulierte in seine Richtung. Agent Monday stieß die Tür auf und die beiden traten ein.

Jack drängte sich durch die Leute, wobei er sich immer wieder hektisch umblickte. Dabei stieß er gegen etwas Hartes, und als er aufsah, starrte ihn ein großer Mann Anfang zwanzig, der gebaut war wie ein amerikanischer Footballspieler, wütend an.

»Pass doch auf, wo du hingehst!«, knurrte er und stieß Jack so heftig vor die Brust, dass der zurückstolperte.

»Tut mir leid!«, sagte Jack und hob die Hände.

»Das sollte es auch!«, grollte der Mann mit geballten Fäusten und stürmte an Jack vorbei, sodass er ihn fast über den Haufen rannte.

Jack drehte sich um und bahnte sich weiter seinen Weg durch die Menschenmenge. Am Ende eines leeren Ganges sprang ihm ein Notausgang ins Auge und er lief schnell hinüber. Kurz davor sah er noch einmal über seine Schulter.

Die Agenten Cloud und Monday blieben vor dem Gang stehen. Agent Cloud fixierte das Ortungssignal, während Monday in die entgegengesetzte Richtung Ausschau hielt.

Jack bewegte sich weiter auf den Ausgang zu. Angespannt und mit zusammengekniffenen Augen erwartete er jeden Moment, ergriffen zu werden. Er fragte sich, ob er rennen sollte, doch das würde nur ihre Aufmerksamkeit erregen.

Nach einer Ewigkeit erreichte er den Ausgang, holte tief Luft und griff nach dem Riegel.

Ein letzter Blick über die Schulter zeigte ihm, wie Agent Cloud sich die Bestätigung vom Ortungsgerät holte und dann Agent Monday ansah.

Sie deutete auf den Footballspieler, der gerade ein Schaufenster betrachtete.

Mit zwei Schritten war Agent Monday bei ihm, klopfte ihn grob ab und nahm das Handy aus seiner Tasche.

Jack wollte gar nicht erst sehen, was weiter passierte, und lief hinaus ins Sonnenlicht.

Noble tippte unruhig auf das Lenkrad, als Jack die Schiebetür aufmachte und einstieg.

Erleichtert seufzte Charlie auf. »Alles in Ordnung?«

»Klar«, antwortete Jack und sah Noble an. »Lasst uns hier verschwinden.«

Noble nickte und fuhr los.

Jack ließ sich auf den Stuhl fallen und atmete auf. »Na, das war wohl reine Zeitverschwendung«, meinte er unzufrieden.

»Und was jetzt?«, fragte Charlie.

Jack wandte sich an Noble. »Falls Sie irgendwelche Ideen haben, dann nur raus damit.«

Um Nobles Lippen spielte ein schiefes Lächeln und seine Mundwinkel zuckten.

»Nun, es gibt da etwas, was wir versuchen könnten. Aber es ist ein wenig weit hergeholt.«

»Alles, was wir in letzter Zeit getan haben, war im Prinzip ein wenig weit hergeholt«, meinte Jack seufzend.

Noble fuhr Jack und Charlie nach Bakerlin, einem kleinen Ort außerhalb Londons. Der Bahnhof aus roten Backsteinen mit den vier hohen Kaminen auf dem Giebel sah aus wie auf einer Fotografie aus den Fünfzigerjahren.

Hohe Fenster, die noch ihren ursprünglichen Schiebemechanismus besaßen, gliederten die Fassade.

Jack, Charlie und Noble liefen zum Fahrkartenschalter. Der einzige Hinweis auf die moderne Welt war der Computer, den die Angestellte hinter dem kleinen Glasfenster benutzte. Sie starte Noble an, als er drei Fahrkarten verlangte. Je weiter er sich von London entfernte, desto exotischer war seine Erscheinung.

Gleich darauf standen sie am Bahnsteig. Die Fahrgäste hatten sich in Grüppchen unter den soliden

Holzdächern versammelt, die sie vor dem an diesem wolkenfreien Tag nicht existenten Regen schützen. Der Bahnhof hatte sogar noch seine ursprüngliche grüne Farbe. Hier bestand keine Gefahr, dass sie
von einer Überwachungskamera entdeckt wurden.

Besorgt sah Charlie sich um, während sie auf den
Zug warteten.

»Was ist los?«, fragte Jack sie.

»Meinst du, es ist sicher, den anderen Bescheid zu
sagen?«

»Ich glaube schon.« Jack hielt es nur nicht für
weise, sich dem Bunker zu nähern. Nicht, bevor sie
nicht wussten, was los war.

Charlie schaltete ihr Handy ein, wählte und stellte
auf Lautsprecher.

»He, wo steckt ihr, Leute?«, hörten sie Obi.

»Wir sind hier bei jemandem«, erklärte Charlie.

Noble beugte sich über das Telefon und begrüßte
ihn mit »Hallo, Obi!«.

»Noble!«, rief Obi. »Was…«

»Hi, Noble«, erklang eine weitere Stimme aus dem
Lautsprecher.

»Slink! Wie geht es dir?«

»Verschwinde!«, verlangte Obi. Es raschelte, und
Jack stellte sich vor, wie Obi Slink das Telefon wieder wegnahm. »Wo steckt ihr?«

Jack sah sich um, ob sie jemand hören konnte. »Das sagen wir euch, wenn wir wieder da sind. Kommt ihr ein oder zwei Tage lang klar? Braucht ihr Geld?«

»Slink und Wren kochen«, erzählte Obi und fuhr mit gesenkter Stimme fort: »Sie sind aber nicht so gut wie Charlie.«

»Ich bin sicher, du wirst es überleben«, meinte Jack. »Obi, du musst dich vom Internet fernhalten, verstanden?«

»Klar.« Überzeugt klang er nicht.

»Ich meine es ernst. Sie suchen nach uns.«

»Obi, versprich mir, offline zu bleiben!«, mahnte Charlie.

»Na gut«, seufzte Obi.

Ein Mann in einem Anzug ging an ihnen vorbei und sah sie schräg an.

»Bis bald«, sagte Jack und drückte schnell die Ende-Taste.

Der Mann blieb ein Stück weiter stehen und faltete eine Zeitung auseinander.

»Du hast Verfolgungswahn«, flüsterte Charlie Jack ins Ohr, als sie ihr Telefon wieder einsteckte.

Misstrauisch betrachtete Jack den Mann.

»Nein, nur vorsichtig.«

Es war ein moderner Zug, der in den Bahnhof einfuhr, in den eine alte Dampflok besser gepasst hätte.

Jack, Charlie und Noble stiegen ein und setzten sich an einen freien Tisch.

Noble hielt Charlie die Hand hin. »Kann ich mal dein Telefon haben?«

Charlie reichte es ihm.

Noble tippte schnell eine Nachricht, hielt kurz inne und starrte an die Decke.

»Ah ja«, machte er dann, tippte eine Telefonnummer ein und drückte auf SENDEN. Mit dem Telefon in der Hand sah er aus dem Fenster.

Jack beobachtete, wie die Landschaft am Fenster vorbeiflog. Sie kam ihm künstlich vor, als würde ein Cartoon abgespielt. Als würde der Zug stillstehen – und die Welt draußen sich bewegen.

»Wohin fahren wir?«, fragte Charlie Noble.

»Chesterfield.«

»Chesterfield? Wie weit ist das denn?«

Noble drehte sich vom Fenster weg, ließ das Telefon los und legte die Hände auf den Tisch.

»Ein paar Stunden.«

Charlie stöhnte leise auf.

»Verraten Sie uns, warum wir nach Chesterfield fahren?«

Noble prüfte mit einem Blick, ob jemand im Waggon sie belauschte. Obwohl sie allein waren, sprach er leise.

»Als Jack den Virus nicht finden konnte, habe ich erkannt, dass ihr es falsch angepackt habt.«

»Was hätten wir denn anders machen können, um ihn zu finden?«, fragte Jack stirnrunzelnd.

»Das ist es ja – ihr wolltet ihn *finden*.«

Jack sah von Charlie zu Noble. »Das verstehe ich nicht.«

»Wir sollten ihn zu uns kommen lassen«, meinte Noble noch leiser. »Was ist passiert, als der Virus sich von P.R.O.T.E.U.S. gelöst hat?«

»Er hat die Computer des Bunkers angegriffen«, antwortete Jack.

»Er hat nach Rechnerleistung gesucht.«

Jack starrte ihn einen Moment lang ungläubig an, dann weiteten sich seine Augen.

»Oh Mann, jetzt verstehe ich es!« Endlich ergab alles einen Sinn. »Ich war ja so dumm!«

Charlie verschränkte die Arme. »Erklärung bitte!«

»Der Virus ist offensichtlich so konstruiert, dass er alle Kapazitäten von P.R.O.T.E.U.S. ausgelastet hat, damit er nicht arbeiten konnte«, erzählte Noble. »Je mehr Prozessorstärke er findet, desto mehr Unheil kann er anrichten.«

»Er ist auf der Jagd nach Prozessorstärke?«, zweifelte Charlie.

»Genau das. CPU, Gigahertz.«

»Moment mal«, meinte Charlie. »Das haben wir ihm doch weggenommen.« Sie sah Jack an. »Wir haben dem Virus einen Ausweg geboten.«

»Und die Computer des Bunkers haben ihm nicht ausgereicht«, meinte Jack. »Der Virus hat nach mehr Macht gesucht. Nach einem Ort, an dem er noch mehr Übel anrichten kann.«

Noble nickte.

»Ich denke, wenn er die Kapazitäten eines Rechners erst einmal ausgeschöpft hat, wandert er weiter. Er wird wahrscheinlich nicht den gleichen Ort zweimal aufsuchen.«

»Das heißt also, wenn wir den Virus fangen, werden wir ihn zwingen müssen, zu P.R.O.T.E.U.S. zurückzukehren?«, fragte Jack.

Charlie sah ihn nachdenklich an. »Aber warum haben wir bislang noch nichts in den Nachrichten davon gehört?«

»Weil er noch nichts getan hat, was es wert war, in die Nachrichten zu kommen«, antwortete Noble. »Es ist nur ein Virus. Er kopiert sich nicht selbst. Er verbreitet sich nicht. Außerdem ist das Internet wie eine gigantische Autobahn, auf der er nach seinem nächsten Opfer suchen kann. Unterwegs bedient er sich an kleineren Systemen. Vielleicht hören wir etwas darüber.« Noble lehnte sich zurück.

»Also«, fragte Jack. »Was ist in Chesterfield?«

»Ein Supercomputer.«

Jack musste unwillkürlich lächeln und sah Charlie an, die ein wenig verwirrt wirkte.

»Wir benutzen den Supercomputer in Chesterfield, um den Virus anzulocken und einzusperren.«

Noble sah aus dem Fenster und betrachtete die vorbeifliegenden Häuser. »Der Virus wird zu uns kommen.«

Charlie machte große Augen.

»Wir benutzen einen Supercomputer als Köder?«

Noble sah sie an und fragte: »Erinnert ihr euch noch an Alex Brooke?«

Sie hatten Alex über Noble kennengelernt. Er war zehn Jahre älter als sie selbst und ein Computerfreak. Vieles, was Jack über Computer-Hardware wusste, hatte er von Alex gelernt.

Charlies Gesicht erhellte sich. »Ich hatte ihn schon fast vergessen. Er war doch immer so nervös.«

»Nun, ja«, räusperte sich Noble. »Es gibt etwas, was ich euch über Alex nie erzählt habe.«

»Und was?«, fragte Jack und zog die Augenbrauen hoch.

»Ich habe ihn einmal gebeten, mir einen Job bei einer Web-Hosting-Firma zu besorgen, bei der er gearbeitet hat.«

»Ich erinnere mich daran«, nickte Jack.

»Drei Wochen war ich da. Ich habe geholfen, ihre Sicherheit zu verbessern.« Noble verschränkte die Finger und stützte die Ellbogen auf den Tisch. »Alex war brillant, aber er hatte ein ernstes Problem.«

»Und was war das?«, fragte Jack.

»Illegale Musik.«

»Wie bitte?«, fragte Charlie ungläubig.

»Alex hatte mehrere externe Festplatten in seinen Schubladen. Ich habe die Kabel bemerkt, die zu seinem Computer verliefen. Als er einmal auf die Toilette gegangen ist, habe ich nachgesehen, welche Programme gerade liefen, und stellte fest, dass er eine Seite für illegalen Musik-Download betrieb.«

»Bei der Arbeit?«, wunderte sich Jack. »Wie dumm ist das denn?«

»Ich schätze, er wollte die Hochgeschwindigkeitsverbindungen nutzen, die sie dort hatten, sie waren mindestens zehn mal schneller als alles, was man zu Hause bekommen konnte. Soweit ich es sehen konnte, war Alex ein richtiger Unternehmer und verdiente damit eine hübsche Summe Geld.«

»Haben Sie ihn verraten?«

»Ich habe ihm nicht mal gesagt, dass ich es wusste.«

»Warum nicht?«

»Ich hatte dort noch eine Woche zu tun. Ohne Alex hätte ich diese Zeit nicht gehabt. Das wollte ich nicht gefährden. Ich brauchte das Geld damals und…« Noble hielt inne.

»Und was?«, fragte Jack.

Noble seufzte. »Ich brauchte die Zeit, um sicherzustellen, dass die Hintertür zu ihren Servern gut genug versteckt war.«

»Sie haben sie gehackt?«

Nobles Mundwinkel zuckten.

Jack und Charlie lachten.

»Und?«, erkundigte sich Jack. »Was ist aus Alex geworden?«

»Sein Abteilungsleiter hat ihn gehasst«, erzählte Noble. »Ich glaube, er war eifersüchtig. Als ich in seinem Büro einmal einen Bericht abliefern wollte, sah ich, wie er sich die Verbindungslogs angesehen hat. Zweifellos war er Alex auf die Schliche gekommen. Und tatsächlich wurde Alex eine Stunde später ins Büro vom Boss gerufen.«

»Aha«, meinte Charlie, »er wurde gefeuert.«

»Nein, wurde er nicht«, widersprach Noble.

»Was haben Sie denn gemacht?«, lächelte Jack.

»Ich habe die Festplatten aus den Schubladen genommen und in meiner Tasche versteckt. Und dann bin ich in die Internetlogs gegangen und habe alle Aufzeichnungen gelöscht.«

Charlie schnaubte kopfschüttelnd.

»Der Abteilungsleiter hat ziemlich dumm ausgesehen, das kann ich euch sagen. Alex behielt seinen Job. Ganz zu schweigen davon, dass er nicht ins Gefängnis musste.« Noble sah einen Moment lang aus dem Fenster und sagte dann: »Ich habe Alex gesagt, dass er mir etwas schuldet.«

»Allerdings hat er Ihnen etwas geschuldet«, bestätigte Charlie. »Was ist dann passiert?«

»Nichts. Ich habe meine letzte Woche absolviert und bin dann gegangen. Alex arbeitete noch weitere sechs Monate für die Firma und zog dann weg.«

»Nach Chesterfield«, vermutete Jack.

»Ja«, bestätigte Noble und sah von einem zum anderen. »Habt ihr schon mal etwas von Nostradamus gehört?«

»Dem Astrologen?«, fragte Charlie. »Der, der die ganzen Vorhersagen zum Ende der Welt gemacht hat? Dieses ganze »Wir sind verdammt«-Gerede?«

Jack schüttelte den Kopf.

»Nicht der Mann«, meinte er und sah Noble an. »Sie meinen den Computer, nicht wahr?«

Noble nickte.

»Man benutzt ihn für Wetterberichte und Klimavorhersagen. Alex ist der technische Leiter, und es ist seine Aufgabe, Nostradamus am Laufen zu halten.«

»Wow«, meinte Charlie. »Da hat Alex es ja gut getroffen.«

»Allerdings. Deshalb habe ich auch dafür gesorgt, dass wir in Verbindung bleiben, falls ich ihn einmal brauchen sollte.«

»So wie jetzt«, meinte Charlie.

»So wie jetzt«, zwinkerte Noble. »Alex fährt Nostradamus regelmäßig für ein paar Stunden herunter, um Diagnosen durchzuführen.«

Über Charlies Gesicht lief ein schlaues Grinsen: »Und er lässt uns damit spielen?«

Das Telefon piepte und Noble betrachtete die SMS.

»Ja. Aber froh ist er nicht darüber.«

Ein paar Stunden später erreichten sie Chesterfield und stiegen in ein wartendes Taxi.

»Wie schleust Alex uns rein?«, fragte Jack Noble leise.

»Er führt die Diagnosen selber durch.«

Charlie runzelte die Stirn.

»Wieso das denn? Braucht man nicht ein ganzes Team für die Diagnose eines Supercomputers?«

»Nicht für die Tests. Außerdem wird er für das, was er tut, sehr respektiert. Er ist ein Genie.«

»So clever kann er auch wieder nicht sein«, meinte Charlie verächtlich.

»Hardware«, erinnerte Noble sie.

»Und wie bringt er uns nun hinein?«, hakte Jack nach.

Noble lehnte sich zurück und schloss die Augen.

»Das ist sein Problem.«

Jack sah Charlie an. Da war es wieder, das ungute Gefühl.

Nach zehn Minuten setzte das Taxi sie vor einem großen Backsteinlagerhaus mit Wellblechdach ab.

Das Gebäude hatte keine Fenster und nur eine einzige, dunkel getönte Glastür zum Parkplatz.

Einen Augenblick lang sahen sie sich um. Abgesehen von einem Auto war der Ort verlassen und still.

»Wartet einen Moment«, verlangte Noble und deutete auf eine Kamera über der Tür. Er ging hinüber und klingelte.

Jack war nervös. Selbst für einen Sonntag schien es zu ruhig zu sein.

Noble klingelte noch einmal.

Alles blieb still.

Schließlich wandte er sich wieder zu Jack und Charlie um und zuckte mit den Achseln.

Plötzlich ging die Tür auf.

Alex war mager, hatte eine dicke Brille und hellbraunes Haar, das er mit einem Seitenscheitel trug. Er war so bleich wie sein weißer Laborkittel und blinzelte ins Licht.

»Was machen die denn hier?«

»Hi Alex!«, rief Charlie und winkte.

»Sie haben nichts davon gesagt, dass jemand mitkommt«, sagte Alex.

»Wir werden ganz vorsichtig sein.«

Alex zögerte, doch dann atmete er tief durch und machte einen Schritt beiseite.

»Danke«, sagte Noble und betrat das Gebäude.

Jack und Charlie zogen sich die Kapuzen über die Köpfe, um ihre Gesichter vor der Sicherheitskamera zu verbergen, und folgten ihm.

Der Empfangsbereich war klein und mit nur einem Stuhl und einer Pflanze sehr spärlich eingerichtet.

Alex verschloss die Eingangstür und ging voraus durch einen Bogengang zu ihrer Linken. Die anderen drei folgten ihm, einen schmalen Gang entlang, der an ein paar verschlossenen Türen vorbeiführte. Am Ende des Ganges betrat Alex einen kleinen Raum.

Mehrere Computermonitore standen auf einem Schreibtisch. Über einem hing ein Schild. »Nostradamus.«

Oben an der Wand hing ein Überwachungsmonitor, der die Vorder- und Rückseite des Gebäudes zeigte.

Alex setzte sich und bedeutete den anderen, es ihm gleich zu tun.

»Wie geht es Ihnen?«, fragte er Noble und warf dabei einen vorsichtigen Blick auf Jack und Charlie. Offensichtlich fragte er sich, ob Noble ihnen etwas erzählt hatte.

»Gut, vielen Dank«, erwiderte Noble.

»Mir ist nicht wohl bei der Sache, wissen Sie?«

Charlie ließ die Kapuze sinken und lächelte friedfertig.

»Sie schulden ihm etwas, Alex.«

Alex erschrak sichtlich und sah Noble finster an.

»Ich versichere Ihnen, wir machen so schnell wie möglich«, erklärte Noble.

Alex sah auf die Uhr. »Der Wartungsdurchlauf beginnt in zehn Minuten. Dann habt ihr drei Stunden Zeit.«

232

Er drehte sich auf seinem Stuhl um und bedeutete Noble, sich an den Schreibtisch zu setzen.

»Jack?«, sagte Noble.

Jack stellte einen Stuhl vor den Hauptmonitor und setzte sich.

»Moment mal«, wandte Alex ein. »Sie haben nichts davon gesagt, dass ...«

Noble hob die Hand.

»Sie wissen doch selbst, dass Jack der Beste ist.«

Jack brauchte ein paar Minuten, um abzuwägen, womit er arbeitete, dann griff er in die Tasche und holte einen USB-Stick hervor.

»Was hast du damit vor?«

Jack ignorierte Alex' Frage, steckte den Stick in einen leeren Port, machte ein Fenster auf und begann zu schreiben.

Alex stellte sich hinter Jack und sah ihm nervös über die Schulter, um zu sehen, was er da programmierte. »Darf ich fragen, was du da machst?«

»Nein.«

Wie er zuvor gesagt hatte, brauchte er keine fünf Minuten, um das Programm zu schreiben und auf Fehler zu überprüfen.

Er hatte ein Signal konstruiert, das für den Virus unwiderstehlich sein würde und damit die Stärke von Nostradamus im Internet verkündet.

Zumindest hoffte er, dass das passieren würde.

»Da ist hoffentlich kein Virus drin«, warnte Alex, als Jack fertig war.

»Nein«, antwortete der, »aber ich hoffe, er fängt einen.«

Alex riss die Augen auf.

»Was? Bist du verrückt?«

Fragend sah er Noble an. Der legte einen Finger an die Lippen.

»Müssen Sie nicht irgendwelche Musik kopieren?«, fragte Charlie leise.

Alex trat zurück und wurde rot. Die Farbe seiner Wangen stand in starkem Kontrast zur Blässe seines Gesichts und seinem Laborkittel.

Jack überprüfte das Programm noch einmal. Es musste perfekt sein. Erst als er davon überzeugt war, dass er es nicht besser machen konnte, öffnete er einen Netzwerkzugang, drückte die Enter-Taste und startete das Programm. Der Code lief über den Bildschirm und schickte ein »Krieg mich doch!«-Signal durchs Internet. Jack konnte nur beten, dass er nicht das Falsche anlockte.

Er lehnte sich im Stuhl zurück und starrte auf den Bildschirm.

»Und jetzt warten wir.«

Die Falle war gestellt.

Die Minuten zogen sich hin wie Stunden. Der Raum bot nichts, was einen ablenken oder die Fantasie anregen konnte. Die Wände waren schlicht grau.

Keine Bilder.

Keine Fenster.

Jack schloss die Augen und lehnte den Kopf zurück. Er war so müde. Seit Tagen hatte er nicht mehr richtig geschlafen.

»Jack!«, schrie Charlie.

Er riss die Augen auf und sah sie an. »Was ist?«

»Wir haben es!«, rief sie und deutete auf den Schirm. »Wir haben ihn!«

Jack schüttelte sich, um wach zu werden und sah auf die Uhr – er hatte über zweieinhalb Stunden geschlafen. Ein Blick auf das Haupt-Dialogfenster zeigte ihm einen großen Block aus grünen Buchstaben, die darüber huschten. Gleichzeitig wurden Codes auf die Festplatten des Servers geladen.

Der Virus war wieder da.

Mit einem breiten Grinsen im Gesicht wandte sich Jack an Noble. Der erwiderte sein Lächeln.

Verwirrt sah Alex den Monitor an. »Was ladet ihr denn da herunter?«

Die Verbindungsgeschwindigkeit war unglaublich. Der Virus wurde so schnell heruntergeladen, dass er bereits ins System eindrang und dessen Prozessorstärke nutzte.

Sobald der Code nicht mehr floss, blockierte Jack die Internet-Verbindung und verhinderte so, dass der Virus flüchten konnte.

»So schnell entkommst du uns nicht.«

Jetzt konnte er sich Zeit lassen und sich ansehen, was er da vor sich hatte. Er rief das Fenster mit dem Programm des Virus auf.

Stirnrunzelnd betrachtete Alex den fremden Code.

»Was ist das?«, wollte er wissen.

»Es ist besser, wenn Sie das nicht wissen«, meinte Noble.

»Moment mal«, sagte Alex und begutachtete den Code. Plötzlich riss er die Augen auf. »Das ist eine Art von Virus!« Er wirbelte zu Jack herum. »Ihr habt einen Virus auf Nostradamus geladen?«

»Entspannen Sie sich«, riet ihm Jack. »Das ist kein gewöhnlicher Virus.«

»Das klingt umso schlimmer«, sagte Alex böse.

Noble legte ihm die Hand auf die Schulter.

Eines der Computerterminals piepte.

Alex schüttelte Nobles Hand ab und setzte sich davor. Er schüttelte die Maus, woraufhin der Bildschirm erwachte.

»Ihr müsst es aufhalten«, erklärte er einen Augenblick später.

»Warum?«, fragte Noble.

Alex deutete auf den Bildschirm.

»Das Ding belastet die Core-Prozessoren.«

Jack betrachtete den Virus. Es war erstaunlich, wie er die CPUs angriff, um das System zu schwächen. Damit war offensichtlich, warum P.R.O.T.E.U.S. nicht funktioniert hatte – er hatte gar keine Chance gehabt.

In genau diesem Moment fiel Jack etwas auf – der Virus war mutiert. Er suchte Power, nicht nur um das System zu schwächen, sondern ... Jack schluckte. Der Virus fraß. Er wurde größer. Es war faszinierend, er konnte den Blick nicht von dem pulsierenden Code wenden.

Es piepte erneut und auf Alex' Bildschirm tauchte eine Meldung auf. »Jack, schalte ihn ab!«

»Das kann ich nicht.«

Alex wurde rot. »Was soll das heißen, du kannst nicht?«, fragte er, und da noch weitere Alarmsignale schrillten, rief er: »Du musst das sofort loswerden!« Seine Stimme schwankte zwischen Panik und Wut.

»Beruhigen Sie sich«, verlangte Noble.

Jack versuchte, den Virus auf das USB-Laufwerk zu manövrieren, doch der weigerte sich. Die Warnungen der Computer-Sensoren spielten verrückt und wurden zu einer ohrenbetäubenden Kakofonie aus Kreischen und Heulen.

Über den Lärm schrie Alex: »Nostradamus kostet Millionen! Wenn ihr ihn zu Schrott macht, landen wir alle wegen Sachbeschädigung im Gefängnis!«

»Ich brauche nur noch einen Augenblick«, erklärte Jack. Ruhig öffnete er ein Programmterminal auf dem USB-Stick und betrachtete lächelnd den Virus. »Ich weiß schon, wie ich dich in die Falle locke.«

Jack tippte so schnell, dass man den Bewegungen seiner Finger nicht mehr folgen konnte.

Noble sah über Jacks Schulter auf den Bildschirm. »Clever«, meinte er.

»Was macht er da?«, wollte Charlie wissen. Sie musste fast schreien, um gehört zu werden.

»Er verwendet Teile des Virus-Codes, um ihm einen Weg zu zeigen.«

Es war ein einzigartiges Programm für ein einzigartiges Problem.

Jack drückte die Enter-Taste und der Virus begann auf das USB-Laufwerk zu strömen.

Alex ballte die Fäuste. »Stoppt es! Sofort!«

Jack ignorierte ihn, hielt sich am Tischrand fest

und starrte wie gebannt auf den Monitor. »Los doch!«

Immer noch floss der Virus.

»Er zerstört Nostradamus!«, schrie Alex Noble an.

»Nein«, widersprach Jack. »Es funktioniert.«

Alex stürzte zu Jack, packte ihn und riss ihn vom Stuhl, sodass er zu Boden stürzte, während Alex rasch ein paar Befehle eingab, den USB-Stick aus dem Port riss und ihn Jack an den Kopf warf.

»Nein!«, schrie Jack, doch es war schon zu spät. Alex fuhr Nostradamus herunter, öffnete die Netzwerkverbindung, und der Virus lud sich selbst wieder ins Internet auf der Suche nach weiteren Computern, deren Prozessorstärke er fressen konnte.

Als er endlich fort war, stieß Alex einen erleichterten Seufzer aus und sank in seinem Sessel zusammen.

Die Warnsignale verstummten alle nacheinander und es wurde still im Raum.

Jack vergrub das Gesicht in den Händen. Sie waren so nahe daran gewesen, den Virus einzufangen. Nur noch ein paar Minuten, dann hätten sie es geschafft.

»Nein!«, rief Alex plötzlich und sah panisch auf die Monitore der Überwachungskameras. »Nein, nein, nein!«

Ein dicker Mann in einem beigen Sportblouson und mit Bootschuhen machte die Türe auf.

»Wer ist das?«, fragte Charlie.

Alex sprang auf. »Der Boss«, antwortete er und rannte zur Tür. »Ich muss euch hier rausbringen. Wenn er erfährt, was ich getan habe, ruft er die Polizei!«

»Wohin gehen Sie?«, fragte Charlie.

»Mein Auto. Es gibt einen Hinterausgang.«

Alex riss die Tür auf und rannte hinaus. Jack war in diesem Moment alles egal. Sie hatten wieder versagt.

Noble kniete sich vor ihn hin. »Jack?«

Jack ließ die Hände sinken.

»Alex hat recht, wir müssen verschwinden.«

»Geht ihr.«

»Nicht ohne dich«, bestimmte Charlie, packte ihn am Hemd und zerrte ihn hoch.

Die drei schlichen in den Gang.

»Wo ist er denn hin?«, fragte Charlie.

Noble deutete auf eine offene Tür. Sie rannten darauf zu und waren im Nu draußen, gerade rechtzeitig, um zu sehen, wie ein verbeulter Vauxhall-Nova mit ausgeblichenem rotem Lack rückwärts vom Parkplatz preschte.

Der Fahrer war Alex.

Alex zerrte den Schalthebel in den ersten Gang und brauste zu ihrem Entsetzen mit quietschenden Reifen davon.

Charlie schrie auf und rannte ihm nach, doch Jack packte sie am Arm und deutete auf den schwarzen Geländewagen, der gerade auf den Parkplatz kam, an Alex vorbeiraste und auf die drei zuhielt.

Entgeistert sah Charlie ihm entgegen.

»Sollen wir rennen?«, fragte Jack Noble.

»Ich nehme an, das sind die Agenten?«

Jack nickte.

Noble steckte die Hände in die Hosentaschen und meinte: »Ich fürchte, rennen würde uns nicht viel nutzen.«

Der Geländewagen hielt vor ihnen an und Jack konnte Connors zufriedenes Gesicht hinter der Windschutzscheibe erkennen.

»Jack«, fragte Charlie leise aus dem Mundwinkel, »ich will ja nicht dumm erscheinen oder so, aber wie finden die uns nur immer?«

»Ich weiß«, seufzte Jack, den Blick auf Connor geheftet, der ausstieg und eine Waffe auf sie richtete. »Ich finde das auch langsam lästig.«

Monday stieg aus und hielt die hintere Tür auf.

»Nur herein«, grinste Connor.

Die Agenten fuhren mit Jack, Charlie und Noble vom Industriegelände. Connor saß am Steuer, während Cloud auf dem Beifahrersitz saß.

Agent Monday hatte sich auf dem Rücksitz zwischen Jack und Charlie platziert. Offensichtlich wollte dieser Berg von einem Menschen sichergehen, dass sie keinen Unsinn aushecken. Doch bei hundertzwanzig auf der Autobahn wollte Jack im Moment sowieso kein »Unsinn« einfallen.

Noble saß auf einem Notsitz hinter ihnen. Seine Frage, wohin die Agenten sie zu bringen beabsichtigten, war auf eisiges Schweigen gestoßen.

Den vollen Straßen nach zu urteilen ging es zurück Richtung London, was Jack ein ungutes Gefühl gab. Beim ersten Mal hatte er geschnappt werden wollen, es hatte zu seinem Plan gehört, doch dieses Mal war es anders. Er hatte keine Ahnung, wie sie entkommen sollten oder ob das überhaupt möglich war. Er überlegte, ob er Charlie bedeuten sollte, Obi mit ihrem ...

In diesem Moment erkannte er, wie die Agenten sie gefunden hatten – das Telefon in Charlies Tasche. Sie hatten es ihr abgenommen, als sie sie befragt hatten. Damals hatten sie sich bestimmt ihre Nummer aufgeschrieben und sie darüber verfolgt.

Und Charlie und er hatten vergessen, das Telefon gründlicher zu überprüfen.

Jack presste die Lippen aufeinander und starrte vor sich hin. Es war so ein grundlegender Fehler, dass es ihm peinlich war, ihn zuzugeben.

Connor sah sehr zufrieden aus. Wahrscheinlich war es der Höhepunkt seines Tages gewesen, eine Pistole auf zwei unbewaffnete Teenager und einen grauhaarigen Mann zu richten, doch Jack war klar, dass das wahrscheinlich nicht das Schlimmste war, was Connor je getan hatte.

Kein Grund, sich den Kopf darüber zu zerbrechen.

Dreißig Kilometer vor London bogen sie von der Autobahn ab und fuhren zu der kleinen Ortschaft Little Joy.

Connor folgte der gewundenen Landstraße bis zu einem schmalen, unbefestigten Weg.

Etwa eineinhalb Kilometer weiter ragte auf einem Hügel ein altes Haus vor ihnen auf, dessen Umrisse sich vor dem Mondschein abzeichneten. Im Haus brannte kein Licht. Davor stand eine alte Eiche, deren kahle Zweige sich wie dürre Finger ausstreckten, als wollten sie das Haus bewachen oder den Dämon, der darin hauste, am Ausbruch hindern.

Was hatte Connor vor? Wollte er sie zu Tode erschrecken? Wollte er sie in ein Spukhaus bringen, damit sie vor Angst alles gestanden?

Jack drehte sich fast der Magen um, wenn er daran dachte, was sie möglicherweise erwartete.

Connor hielt neben dem Gebäude an. Er und Agent Cloud stiegen aus und gingen um den Wagen herum, um Noble zu holen.

Agent Monday lehnte sich über Jack, machte die Tür von innen auf und stieß ihn hinaus. Dann packte er Charlie am Arm und zerrte sie mit aus dem Wagen.

»Lassen Sie mich los!«, schimpfte sie und wehrte sich.

Monday sah Agent Cloud an. »Waren Sie in ihrem Alter auch so?«

Cloud ignorierte ihn.

Connor wandte sich an die anderen und deutete auf das Haus. »Folgt mir und macht keinen Unsinn!«

Mit gesenkten Köpfen gehorchten sie.

Verwilderte Büsche und Efeu überwucherten die Fenster im Erdgeschoss, und auf dem gesprungenen und mit Schutt übersäten Weg mussten sie aufpassen, wohin sie traten.

Jack war das Leben in der Stadt gewohnt, wo der Verkehrslärm eine ständige Geräuschkulisse im Hintergrund bildete, unterbrochen vom gelegentlichen Heulen einer Polizeisirene. Selbst im Bunker ließ das Grollen der Züge die Wände wackeln. Dort schien alles lebendig und in Bewegung, während es hier so still war wie auf einem Friedhof. Unwillkürlich schauderte er.

Sie gingen hinten um das Haus herum und Connor warf einen Blick auf eine hoch an der Wand angebrachte Überwachungskamera. Die Hintertür klickte und öffnete sich automatisch.

Der erste Raum war eine Küche. An den Wänden moderten die Schränke vor sich hin, die Türen waren zum Teil heruntergefallen oder hingen nur noch schräg an einer Angel.

Durch die Küche gelangten sie in einen dunklen Korridor, der vom Lichtschein, der aus einem Türspalt am anderen Ende drang, spärlich erhellt wurde.

Connor öffnete die Tür und trat ein.

Jetzt, wo mehr Licht in den Gang fiel, konnte Jack die schäbige alte Mustertapete an der Wand erkennen, die stellenweise in Fetzen hing. Monday stieß vorwärts.

Der nächste Raum hatte weiß gestrichene Wände, was in starkem Kontrast zum Verfall des restlichen Hauses stand. Es roch geradezu steril.

In der Mitte des Raumes stand ...

»P.R.O.T.E.U.S.!«, flüsterte Jack.

»Das ist er?«, staunte Charlie und betrachtete das verchromte Gerät mit den vielen Leitungen und den großen Kühltanks.

Jack nickte kurz und sah sich im übrigen Zimmer um. Es gab keine Fenster. Sie mussten von innen zugemauert worden sein.

Über den Boden wanden sich dicke Kabel, und vor Bildschirmen mit streng geheimen Dokumenten, Satellitenbildern und jeder Menge anderer gestohlener Daten saßen zwei Männer, offensichtlich Techniker.

An der hinteren Wand hatten sich zwei bewaffnete Sicherheitsleute vor einer Reihe von Monitoren postiert, die verschiedene Überwachungsbilder vom Inneren und der Umgebung des Hauses zeigten.

Die Agenten führten die drei durch einen Bogengang in ein kleineres Zimmer mit einem Tisch und

Stühlen. Monday zwang sie, sich zu setzen, während ihnen Agent Cloud mit Kabelbindern die Handgelenke an die Stuhllehnen fesselte.

»Ist das wirklich notwendig?«, fragte Noble.

Connor schlug ihm mit dem Handrücken ins Gesicht. »Maul halten!«

»He!«, begehrte Jack auf. »Lassen Sie ihn in Ruhe, er weiß doch sowieso nichts!«

Connor betrachtete Jack und Charlie kalt und ließ seinen Blick dann auf Noble ruhen. »Wer sind Sie?«

»Ich?«, entgegnete Noble unschuldigst und leckte sich über die blutende Lippe. »Ich bin niemand.«

Connor sah ihn grimmig an.

»Was wollen Sie denn von uns?«, fragte Jack und versuchte, seine Angst so gut wie möglich zu verbergen. Doch seine zitternde Stimme verriet ihn.

Connor lief eine Weile auf und ab und versuchte, sich zu beruhigen. Er kam ihnen vor wie ein Raubtier, das in seinem Käfig auf und ab tigert und nur darauf wartet, endlich rausgelassen zu werden, um irgendetwas zu töten.

Schließlich blieb er vor Jack stehen. »Da hattet ihr ja ein ganz schönes Abenteuer zu überstehen in den letzten Tagen, nicht wahr?«

Jack schwieg.

Connor verzog die Lippen zu einem Lächeln und

fuhr giftig fort: »Glaubt ihr wirklich, ihr wärt schlauer als wir?« Er wandte sich an Cloud und Monday. »Die haben zu viele Comics gelesen. Ich gehe doch mal davon aus, dass ihr lesen könnt, oder?«, fragte er Charlie und Jack. Er ließ seinen Blick einen Moment lang auf Jack ruhen und sagte dann unvermittelt: »Wir wollen den Virus.«

Jack schaute ihn an, ohne zu blinzeln.

»Den haben wir nicht.«

»Aber ihr wisst, wie ihr ihn bekommen könnt. Was sollte sonst der Ausflug nach Chesterfield?«

Jack warf Noble einen Blick zu. Er überlegte, ob er lügen sollte, aber das hätte Connor durchschaut. Also holte er tief Luft und sagte: »Wir haben versucht, ihn einzufangen, aber er ist entwischt.«

Connor glotzte Agent Cloud an. »Sagt er die Wahrheit?«

Cloud zuckte mit den Achseln und Connor begann wieder auf und ab zu marschieren.

»Also«, begann Jack, »ich glaube nicht, dass der Virus noch eine Bedrohung für P.R.O.T.E.U.S. darstellt.«

Connor blieb wie angewurzelt stehen und drehte sich langsam zu Jack um. Seine Augen waren zu schmalen Schlitzen zusammengekniffen. »Was sagst du da?«

»Ich sagte, ich glaube, der Virus…«

Connor machte einen Schritt auf Jack zu und packte ihn an der Kehle.

»Aufhören!«, stieß Charlie hervor und auch Noble rief: »Lassen Sie ihn los!«

Agent Cloud machte einen Schritt auf Connor zu und sagte bestimmt: »Sir?«

»Was ist?«, fuhr Connor auf.

»Es ist nicht...«

»Erzählen Sie mir nicht, was ich tun kann und was nicht!«, grollte Connor und schloss seinen Griff um Jacks Hals fester.

Jacks Lungen brannten wie Feuer und er begann unscharf zu sehen.

»Ich glaube, es ist an der Zeit, dass ich über- nehme«, erklang eine Stimme hinter ihnen.

Einen Augenblick lang rührte sich niemand.

»Wie soll er denn reden, wenn Sie ihm den Kehl- kopf eindrücken?«, fuhr die Stimme fort. »Lassen Sie ihn los!«

Endlich ließ Connor von dem Jungen ab.

Jack hustete und rang nach Atem. Als er endlich wieder Luft bekam, drehte er sich um, um zu sehen, wer sich dort einmischte.

Im Bogengang stand Richard Hardy – der geldwa- schende Buchhalter jener Mission, mit der dies alles angefangen hatte.

»Treten Sie zurück«, verlangte er ruhig.

Connor zögerte noch einen Moment, dann wandte er sich angewidert ab.

Jack blickte zu Charlie. Ihr Gesicht zeigte eine Mischung aus Furcht, Zorn und Verwirrung. Selbst Noble sah vollkommen perplex aus, und das war selten.

Jack wusste im Moment nicht, was er fühlte. Einerseits war es grässlich, dass jemand versuchte, einen zu erwürgen, und man Angst hatte, dass man sterben musste. Andererseits kam es ihm vor wie ein Traum, dass der Mann, der das gerade verhindert hatte, genau der war, von dem sie eine Million von Del Sartos Geld gestohlen hatten.

Jack starrte Richard Hardy an. Was machte der hier?

Hardy erwiderte Jacks Blick.

»Das Programm ... Ich will es haben.«

»Welches Programm?«

»Verschwende nicht meine Zeit«, verlangte Hardy ruhig, doch man kam nicht umhin, den schlecht verhohlenen Ärger in seiner Stimme wahrzunehmen. »Gib mir das Programm, mit dem du den Virus angelockt hast.« Hardy wartete ein paar Sekunden, dann sagte er: »Wie du willst. Durchsuchen Sie ihn!«, befahl er dann Monday.

251

Agent Monday trat vor, griff in Jacks Jackentasche und zog den USB-Stick heraus. Er untersuchte ihn kurz, bevor er ihn in seine eigene Tasche steckte.

»Wer sind Sie?«, fragte Jack.

Gehörte Richard Hardy zur Regierung?

Das ergab doch keinen Sinn!

»Das Einzige, was mir an diesen Kindern gefällt, ist ihre Naivität«, bemerkte er zu Connor, bevor er sich wieder Jack zuwandte. »Ich bin dein Arbeitgeber.«

»Wir arbeiten nicht für Sie«, erklärte Charlie.

»Also jetzt bleib aber fair«, verlangte Hardy beleidigt. »Ich habe euch über eine Million Pfund bezahlt. Ich würde sagen, das ist eine Menge Geld für einen Haufen krimineller Kinder ... und einen alten Mann«, fügte er mit einem Blick auf Noble hinzu.

Noble zog nur eine Augenbraue hoch.

Charlie runzelte die Stirn. »Wovon reden Sie?«

Plötzlich fiel bei Jack der Groschen. »Das ist Del Sarto«, erklärte er.

Der Waffenhändler, dem sie das Geld gestohlen hatten. Richard Hardy war nur ein Deckname. Jack wand sich innerlich.

Del Sarto lächelte.

»Hundert Punkte für Achilles. Wenn ich es dir erklären darf, junge Dame«, fuhr er fort, »als Professor Markov mir von dem Quantencomputer erzählte ...«

»Er ist echt?«, warf Charlie ein.

»Oh ja.« Del Sarto tätschelte ihr den Kopf, als wäre sie drei Jahre alt. Charlie wich zurück. »Ja, es gab tatsächlich einen Professor Markov.«

Die Art, wie er das »gab« betonte, drehte Jack fast den Magen um.

»Professor Markov arbeitete für die Regierung und wandte sich wegen eines Problems an mich«, setzte Del Sarto an, während sein Blick zwischen den Technikern und ihnen hin- und herging. »Er hatte diesen unglaublichen Quantencomputer entwickelt und behauptet, dass er allem anderen auf diesem Planeten um Lichtjahre voraus sei. Doch die große Macht, mit der er da umging, flößte ihm Angst ein. Er hatte Bedenken.«

»Da könnte ich wetten«, murmelte Jack.

»Der Professor bat mich, meine Möglichkeiten zu nutzen, um in die Fabrik einzubrechen und P.R.O.T.E.U.S. zu zerstören.«

»Aber Sie haben ihn gestohlen«, erkannte Noble.

Del Sarto verzog den Mund zu einem Lächeln.

»Professor Markov hat mich hereingelegt.«

»Clever«, meinte Jack.

Charlie sah verwundert drein. »Der Professor hat Kriminelle benutzt, um einzubrechen, doch da er wusste, dass sie nicht Wort halten und P.R.O.T.E.U.S.

zerstören würden, ist er auf Nummer sicher gegangen und hat ihm einen Virus verpasst, damit Sie ihn nicht selbst nutzen können.«

»Eine Zeitlang hat er auf unschuldig gemacht und so getan, als sei er genauso verwundert wie wir«, knurrte Del Sarto. »Aber der Schuss ging nach hinten los.« Er neigte sich dicht zu Jack. »Als ich herausfand, was Professor Markov getan hatte...« Er fuhr sich bezeichnend mit dem Finger über die Kehle.

Jack knirschte mit den Zähnen, hütete sich aber, seine Gefühle deutlich zu zeigen.

Del Sarto richtete sich auf.

»Nun, da hatte ich also eine Maschine, die nicht funktionierte. Jetzt konnte ich natürlich nicht einfach aufgeben, dazu hatte ich viel zu viel Geld und Zeit investiert. Ich hatte meine eigenen Pläne.«

»Für was?«, fragte Jack. »Wollen Sie von den Regierungen Lösegeld für die gestohlenen Dokumente erpressen?«

Del Sarto nickte, offensichtlich beeindruckt.

»Sehr gut Achilles. Könnt ihr euch die Möglichkeiten vorstellen? Die *Macht?* Ich kann die Geheimnisses jedes Landes an den höchsten Bieter verkaufen!« Er reckte die Brust vor und richtete seinen Blick an die Decke. »Dann wird P.R.O.T.E.U.S. mir helfen, einen globalen Krieg anzuzetteln, einen Krieg, in dem ich Waffen für alle liefern kann. An alle Seiten! Stellt euch nur mal vor, wie viel Geld man damit verdienen kann!« Er fixierte Jack mit zusammengekniffenen Augen. »Aber zuerst musste ich ein Problem lösen.«

»Der Computer funktionierte nicht«, sagte Jack.

»Keiner meiner eigenen Angestellten konnte es lösen, und ich konnte ja schlecht eine Anzeige in die Zeitung setzen: *Geschickter Techniker gesucht, der einen streng geheimen Quantencomputer von einem Virus befreien kann*«, seufzte Del Sarto theatralisch. »Also, was sollte ich tun? *Was sollte ich tun?* Ich brauchte jemanden, der auf der falschen Seite des Gesetzes stand.« Er tippte sich mit dem Zeigefinger an die Schläfe und sah sie an. »Nun, wo konnte ich so jemanden wohl finden?«, fragte er, schnippte mit den Fingern und deutete auf Agent Cloud. »Sie hat mir von diesem »Achilles« erzählt, einem Hacker, der an jeder Sicherheitsschleuse vorbeikam, jede Firewall durchbrechen konnte. Aber wie konnte ich ihn anlocken?« Del Sarto sah die anderen wieder an. »Also haben wir Informationen über einen fantastischen Quantencomputer gestreut.«

Jack warf einen Blick auf die Maschine im Nebenraum.

»P.R.O.T.E.U.S..«

»Allerdings schien Achilles vorsichtiger, als wir angenommen hatten. P.R.O.T.E.U.S. konnte ihn nicht anlocken. Ich musste also zu einem anderen Köder greifen, daher habe ich Richard Hardy erfunden – den Geldwäscher – und in den Hackerforen eine falsche Spur gelegt.« Er sah sie der Reihe nach an. »War das nicht schlau von mir?« Keiner sagte ein Wort. Del Sarto machte eine Handbewegung, als sei ihre Meinung sowieso nicht von Bedeutung. »Und tatsächlich hat Achilles diesen Köder geschluckt.« Er stellte sich vor Noble.

»Nun, man kann sich vorstellen, wie überrascht ich war herauszufinden, dass Achilles ein Kind war. Ein kleiner Junge, dem ein paar andere kleine Freunde halfen.« Del Sarto trat zurück und zog sich den Mantel gerade. »Aber als Mann, der mit der Zeit geht, folgte ich weiter meinem Plan. Ich wollte mich von deinen Fähigkeiten überzeugen, Achilles, und ich muss sagen, du hast mich wirklich beeindruckt. Wie du dich einfach so in meine Konten gehackt hast…« Er schürzte die Lippen. »Ich entschied mich, dir P.R.O.T.E.U.S. zu zeigen und zu sehen, was passieren würde. Und du bist gekommen und hast das Problem für mich gelöst.« Er schnippte mit den Fingern. »Ganz einfach so. Und ich hätte dich gerne einfach in Frieden gelassen, solange P.R.O.T.E.U.S. funktionierte.«

Jack nickte zu Connor, Monday und Cloud hinüber. »Und wer sind die?«

»Wir sind Freiberufler«, erwiderte Connor. »Auf dieser Seite ist die Bezahlung besser.«

»Das glaube ich wohl«, warf Noble leise ein.

Connor warf ihm einen Blick zu, der besagte, dass er Noble am liebsten an die Gurgel gegangen wäre.

»Sir?«, rief einer der Sicherheitsleute aus dem anderen Raum und deutete auf einen Monitor. »An der Südwestecke des Geländes tut sich etwas.«

Connor ging zu ihm und betrachtete den Bildschirm, dann wandte er sich an Del Sarto.

»Wir überprüfen das mal«, erklärte er und winkte den anderen, ihm zu folgen.

Connor, Cloud und Monday verließen den Raum mit gezogenen Waffen.

»So«, meinte Del Sarto und konzentrierte sich wieder auf Jack. »Ich war so nett, euch zu erklären, was passiert ist. Dafür erwarte ich jetzt aber auch eine Gegenleistung.«

»Und was?«, wollte Jack wissen. »Sie haben das Programm. Sie können den Virus einfangen. Was wollen Sie denn noch mehr?«

Del Sarto holte tief Luft und erklärte dann: »Die Position eures Verstecks.«

»Niemals!«, rief Charlie.

»Warum? Wozu wollen Sie das denn wissen?«, fragte sich Jack.

»Damit er alle möglichen Beweise vernichten kann, die ihr habt«, erklärte Noble.

Del Sarto schnaubte verächtlich. »Ganz genau, alter Mann.«

»Auf keinen Fall erzählen wir Ihnen, wo es ist«, verkündete Charlie.

»Ich fürchte, ihr habt keine Wahl.« Del Sarto warf einen Blick auf die beiden Wachmänner, die jedoch zu beschäftigt waren, um zuzuhören. Del Sarto griff hinter sich und zog eine Automatikwaffe aus seinem Gürtel, die er hochhielt und interessiert betrachtete. »Das hier ist mein Bestseller, müsst ihr wissen: leicht, kompakt, mit Polymergriff, zwanzig Schuss im Magazin. Beeindruckende Schlagkraft...«

Als er sie auf Nobles Kopf richtete, keuchte Charlie erschrocken auf. »Ich kann es mir nicht erlauben, einen von euch am Leben zu lassen. Ich habe einen Ruf zu verlieren. Sie töte ich zuerst«, sagte er zu Noble, »Sie sind nutzlos für mich. Die Position!«, verlangte er dann von Jack.

»Sag es ihm nicht!«, warnte Noble.

»Oh«, meinte Del Sarto, »das glaube ich doch, Jack. Ich habe keinerlei Bedenken, einen ausgedienten Hippie umzulegen.«

Jack suchte fieberhaft nach einem Ausweg, aber es wollte ihm keiner einfallen. »Wenn Sie auf meine Bedingungen eingehen, sage ich Ihnen, wo der Bunker ist.«

»Bedingungen?«, fragte Del Sarto.

»Jack!«, rief Charlie und wand sich auf ihrem Stuhl. »Nicht!«

»Was für eine Wahl haben wir denn?«, fragte Jack zurück.

»Keine«, bestätigte Del Sarto und drückte Noble die Waffe an den Kopf. »Ich gebe euch genau fünf Sekunden. Fünf...«

Jack überlegte verzweifelt. Er konnte doch nicht sagen, wo sich der Bunker befand, wenn er keine Garantie hatte, dass Del Sarto Obi, Slink und Wren gehen lassen würde.

»Vier...«

Er konnte Del Sarto eine falsche Stelle zeigen, aber das würden ihm seine Männer schnell berichten.«

»Drei...«

Würde er die anderen verschonen, wenn Jack ihn darum bat? Irgendwie bezweifelte er, dass Bitten irgendeinen Erfolg haben würde.

Del Sartos Finger legte sich fester um den Abzug.

»Zwei...«

Noble kniff die Augen zu.

»Sir!«, unterbrach einer der Sicherheitsleute die Stille.

Ein paar Sekunden lang rührte sich keiner, und selbst der Staub schien regungslos in der Luft zu hängen, als hätte jemand die Zeit angehalten.

»Sir!«

Endlich löste sich die Starre. Del Sarto stöhnte verärgert auf und ließ die Waffe sinken.

»Bitte entschuldigen Sie die Verzögerung«, sagte er zu Noble und wandte sich dann um. »Was gibt's?«

»Das müssen Sie sich ansehen«, verlangte der Sicherheitsmann und deutete auf die Überwachungsmonitore.

Del Sarto fluchte vor sich hin und ging hinüber, starrte die Bilder einen Moment lang an und riss dann die Augen auf.

»Wie viele?«

»Schwer zu sagen, Sir. Sieht aus wie ungefähr zwanzig oder so.«

»Sie kommen mit!«, befahl Del Sarto und winkte den Sicherheitsleuten zu. »Und Sie machen den Laden hier dicht!«, rief er den Technikern im Hinausgehen zu.

Jack erhaschte einen Blick auf die Überwachungsmonitore und sah sofort, was die Sicherheitsleute

bemerkt hatten. Mehrere Personen in dunklen Anzügen näherten sich dem Gebäude mit gezogenen
Waffen und suchten sorgfältig die Umgebung ab.

Also waren die Regierungsbeamten Del Sarto auf
der Spur – wahrscheinlich wollten sie ihr Eigentum
wiederhaben. Die zwei Techniker machten sich an
ihren Terminals ans Werk, woraufhin sich Stahlgit-
ter vor den Türen und dem Bogengang herabsenk-
ten und sie sowie P.R.O.T.E.U.S. einschlossen.

Als sie in dem anderen Raum allein waren, betrachtete Jack das Gitter und stellte dann fest: »Wir
müssen hier raus.«

»Jack, ich habe ein Messer im Stiefel«, verkündete
Charlie.

»In welchem?«, fragte er mit einem Blick auf ihre
Füße.

»Links.«

Jack begann auf seinem Stuhl hin und her zu
schaukeln, wobei er jedes Mal ein wenig weiter
schwankte, bis er schließlich nach hintenüber kippte
und umfiel, was ihm einen scharfen Schmerz im
Rücken bescherte.

Er verzog das Gesicht und drehte den Stuhl auf
die Seite, sodass er mit dem Rücken zu Charlie gewandt lag. Die rutschte mit ihrem Stuhl so weit
nach vorne, dass ihr Fuß Jacks Hände berührte.

Jack bemühte sich, ihr Hosenbein über den Stiefel hochzuziehen und hineinzugreifen. Mit den äußersten Fingerspitzen konnte er den Griff eines kleinen Messers erreichen. Er zog es aus dem Stiefel, drehte es herum, sodass er die Klinge ausklappen konnte, und begann, die Plastikkabel um seine Handgelenke durchzusägen.

Es schien Ewigkeiten zu dauern, doch schließlich hatte er es geschafft. Seine Hände waren frei. Schnell drehte er sich auf die Seite, schnitt auch seine Fußfesseln los und stand auf. Dann erlöste er Charlie von den Kabelbindern und befreite Noble.

Einen Augenblick lang blieben sie stehen und versuchten, ihre Lage zu überblicken.

Jack strich mit den Fingern über das stählerne Tor.

»Irgendwie müssen wir da durch und P.R.O.T.E.U.S. zerstören.«

Von der anderen Seite erklangen gedämpfte Schreie.

»Dazu haben wir nicht genug Zeit«, meinte Noble.

Sie hörten Schüsse und dass an die Haustür gehämmert wurde. Bald würden die Regierungsbeamten das Haus umstellt haben, und wenn sie Jack, Charlie und Noble erwischten, müssten die eine Menge erklären und würden höchstwahrscheinlich im Gefängnis landen.

Fluchend betrachtete Jack das Stahltor und suchte dann die Decke ab. Wo war der Antrieb? Wenn sie die Kabel durchtrennten, würde das Tor freigegeben, und sie könnten es mit den Händen hochschieben.

Charlie fasste Jack an der Hand. »Komm schon, beeil dich!«

Jack fluchte und lief dann mit den anderen zu der Tür in der anderen Ecke des Raumes.

Sie war verschlossen.

Jack trat ans Fenster und zog die Vorhänge beiseite – es war von innen zugemauert.

Noble zog sich in die entgegengesetzte Ecke des Zimmers zurück und wandte sich um.

»Scheinbar ist das der einzige Ausweg«, meinte er und holte tief Luft. »Wünscht mir Glück!«

Damit spurtete er, Anlauf nehmend, mit Höchstgeschwindigkeit durch den Raum. Mit der Schulter voran warf er sich gegen die Tür, die laut krachend nachgab. Im Sturz nahm Noble fast noch den Türrahmen mit.

Jack und Charlie sahen ihn entgeistert an, dann eilten sie zu ihm und halfen ihm auf die Füße. Noble verzog das Gesicht vor Schmerzen und rieb sich die Schulter.

»Erinnert mich daran, dass ich das nie wieder mache. Für so etwas bin ich viel zu alt.«

Weitere Schüsse knallten und sie hörten Schreie.

»Dann mal los«, meinte Jack, und sie rannten durch den Gang, die Küche und in den hinteren Garten.

»Schnell!«, befahl Jack und duckte sich hinter einen Busch.

Noble und Charlie folgten ihm und peilten über die Hecke. Überall in der Auffahrt und neben dem Haus standen Männer und Frauen in Anzügen und mit dunklen Brillen. Mehrere Autos und Lieferwagen waren vorgefahren, aus denen weitere Agenten ausstiegen.

Mit gezogenen Waffen rannten sie zur Rückseite des Hauses.

Drei Agenten jagten hinter Del Sartos Sicherheitsleuten her und schnappten sie, kurz bevor sie den Wald erreichten.

Connor, Del Sarto, Cloud und Monday sprangen in den Geländewagen und rasten querfeldein davon. Die Blitze von Mündungsfeuer erhellten die Nacht.

»Ducken!«, befahl Noble.

Zwei weitere Agenten liefen an ihnen vorbei und leuchteten mit ihren Taschenlampen in die Büsche. Als sie vorbei waren, richteten sich Jack, Charlie und Noble wieder auf. Del Sarto und die anderen waren entkommen.

Jack sah, wie die Regierungsagenten das Haus zu durchsuchen begannen. Von drinnen waren weitere Schüsse und eine kleine Explosion zu hören.

»Sie durchbrechen die Eisentore«, raunte Jack Charlie zu.

Charlie nickte und behielt die Hintertür im Auge.

Kurz darauf brachten die Agenten die Techniker in Handschellen heraus und führten sie zu den wartenden Autos, während andere Agenten mit Kisten aus dem Haus kamen, die sie in die Lieferwagen luden.

»Sie bringen P.R.O.T.E.U.S. weg«, stellte Jack fest und sprang auf. »Wir können doch nicht…«

Noble zog ihn wieder zu Boden.

»Lass das, die sind ein wenig in der Überzahl.«

So gerne Jack auch P.R.O.T.E.U.S. zerstört hätte, musste er doch zugeben, dass Noble recht hatte. Er fluchte. Jetzt hatte also die Regierung P.R.O.T.E.U.S. wieder, und er wusste nicht, ob das nicht ebenso schlimm war.

»Wir müssen gehen«, erklärte Noble und deutete auf die beiden Agenten mit den Taschenlampen. Sie kreisten langsam durch den Garten und kamen wieder in ihre Richtung.

Geduckt liefen Jack, Charlie und Noble zum Waldrand und folgten im Schutz der Bäume dem Verlauf der Auffahrt.

»Wartet mal«, verlangte Charlie und sah zu den Lieferwagen.

»Was ist denn?«, wollte Jack wissen.

»Wenn P.R.O.T.E.U.S. hier fort ist, können wir ihn nicht mehr aufspüren.«

»Was schlägst du vor?«

Charlie griff in die Tasche und nahm ihr Handy hervor.

»Wenn wir das in einen der Lieferwagen legen, können wir verfolgen, wohin sie ihn bringen.«

Jack nickte.

»Gute Idee«, meinte er. »So hat Del Sarto uns aufgespürt und jetzt können wir P.R.O.T.E.U.S. damit finden.«

Sie hatten ja die Telefonnummer, und wenn sie wieder im Bunker waren, konnten sie mit Obis Hilfe das Telefonsignal lokalisieren. Das Problem war nur, dass Del Sarto das auch konnte. Aber sie hatten keine andere Wahl.

Jack beobachtete die Einfahrt, auf der es vor Agenten nur so wimmelte.

»Ich mache das«, erklärte er.

»Nein«, widersprach Charlie. »Ich gehe.«

Jack wollte zwar mit ihr darüber diskutieren, aber da war es schon zu spät, Charlie war zwischen den Bäumen verschwunden.

Jack und Noble schlichen sich so nah zur Auffahrt, wie sie es wagten, und warteten darauf, dass Charlie wieder auftauchte.

Endlich sahen sie sie zwischen den Bäumen hervorkommen und zu den Transportern schleichen. Einer der Agenten bog gerade um die Ecke, aber irgendwie schaffte sie es, unbemerkt an ihm vorbeizukommen.

»Charlie, pass auf!«, stöhnte Jack gequält.

Charlie schlich sich zu der offenen Tür eines unbewachten Lieferwagens und warf das Telefon unter den Fahrersitz. Dann sah sie nach, ob die Luft rein war, und eilte wieder in den Schutz der Bäume zurück.

Erleichtert atmete Jack auf.

Ein paar Minuten später war Charlie wieder bei ihnen und meinte, als sie weitergingen: »Wir müssen zum Bunker zurück, damit Obi das Ortungsprogramm starten kann.«

Als sie die Hauptstraße erreichten, sah sich Noble nach rechts und links um.

»Das dringendere Problem ist nur, wie kommen wir von hier aus nach London?«

Die nächsten sechs Stunden waren die längsten in Jacks Leben. Schweigend liefen sie dahin, was Jack Zeit zum Nachdenken verschaffte. Die ganze Aktion war eine einzige Katastrophe gewesen, von dem Moment an, als Obi die dumme Kiste mit dem P.R.O.T.E.U.S.-Logo entdeckt hatte.

Sie hätten die Finger davon lassen sollen.

Sie hätten sich nicht einmal in die Nähe begeben sollen.

Als sie ihre Gleise erreichten, sah die Sonne gerade noch über den Horizont und tauchte Slinks Logo der Street Warriors in leuchtend orangefarbenes Licht.

Jack betrachtete es einen Moment und fragte sich, was sie wohl als Nächstes erwartete und ob es möglich sein würde, die Regierung daran zu hindern, dass P.R.O.T.E.U.S. zum Einsatz kam.

Aber sie mussten es versuchen. Der Gedanke an einen Computer, der dazu in der Lage war, jede Firewall zu durchbrechen und jeden Code zu knacken, an eine Welt ohne Geheimnisse, fand Jack beunruhigend.

Wie viele Unschuldige würden ins Kreuzfeuer geraten, wenn Länder und Regierungen sich gegenseitig den Krieg erklärten? Politiker kümmerten sich nur um Geld und Macht und P.R.O.T.E.U.S. konnte ihnen zu beidem verhelfen.

Das durfte nicht geschehen.

Jack würde nicht aufgeben, bis P.R.O.T.E.U.S. vernichtet war.

Sie erreichten die Luftschleuse des Bunkers, wo Charlie den Code eingab und die Tür sich öffnete.

Wren und Slink sprangen vom Esstisch auf und rannten auf sie zu.

Wren umarmte Charlie, und selbst Obi erhob sich von seinem Sessel.

Noble ließ sich auf eines der Sofas fallen, seufzte und schloss die Augen.

»Seht mal, was wir haben!«, rief Slink und lief in die Spielezone.

Unter einem Laken war ein großes Objekt verborgen.

»Was ist das denn?«, wollte Charlie wissen.

»Ist das noch ein Flipper?«, fragte Jack. Er versuchte, nicht so traurig zu klingen, wie er sich fühlte. Allerdings hatte das, was da unter dem Laken war, nicht die Form eines Flipperautomaten.

Grinsend zog Slink das Tuch weg.

Einen Augenblick lang waren Charlie und Jack wie angewurzelt. Jack traute seinen Augen kaum. Vor ihnen stand Charlies Motorrad, völlig ohne jeden Kratzer. Slink und Wren mussten es sogar geputzt haben, denn es glänzte und strahlte im Licht der Halogenleuchten.

Charlie stiegen die Tränen in die Augen. Sie wollte etwas sagen, doch ihre Stimme brach.

»Wir wussten, dass ihr es irgendwo stehen gelassen habt«, erklärte Obi, »also habe ich mithilfe der Überwachungskameras herausgefunden, wo es ungefähr sein musste.«

»Es hat Stunden gedauert«, erzählte Slink stolz, »aber schließlich haben wir es unter einem Haufen Kartons gefunden. Wahrscheinlich sind wir hundertmal daran vorbeigegangen.«

»Wie habt ihr es hierher zurückgebracht?«, fragte Charlie.

»Wir sind nicht damit gefahren«, antwortete Slink mit einem Blick auf Charlie. »Ich habe es geschoben.«

»Mit meiner Hilfe!«, warf Wren ein und reckte die Brust vor.

Charlie drückte alle drei an sich und umarmte sie. »Vielen Dank!«

Nachdem sie sich gegenseitig alles erzählt hatten, was passiert war, ging Jack zu den Computern hinüber. »Obi, wir müssen Charlies Handy aufspüren.«

Obi setzte sich auf seinen Sessel und begann eine Suche, doch die blieb ergebnislos. »Hattest du noch genügend Akku-Laufzeit?«, fragte er Charlie.

»Ja.«

Alle Augen richteten sich auf Jack.

»Vielleicht sind sie außer Reichweite«, meinte er, doch kaum wollte er sich abwenden, begann der Computer zu fiepen.

»Ich habe es«, erklärte Obi.

»Und wo ist es?«

Obi runzelte die Stirn. »In London.«

Slink verdrehte die Augen. »Ausgezeichnet. Irgendeine Ahnung, wo genau in London?«

Obi konzentrierte sich einen Augenblick lang und meinte dann: »Das Signal ist schwach. Wir müssen erst mal warten, bis wir eine genaue Triangulation bekommen.«

Jack begann auf und ab zu laufen und fragte sich, ob Del Sarto wohl die gleichen Probleme hatte, das Signal zu orten. Vorerst mussten sie davon ausgehen, dass er dem Handy genauso dicht auf der Spur war wie sie. Wo auch immer die Regierungsbeamten P.R.O.T.E.U.S. versteckten, die Heroes mussten dorthin und den Rechner ein für alle Mal vernichten. Dieses Mal durften sie keine halben Sachen machen.

Jack warf einen Blick auf Noble, der immer noch die Augen geschlossen hatte.

»Ich habe ein Signal!«, rief Obi in diesem Moment. »Und ihr werdet nicht glauben, woher es kommt!«

Schnell drängten sich alle um ihn.

Obi hatte einen Stadtplan von London auf dem Bildschirm aufgerufen und über einem der Gebäude pulsierte ein roter Punkt.

Einen Moment lang starrten sie ihn entgeistert an.

»Das kann doch nicht wahr sein!«, stieß Charlie hervor.

»Doch, ist es«, bestätigte Obi. »Ich habe es dreimal nachgeprüft. Das Telefonsignal kommt eindeutig von dort.«

»Und was machen wir jetzt?«, fragte Charlie.

»Eine Erkundungsmission«, antwortete Jack. Wie immer musste er zuerst sehen, womit sie es zu tun hatten.

273

Er ging zur Tür.

»Ich komme mit«, erklärte Charlie, nahm ihren Rucksack und eilte ihm nach.

»Ich auch«, rief Slink.

»Und ich auch!«, meldete sich Wren.

Jack drehte sich um und hob die Hand.

»Du bleibst hier!«

Wren sah ihn enttäuscht an. »Aber ...«

»Keine Diskussion!«, befahl Jack, drehte sich entschlossen zur Tür um, und die drei gingen durch die Luftschleuse.

Eine Stunde später standen sie in einer schmalen Nebenstraße der Oxford Street im Londoner West End.

Schwer prasselte der Regen auf das Straßenpflaster und schoss aus einer geborstenen Regenrinne.

Mit hochgezogenen Kapuzen duckten sich Jack, Charlie und Slink in den Eingang eines alten Buchladens. Drinnen war es dunkel und an der Tür hing ein »Geschlossen«-Schild.

Jack legte den Finger ans Ohr und fragte Obi: »Kommt das Signal immer noch von hier?«

»Direkt vor euch«.

Jack sah die anderen an. »Kein Irrtum möglich?«

»Keine Chance«, beharrte Obi bestimmt.

Auf der anderen Straßenseite lag ein viktorianisches Theater, das Winchester. Die Fassade war eingerüstet und die Plastikfolie davor knatterte im Wind.

Auf einem Schild stand:

Dieses historische Gebäude wird restauriert.
Das umfangreiche Projekt wird innerhalb der nächsten
zwei Jahre durchgeführt.

»Hier kann P.R.O.T.E.U.S. nicht sein«, meinte Slink.

Links von dem Theater befand sich ein Cafe mit zugenagelten Fenstern und rechts davon eine Gasse.

»Glaubt ihr, das ist eine Falle?«, fragte Charlie die anderen.

Der Gedanke war Jack auch gekommen, aber selbst wenn die Agenten das Handy gefunden hatten, dann würden sie es doch nicht dorthin bringen, oder? Das ergab einfach keinen Sinn.

Jack starrte das Theatergebäude an und überlegte.

»Sie haben P.R.O.T.E.U.S. bestimmt nicht auf eine Baustelle gebracht«, meinte Slink.

Jack nickte.

»Haben sie jetzt das Handy gefunden oder nicht?«, fragte Charlie stirnrunzelnd.

In diesem Moment bog in die Gasse neben dem Theater ein Transporter, aus dem zwei Männer mit Neonwesten und Helmen sprangen.

Jack schmunzelte. »Bingo. Hier sind wir definitiv richtig.«

Charlie folgte seinem Blick. »Aber Jack, das sind doch nur Bauarbeiter.«

»Nein!«

»Wieso nein? Nein warum?«

»Sieh dir doch mal die Schuhe an!«, sagte Jack.

Sie trugen glänzend polierte schwarze Herrenschuhe, keine Arbeitsstiefel. Es gab keinen Zweifel. Bauarbeiter waren das nicht.

Die Männer sahen sich um, stellten die Kragen ihrer Jacken hoch und verschwanden um die Ecke hinter dem Theater.

»Na gut, und was machen wir jetzt?«, wollte Charlie wissen.

»Nicht lange reden, handeln«, verlangte Slink.

Jack holte tief Luft und nahm das Ziegeldach ins Visier. Es hatte mehrere Oberlichter – die offenbar erst im Laufe der letzten zehn Jahre angebracht worden waren –, aber es war nicht leicht, dort hinaufzukommen. Das Gerüst war mit Sicherheit rutschig.

»Was meinst du, Slink?«, fragte er und schaute die

Straße auf und ab. Der Regen hatte die Leute nach drinnen getrieben und es war kaum jemand unterwegs. »Meinst du, du kommst da hinauf und kannst einen Blick riskieren?«

Slink ließ die Halswirbel knacken. »Kein Problem«, meinte er, legte seinen Rucksack ab, zog sich ein paar fingerlose Handschuhe über und schnallte einen kleinen Beutel an seinen Gürtel. Er tauchte seine Finger hinein und zog sie, weiß von Kreide, wieder heraus. Als er in die Hände klatschte, stieg eine Staubwolke auf. Leise vor sich hin murmelnd warf er einen prüfenden Blick an dem Gebäude hoch.

»Sei vorsichtig«, warnte Jack. »Keine Heldentaten. Und gib acht auf Del Sarto und seine Männer.«

»Schon gut«, erwiderte Slink. Er wippte auf den Fußballen wie ein Boxer, der sich auf einen Kampf vorbereitet.

»Wenn du es nicht schaffst, finden wir eine andere Möglichkeit«, erklärte Charlie.

»Alles bestens, Baby«, zwinkerte Slink ihr zu. Leise vor sich hin lachend überquerte er die Straße. Am Gerüst angelangt sprang er hoch, packte das unterste Brett und zog sich hinauf.

Bewundernd sah Jack ihm zu, wie er scheinbar völlig mühelos an dem Gebäude emporkletterte.

Etwa nach zwei Dritteln geschah es: Sein rechter Fuß glitt von einem nassen Rohr ab. Charlie schrie auf, als Slink fiel, doch wie durch ein Wunder konnte er sich halten und hing mit einem Arm an einer Stange.

Endlich schaffte er es, sich wieder hochzuziehen und den Fuß auf eine Strebe zu setzen. Er blickte nach unten und machte eine Grimasse.

Charlie schüttelte den Kopf.

Eine Minute später hatte Slink das Dach erreicht und hievte sich hinauf.

Über die Dachziegel robbte er zum nächsten Dachfenster, wischte die Regentropfen von der Scheibe und spähte hinein. Kopfschüttelnd kroch er zum nächsten Oberlicht und wiederholte den Vorgang. Ein paar Minuten später hatte er alle überprüft, ließ sich zum Dachrand gleiten und begann, kopfüber in die obersten Fenster zu sehen. Schließlich drehte er sich um.

»Ich sehe gar nichts«, flüsterte er in sein Mikro. »Hier scheint alles leer zu sein.«

»Leer?«, wunderte sich Jack. »Bist du sicher?«

»Natürlich. Von dem Fenster da konnte ich das ganze Theater sehen«, erklärte Slink und deutete über seine Schulter.

»Keine Arbeiter?«, fragte Jack.

»Nicht einer.«

»Und was ist mit Del Sarto?«

Slink blinzelte in den Regen. »Keine Spur von ihm.«

Das zumindest war mal eine gute Nachricht. Mit etwas Glück waren sie ihm einen Schritt voraus.

»Sieh mal auf der Rückseite nach«, bat ihn Jack.

Slink huschte über den Dachgiebel. Gleich darauf wisperte er: »Okay, da bewachen zwei Agenten den Hintereingang.«

»Schloss?«

»So eines für Magnetstreifenkarten. Moment… sie haben Karten an ihren Gürteln. Und sie haben Waffen.«

Das war nie ein gutes Zeichen.

»Komm wieder runter«, befahl Jack und sagte zu Charlie: »Komm mit!« Er lief mit ihr zum Theater hinüber.

»Wohin wollen wir denn?«, fragte Charlie, während sie ihm folgte.

»Direkt durch die Vordertür.«

»Bist du verrückt?«

In dem Moment, als sie an der Tür ankamen, sprang Slink neben ihnen auf den Boden.

Jack rüttelte an der Tür, die natürlich abgeschlossen war. Er trat einen Schritt zurück und winkte

Charlie, sich das Schloss anzusehen. Sie brauchte keine zwanzig Sekunden, um das altmodische Schloss aufzubrechen.

»Bist du sicher, dass wir das tun sollten?«, fragte sie, während sie einen Blick über die Schulter warf, als erwarte sie, dass Del Sarto oder Connor jeden Augenblick auftauchen könnten.

Statt einer Antwort trat Jack einfach ein.

Slink kicherte leise und folgte ihm.

Sie befanden sich in einem alten Foyer. Links von ihnen lag ein Kartenschalter mit vergitterter Luke. Ansonsten war das Foyer leer geräumt worden und die Wände bis auf den Putz freigelegt. Auch der alte Teppich war weg, sodass sie auf den bloßen Bodenbrettern standen.

Jack näherte sich der Tür zum Zuschauerraum, blieb davor stehen und lauschte. Da er keinen Laut hörte, öffnete er vorsichtig die Tür einen Spalt und spähte in den Saal.

»Kommt!«, winkte er Charlie und Slink zu, und sie schlichen sich hinein.

Vor der Bühne standen Sitzreihen mit zerschlissenen Polstern und der dicke rote Bühnenvorhang hing in mottenzerfressenen Fetzen herunter. Über ihren Köpfen zogen sich die Ränge bis zum Dach des Theaters. Überall blätterte die Farbe ab.

Slink hatte recht – von Bauarbeitern war nichts zu sehen.

»Das verstehe ich nicht«, meinte Charlie verwundert. »Haben sie hier erst angefangen zu arbeiten? Es sieht ja so aus, als sei hier seit Hunderten von Jahren niemand mehr gewesen!«

»Ich würde sogar sagen, seit Tausenden von Jahren«, ergänzte Slink.

»Das ist nur Tarnung«, behauptete Jack.

»Was?«

»Das Foyer. Sie haben im Foyer angefangen zu arbeiten, falls jemand durch die Fenster vorne reinschaut. Reine Tarnung. Sie haben nicht die Absicht, hier irgendetwas zu machen. Und das heißt ...«

»Das heißt, sie machen hier irgendetwas anderes als Renovierungsarbeiten«, ergänzte Charlie.

»Na ja«, meinte Slink, »und wo sind sie dann?«

Jack sah sich nach Kameras um, konnte aber keine entdecken. »Slink, du bleibst hier und passt auf!«

Slink nickte und kletterte auf einen der Balkone.

Jack ging den rechten Gang hinunter und Charlie folgte ihm bis zu einer Tür neben der Bühne. Jack warf Slink einen Blick zu, machte die Tür auf und schlüpfte hindurch.

Dahinter empfing sie tiefe Dunkelheit. Jack löste eine Taschenlampe von seinem Gürtel und schaltete sie ein. Sie standen vor einer schmalen Holztreppe. Jack holte tief Luft, legte einen Finger an die Lippen und schlich nach oben.

Oben gelangten sie auf einen schmalen Gang hinter der Bühne. Links führte eine Tür, wie er vermutete, zur Bühne, und vor ihnen noch eine weitere.

Leise ging er darauf zu und legte die Hand auf die Klinke. Wieder hielt er inne und lauschte. Er glaubte, ein leises Summen hören zu können, aber es war sehr schwach.

Vorsichtig drückte er die Klinke herunter und warf einen Blick hinein. Es war ein Besenschrank. Leise fluchend wollte er sich schon wieder abwenden, als er bemerkte, dass durch ein Eisengitter an der hinteren Wand ein schwacher Lichtschein in die Kammer drang. Jack betrat den Raum und bückte sich, um sich das Gitter genauer anzusehen.

Bingo.

»Kriegst du dieses Gitter auf?«, fragte er Charlie leise.

Charlie holte einen großen Schraubenzieher aus ihrer Tasche, kniete sich neben Jack, schob den Schraubenzieher unter das Gitter und hebelte es hoch.

Jack legte sich flach auf den Bauch und sah nach unten.

Er traute seinen Augen kaum. Unter ihnen tat sich ein riesiger Raum auf, so groß wie eine Lagerhalle, die sich über mehrere Stockwerke erstreckte. Direkt unter ihm befanden sich einige Querbalken. Von dort aus hatte Jack einen guten Überblick.

An einer Seite der Halle war ein Block mit zehn Büroräumen, in denen jeweils mehrere Menschen arbeiteten. Zwischen den Büros führte ein Gang zur Haupthalle.

Neben dem Bürotrakt führte eine steile Rampe zu einem Parkplatz hinunter, auf dem zwei Lieferwagen standen. Offenbar war einer davon der, in dem Charlies Handy verborgen lag.

Bei den Transportern lungerten drei Wachleute, denen ein Mann im dunklen Anzug Befehle gab. Jack fragte sich, wo die Rampe draußen wohl endete, doch dann fiel ihm das verlassene Café mit den vernagelten Fenstern ein. Das mussten sie auf ihrem Rückweg noch genauer untersuchen.

Er richtete seine Aufmerksamkeit auf die Mitte der Halle, in der eine Menge Computerserver standen. Und genau in deren Mitte ...

Jacks Herz begann schneller zu schlagen.

Sie hatten gut daran getan, herzukommen.

Da stand er ... P.R.O.T.E.U.S..

Zwei Männer in weißen Laborkitteln gingen um

die Maschine herum und machten sich Notizen auf ihren Klemmbrettern.

Jacks Blick glitt weiter nach rechts. Dort saßen etwa zwanzig Agenten vor ihren Computerterminals, doch auch wenn er sich anstrengte, konnte er nicht erkennen, womit sie sich beschäftigten.

»Fernglas«, verlangte er im Flüsterton von Charlie.

Charlie reichte ihm eines und er stellte es auf die Monitore ein. Es war, wie er befürchtet hatte, P.R.O.T.E.U.S. lief auf vollen Touren und hackte sich bereits in die Systeme von Regierungen und Organisationen auf der ganzen Welt ein.

Jeder Agent schien die gestohlenen Dokumente zu kategorisieren und die digitale Information zu speichern. Dafür waren die riesigen Serverschränke da – um die illegalen Daten zu speichern.

Neben den Terminals lag ein dickes Datenkabel, für das drei Bauarbeiter gerade einen Tunnel gruben.

»Obi?«, fragte Jack in sein Mikro.

»Ja?«

»Mach mal eine Karte auf.« Jack stellte sich die Umgebung des Theaters vor, die Straßen und die anderen Gebäude. »Und dann folge mal einem Pfad in süd-südöstlicher Richtung von hier aus.«

Nach einer kurzen Pause fragte Obi: »Nach was soll ich denn suchen?«

Jack sah Charlie an. »Ich weiß nicht recht. Hier ist ein Tunnel, und ich will wissen, wohin er führt. Sag mir doch einfach mal, was in dieser Richtung liegt.«

»Na gut«, begann Obi. »Da ist erst mal das Golden Square, Picadilly Circus, Pall Mall, The Mall, St. James's Park, Westminster Abbey, St. John's Gardens … Moment mal.«

»Was hast du gefunden?«

»Du hast gesagt, sie graben einen Tunnel?«

»Ja.«

»Ich glaube, ich weiß, wohin der führt. Zum Secret-Service-Gebäude an der Themse.«

Charlie runzelte die Stirn. »Aber das ist doch bestimmt zwei Meilen entfernt!«

Jack nickte und vermutete: »Wahrscheinlich nutzen sie auch ein paar alte Tunnel.«

Wieder betrachtete er den Graben. Wie weit waren sie bereits gekommen? Wie lange würden sie brauchen, bis der Tunnel fertig war? Wann würden sie das Datenkabel verlegen? Denn wenn es erst einmal eine direkte Verbindung gab, dann konnte sie nichts mehr aufhalten – die Informationen würden direkt von P.R.O.T.E.U.S. in ihr Hauptquartier fließen. Er fragte sich, wie viele Geheimdokumente sie bereits ergattert und gespeichert hatten, sodass sie bereit waren für die Übertragung.

Jack sah sich in der riesigen Halle um. Es war klar, warum sie dieses Versteck für P.R.O.T.E.U.S. gewählt hatten. Wer würde so etwas unter einem alten Theater vermuten, für das sich niemand interessierte?

Plötzlich ging die Haupttür zum Bürogang auf und Jack wurde abgelenkt. Ein offiziell aussehender Mann im grauen Anzug kam herein und stiefelte in eines der Büros. Jack stellte das Fernglas auf die Tür ein. Dahinter lag eine Steintreppe. Wahrscheinlich hielten sich noch weitere Agenten im hinteren Teil des Gebäudes auf.

Danach besah sich Jack die andere Seite der Halle und machte plötzlich große Augen. Er überprüfte den gesamten Bereich, bis ihm klar war, warum es draußen so wenig Sicherheitsvorkehrungen gab. Sie waren nicht notwendig.

Charlie bemerkte Jacks enttäuschtes Gesicht. »Was ist denn los?«, fragte sie, glitt zu ihm und wollte den Kopf durch die Luke stecken. Doch Jack hielt sie zurück.

»Sieh dir das an«, meinte er und deutete auf die Unterseite des Oberlichtes. »Laser.« Sie bildeten ein Schutzgitter. Niemand würde hindurchschlüpfen können, ohne einen Alarm auszulösen.

»Hast du eine Kamera?«, fragte Jack.

Charlie nickte, nahm ihre Tasche ab und holte eine

kleine Webkamera mit motorisiertem Gestell heraus. Vorsichtig steckte sie die Kamera durch eine Lücke im Lasergitter und schraubte sie sorgfältig an einem Dachbalken fest. Dann stellte sie einen Wifi-Verstärker auf einen Vorsprung und deckte ihn mit einem Tuch zu. Schließlich richtete sie sich auf. »Fertig.«

Leise verließen sie das Theater und standen gleich darauf wieder auf der Straße. Jack sah sich um und wollte sich schon das geschlossene Café näher ansehen, als er plötzlich wie angewurzelt stehen blieb.

»Jack?«, fragte Charlie.

Er deutete unter den Giebel des Daches, wo sich zwei Kameras befanden. In den Schatten verborgen waren sie beinahe nicht zu sehen. Beide waren auf das Café gerichtet.

Jack bedeutete Slink und Charlie, zurückzubleiben, und schlich sich selbst so weit vor, wie er es wagte.

In der Gasse auf der anderen Seite des Cafés befand sich ein modernes Rolltor, das an dem alten Gebäude fremd wirkte. Auch darauf waren mehrere Kameras gerichtet.

»Jetzt wissen wir ja, wohin die Rampe führt«, meinte Jack. »Kommt, lasst uns hier verschwinden.«

Als sie wieder beim Bunker ankamen, schlief Noble tief und fest auf dem Sofa.

»Wo ist Wren?«, fragte Jack und ging zu Obi hinüber.

»In ihrem Zimmer.«

»Ich sehe mal nach ihr«, meinte Charlie.

Obi richtete die Kamera ein, und die nächste halbe Stunde verbrachte Jack damit, die Sicherheitseinrichtungen der Halle und die Bewegungen der Agenten zu beobachten.

Doch je länger er zusah, desto enttäuschter war er.

Als Charlie zurückkam und seine niedergeschlagene Stimmung bemerkte, fragte sie: »Was ist denn los?«

Auch Slink kam zu ihnen.

Jack holte tief Luft und zeigte ihnen einige Stellen in der Haupthalle.

»Seht ihr das? Sechs wärmeempfindliche Kameras, Laserfallen, druckempfindliche Teppiche und vier hochauflösende Kameras, die auf P.R.O.T.E.U.S. gerichtet sind ... und das ist nur das, was ich auf die Schnelle gefunden habe.«

»Aber wenigstens hat Del Sarto die gleichen Probleme hineinzukommen«, meinte Charlie.

»Das ist noch nicht alles«, fuhr Jack fort und ließ Obi die Kamera auf den hinteren Teil der Halle richten. Dort lag ein Sicherheitskorridor mit einem Computerterminal und zwei kleinen Räumen links und rechts davon. Der eine war eine Toilette und der gegenüber ein Pausenraum, in dem vier weitere Wachleute um einen Tisch herum saßen. Alle vier waren schwarz gekleidet, bewaffnet und sahen sehr grimmig aus.

»Alle halbe Stunde gehen sie die ganze Halle ab. Die und die beiden Wachen an der Tür, die drei bei den Lieferwagen, tja...« Jack schüttelte den Kopf und trat zurück.

»Da haben wir ein Problem«, stellte Slink fest.

»Nein«, entgegnete Jack und sah die anderen an. »Das ist schlicht unmöglich. Es ist vorbei.«

Nach einem Moment des Schweigens erkundigte sich Obi: »Was ist vorbei?« Er mampfte gerade Chips und hielt die Tüte den anderen hin. »Mag jemand?«

Jack war zutiefst enttäuscht. Die Regierung hatte gewonnen. Es war alles umsonst gewesen.

»Es muss einen Weg geben, Jack«, meinte Slink.

Jack schüttelte den Kopf.

»Er hat recht, Jack«, bekräftigte Charlie. »Wir sind nicht zu schlagen, wir...«

»...wir sind die Street Warriors, oder?«, ergänzte Slink. »Wir geben nicht auf!«

»Sagt wer?«, wollte Jack wissen.

»Sage ich.«

»Und ich«, stimmte Obi zu, den Mund voller Chipskrümel.

»Und ich auch«, fügte Charlie hinzu und hob die Hände. »Komm schon, Jack. Es muss einen Weg hinein geben.«

»Ja«, meinte Slink. »Lass mich es mal versuchen.«

»Es gibt keinen Weg«, beharrte Jack zähneknirschend. »Ich gebe auf. Vergesst es. Schwamm drüber. Wir sind am Ende.«

Charlie starrte ihn an. »Das ist ja eine super Idee. Und was ist mit uns? Gehen wir zurück ins Heim? Oder ins Gefängnis?« Sie deutete mit dem Daumen über die Schulter hinweg auf die Monitore. »Lass sie doch einfach gewinnen, Jack. Lass sie alle Sicherheitssysteme hacken. Sollen sie doch überall, wo sie wollen, die Fliege an der Wand spielen. Keine Geheimnisse mehr, nirgends? Gut? Findest du das etwa gut, Jack?«

Jack starrte sie ebenfalls an, mit offenem Mund. »Moment mal, was hast du gerade gesagt?«

»Ach, vergiss es«, seufzte Charlie und hob abwehrend die Hände.

»Nein«, widersprach Jack mit glitzernden Augen. »Du hast gesagt, *sollen sie doch die Fliege an der Wand spielen.*« In Jack glomm ein kleiner Hoffnungsfunke auf. Es war nur ein winziges Flackern, aber dennoch… »Sag mir jetzt bitte, dass du die Shadow Bee, unsere Drohne, fertig hast?«

Charlie sah ihn einen Moment lang verwundert an, dann antwortete sie: »Ja, warum?«

»Du musst sie vorne mit einem Finger ausstatten.«

»Mit einem was?«, staunte Charlie.

»Ein Finger. Ein Stock. Irgend so etwas«, verlangte Jack, ging wieder zum Monitor zurück und beugte sich darüber. Sein Gehirn arbeitete auf Hochtouren, um herauszufinden, ob seine verrückte Idee möglicherweise umsetzbar war.

»Was hast du denn vor, Jack?«, erkundigte sich Slink.

Jack bat Obi, die Kamera zu schwenken, und zeigte auf eine Ecke des Bildes. »Seht ihr das? Den Computer am Ende des Ganges zwischen dem Pausenraum und der Toilette?«

Slink trat näher an den Bildschirm. »Ja.«

»Das ist das Hauptsicherheitsterminal. Von da aus werden alle Kameras, Laser und alle anderen Sicherheitseinrichtungen im Gebäude kontrolliert. Nur die Wachen haben Zugang dazu.

»Okay«, meinte Slink und schaute in die Runde. »Aber ich kapier nicht, wie wir da rankommen.«

»Müssen wir gar nicht«, behauptete Jack. Er richtete sich auf und grinste Obi an.

»Ich?«, schluckte dieser.

Jack war ganz aufgeregt. Dieser Plan könnte wirklich funktionieren. Einen Moment lang lief er auf und ab, dann blieb er stehen und befahl Charlie: »Geh und hol Wren.«

Gleich darauf erschien Charlie wieder im Hauptbunker, mit Wren im Schlepptau. Die hielt sich abseits und wirkte verärgert.

»Gut«, erklärte Jack der Gruppe. »Wir machen es heute Nacht, wenn sie nur wenig Personal dahaben. Nur die Wachen.« Er hielt einen Finger hoch. »Zuerst werden Charlie, Wren und ich zum Hintereingang des Theaters gehen.«

»Zu dem mit den beiden Wachen?«, fragte Charlie.

Jack nickte. »Wir lenken sie so lange ab, dass Wren ihnen eine ihrer Sicherheitskarten klauen kann, Okay?«

Wrens Stirnrunzeln wich langsam einem breiten Grinsen. »Okay.«

»Und dann?«, wollte Charlie wissen.

»Dann müssen sie für ein Weilchen von der Tür weg, damit wir hineinkönnen.«

Jetzt war Charlie an der Reihe, zu grinsen. »Wie wäre es mit einer netten kleinen Explosion?«

Jack lächelte zurück. »Klingt perfekt«, meinte er und wandte sich an Obi. »Wenn wir in dem Gang zwischen den Büros sind, musst du die Sicherheitsanlagen der Haupthalle abschalten.«

Obi nickte.

»Wenn die Laser aus sind«, fuhr Jack an Slink gewandt fort, »kommst du durch das Gitter über den Deckenbalken. Wenn du drin bist, achtest du auf weiteres Sicherheitspersonal und leitest Charlie, Wren und mich zu P.R.O.T.E.U.S.. Verstanden?«

»Kein Problem, Jack«, erwiderte Slink.

Jack warf einen Blick auf den Bildschirm. »Wir zerstören P.R.O.T.E.U.S., indem wir die Kühltanks abschalten«, erklärte er schließlich und sah sich um. »Alles klar?«

»Ich bin dabei«, erklärte Slink, baute sich vor Jack auf und streckte die Hand mit der Handfläche nach unten vor.

»Ich auch«, sagte Wren und legte ihre Hand auf die von Slink.

Jack legte seine Hand darüber und sah Charlie fragend an. »Und du?«

Charlie zuckte mit den Achseln. »Ich habe zwar keine Ahnung, wie das funktionieren soll, aber wir haben ja keinen anderen Plan«, meinte sie und streckte ihre Hand aus.

»Und ich bin auch dabei«, erklärte Obi und hievte sich mit einiger Mühe aus seinem Sessel. »Ich wollte schon immer mal mit auf einen Feldzug.«

»Moment mal«, fiel es Jack ein, »wir brauchen auch jemanden, der die ganzen Überwachungskameras im Auge behält, falls wir schnell verschwinden müssen.«

»Das mache ich«, verkündete Noble, der inzwischen die Augen aufgeschlagen hatte und sich streckte. »Ich helfe, wo ich kann. Das ist das Mindeste.«

Jetzt legte auch Obi seine Hand ganz obenauf.

Jack sah sie der Reihe nach an. Er wusste, dass er sich keinen besseren Freundeskreis wünschen konnte. Sie waren auch die beste Familie, die er sich erhoffen konnte.

»Street Warriors!«, rief Slink.

Die anderen warfen die Hände in die Luft und stimmten in seinen Schlachtruf mit ein.

An diesem Abend stand Jack mit neuer Energie an der Tür des Bunkers. Obi hatte berichtet, dass immer noch keine Spur von Del Sarto zu sehen sei. Was war mit ihm geschehen? Wo war er?

Jack kontrollierte seinen Rucksack, ob er alles hatte, was er brauchte, machte dann den Reißverschluss zu und sah sich um.

Slink stand bereits mit seinem eigenen Rucksack auf der Schulter da, bereit, loszugehen.

Noble setzte sich in den Kommandostuhl und ließ die Finger knacken.

»Dann wollen wir doch mal sehen, was wir hier haben.«

Er begann, den Trackball zu betätigen und sich durch die verschiedenen Fenster zu scrollen. Noble war wieder in seinem Element.

Wren kam im Hüpfschritt zu ihnen. Jack musste

lachen. Wie die anderen war sie schwarz gekleidet, aber ihr Rucksack war knallrosa und hatte ein großes »Hello Kitty«-Bild auf der Klappe.

Slink schüttelte lächelnd den Kopf.

»Was ist denn?«, wunderte sich Wren und sah von einem zum anderen.

Slink holte ein schwarzes T-Shirt und band es um Wrens Rucksack, sodass das leuchtende Pink verdeckt wurde.

Ein Keuchen und Ächzen hinter Jack deutete an, dass Obi auf dem Weg zu ihnen war.

»Charlie?«, rief Jack.

»Ich komme schon!«, antwortete Charlie, die gerade den Hauptbunker betrat. »Shadow Bee ist fertig und einsatzbereit.«

»Gut.« Jack sah zu Noble hinüber. »Sind Sie auch bereit?«

»Mehrere Kameras laufen. Es kann losgehen«, erwiderte Noble und überprüfte den Monitor, der das Innere der Halle zeigte. »Insgesamt sind es sieben Wachen. Die Arbeiter sind schon heimgegangen.«

Jack drehte sich zur Tür um und drückte auf den Knopf.

Vor dem Buchladen gegenüber dem Winchester-Theater blieben die fünf kurz stehen.

»Haltet euch an den Plan«, mahnte Jack. »Charlie und ich werden die Wachen lange genug beschäftigen, dass Wren ihnen eine ihrer Sicherheitskarten stehlen kann. Und dann locken wir sie von der Türe weg.«

Charlie und Wren nickten.

»Noble?«, fragte Jack ins Mikrofon.

»Alles ruhig. Ihr könnt loslegen.«

Jack ballte die Fäuste. »Dann mal los«, meinte er und überquerte die Straße.

Slink und Obi steuerten auf den Haupteingang zu, Jack und Charlie nahmen die Nebengasse. Wren eilte auf der anderen Seite um das Gebäude herum und versuchte, sich so weit wie möglich von den Kameras fernzuhalten.

Am Ende der Gasse hob Jack die Hand und lugte vorsichtig um die Ecke. Es waren zwar andere Wachen, aber es waren immer noch zwei. Jack spähte auf die Magnetstreifenkarten an den Gürteln der Männer und dann auf das Schloss an der Tür.

Schnell zog er sich zurück und schaute Charlie in die Augen. »Fertig?«

Sie holte tief Luft. »Ja.«

Als sie nun um die Ecke bogen, hielt Charlie einen

Stadtplan von London ausgebreitet in der Hand, als versuche sie darin zu lesen.

»Was macht ihr zwei denn hier?«, fragte einer der Wachleute sie mürrisch.

Jack nahm das Schloss ins Visier.

»Ich habe gefragt, was ihr hier zu suchen habt!«, wiederholte der Wachmann und machte zwei Schritte auf sie zu.

»Wir uns verlaufen«, erklärte Charlie mit auslän-dischem Akzent. »Wir suchen nach... äh... Kristall Hotel.«

»Kristall?«, wunderte sich der Wachmann, warf seinem Kollegen einen Blick zu und musterte Char-lie dann feindselig. »Hier ist kein Hotel.«

»Steht aber in Broschüre«, versicherte Charlie, nahm ihren Rucksack ab und wühlte darin herum.

Gut, die kleine Touristen-Vorstellung funktio-nierte also.

Auf der anderen Seite des Gebäudes tauchte nun Wren auf. Sie hielt sich dicht an der Wand und schlich hinter den anderen Wachmann. Sie griff nach seinem Gürtel.

Einen Augenblick lang glaubte Jack schon, sie würde nach seiner Waffe greifen, doch dann sah er erleichtert, wie sie wie geplant die Karte von seinem Gürtel löste.

»Verschwindet hier«, verlangte der Wachmann verärgert von Charlie.

»Nein, Augenblick, ich weiß, dass ich habe«, verteidigte sich Charlie und kramte weiter umständlich in ihrem Rucksack herum.

Jack beobachtete, wie Wren sich zur Tür schlich und die Karte durchs Schloss zog. Unwillkürlich keuchte er auf.

Kaum wurden die Wachen auf ihn aufmerksam, täuschte er einen Hustenanfall vor. Die beiden Männer konzentrierten sich wieder auf Charlie.

Jack sah, wie Wren leise die Tür öffnete. Am liebsten hätte er sie angeschrien, aber er konnte sie nicht aufhalten.

Wren wandte sich kurz um, winkte Jack zu, trat ein und zog lautlos die Tür hinter sich zu.

Wie betäubt zupfte Jack Charlie am Ärmel. »Lass uns gehen.«

Er konnte nicht fassen, was Wren getan hatte. Was hatte sie bloß vor?

»Dein Freund hat recht«, meinte der Wachmann, der mittlerweile sehr verärgert dreinsah. »Verschwindet!«

Charlie hatte immer noch keine Ahnung, was passiert war, machte den Rucksack zu und stapfte hinter Jack her.

»Und lasst euch nicht wieder blicken!«, rief ihnen der Wachmann nach.

Kaum waren sie um die Ecke gebogen, erzählte Jack Charlie schnell, was vorgefallen war.

»Das ist deine eigene Schuld«, erklärte Charlie.

»Hä? Wie kommst du denn darauf?«

»Du hättest sie bei mehr Missionen mitmachen lassen sollen, dann wäre das nicht passiert.«

Jack ignorierte sie. Streiten konnten sie sich auch später. »Wir müssen die anderen finden.«

Schnell huschten sie zum Vordereingang des Theaters und schlüpften durch die Tür. Als sie an der Besenkammer ankamen, war Slink gerade dabei, ihre Ausrüstung einzurichten.

Obi hockte im Schneidersitz auf dem Fußboden und vertilgte ein Sandwich. Erstaunt sah er sie an. »Was macht ihr beide denn hier?«

Jack erklärte, was Wren eben getan hatte.

»Die ist doch total verrückt«, erklärte Slink ungläubig. »Was hat sie denn vor?«

»Vielleicht glaubt Wren, dass sie P.R.O.T.E.U.S. allein vernichten kann?«, fragte sich Obi.

Jack betrachtete das umgerüstete Notebook, das vor Obi lag. Am Mousepad waren zu beiden Seiten zwei Joysticks angebracht und hinter dem Display ragte eine Antenne auf.

»Bist du bereit, Obi? Wir müssen uns beeilen, bevor Wren den Alarm auslöst.«

Slink hockte sich neben das Gitter und hielt die Drohne in der Hand.

»Wir sind gleich fertig.«

Die Shadow Bee war ein kleiner, funkgesteuerter Hubschrauber, allerdings tausendmal weiter entwickelt als alles, was man in Spielzeugläden kaufen konnte. Charlie hatte Monate damit verbracht, ihn zu einem Stealth-Hubschrauber umzubauen. Er war mattschwarz gestrichen, hatte einen kantigen Rumpf und breite Rotorblätter.

Shadow Bee war kaum zu hören, wenn er flog, da er nur ein leises summendes Geräusch von sich gab, das klang wie das Summen einer Biene. Zudem hatte Charlie ihn mit einer winzigen, hochauflösenden Kamera ausgestattet. Ihr Bild wurde jetzt auf Obis Computer übertragen.

Charlie hatte Jacks Wunsch befolgt und unter der Kamera von Shadow Bee ein Stöckchen angebracht. Es war nicht ideal und verlangte einiges Geschick beim Steuern, aber es würde ausreichen.

Jack hockte sich hinter Obi und sah ihm über die Schulter.

Obi legte die Hände an die beiden Joysticks, holte tief Luft und sah zu Jack auf. »Fertig.«

Slink neigte sich über das Gitter und hielt Shadow Bee zwischen zwei Fingern fest. Mit einem Auge peilte er eine Lücke zwischen den Laserstrahlen an.

»Abstieg in fünf, vier, drei, zwei, eins, los!« Damit ließ er die Drohne los.

Obi drückte auf den Knopf, der den Rotor starten sollte.

Doch nichts geschah.

Shadow Bee fiel an den Deckenbalken vorbei.

Wieder und wieder drückte Obi den Knopf... ohne Erfolg.

»Nein, nein, nein!«

Jack entdeckte direkt unter ihnen eine druckempfindliche Matte, auf die Shadow Bee zustürzte. Wenn sie darauf aufschlug, würde der Alarm losgehen.

Sie hatten noch eine Chance. Obi drückte auf den Knopf und endlich sprang der Rotor an. Er zog den linken Joystick zurück, sodass Shadow Bee sich drehte, stehen blieb und nur ein paar Zentimeter über der Matte schwebte.

Obi stieß den Atem aus.

Auch Jack, Slink und Charlie stöhnten erleichtert auf.

Obi gönnte sich einen Moment, um sich zu beruhigen und die Lage zu überblicken.

Sie mussten an den Lasern und drei wärmeempfindlichen Kameras vorbei, und danach durch den Korridor zum Wachraum. Und dabei durften sie weder gesehen werden noch einen Alarm auslösen. Das war nicht gerade unmöglich, aber sie würden sehr präzise steuern und sich gut konzentrieren müssen.

»Lass dir Zeit«, riet Jack Obi so beruhigend, wie er es hinbekam.

Gleich darauf machte sich Obi an die Arbeit. Shadow Bee stieg ein paar Meter in die Luft und blieb über den Serverschränken schweben.

Slink hielt ein kleines Fernglas an die Augen.

»Vier Wachen im Pausenraum«, berichtete er und schwenkte nach links. »Drei sind noch an der Rampe. Sie sehen in die andere Richtung.«

Obi lenkte Shadow Bee nach rechts.

»Weiter wie geplant«, sagte er und drückte auf den Knopf, der die Drohne nach vorne bewegte.

Das erste Hindernis bestand aus ein paar Laserfallen.

Über die erste stieg er hinweg, unter der zweiten ließ er Shadow Bee hindurchschlüpfen.

Danach lagen zwei Laserstrahlen dicht beisammen. Shadow Bee zögerte einen Moment lang.

»Wie sieht es aus?«, fragte Jack Slink.

»Sechs Zentimeter nach oben.«

Obi zog den einen Joystick zurück und Shadow Bee stieg höher.

»Halt«, sagte Slink. »Zu viel. Ein Stück tiefer.«

Obi ließ Shadow Bee ein Stückchen sinken.

»Runter. So ist es gut.«

Mit leichtem Druck auf einen der Joysticks leitete Obi Shadow Bee weiter.

»Langsam«, befahl Slink. »Langsam, langsam. Ein bisschen nach oben. Gut so.« Er ließ das Fernglas sinken. »Das erste Hindernis wäre überwunden«, stellte er lächelnd fest.

Jack nickte und konzentrierte sich wieder auf das Display.

Obi ließ Shadow Bee den Kurs fliegen, den sie zuvor ausgemacht hatten. Zweimal nach links unter einer wärmeempfindlichen Kamera hindurch und an der Wand entlang. Rechts an den Stromkästen vorbei, dann wieder links dicht über dem Boden, um zwei weiteren Lasern auszuweichen.

Als Shadow Bee den Eingang zum Korridor erreicht hatte, wo sich der Pausenraum der Wachen befand, entspannte sich Obi. »Das war gar nicht so…«

»Stopp!«, befahl Slink, neigte sich vor und presste das Fernglas an die Augen. »Oh nein!«

»Was ist denn?«, fragte Jack.

»Noch eine Kamera. Und wie es aussieht, wieder eine Infrarotkamera.«

Jack schnürte sich die Brust zusammen. »Wo?«

»Rechts oben in der Ecke.«

Obi drehte die Drohne und ließ ihre Nase kurz nach oben zeigen. Tatsächlich befand sich dort eine Infrarotkamera. Sie deckte zwar nicht den ganzen Gang ab, sondern nur die ersten Meter, aber das war mehr als ausreichend.

Slink ließ das Fernglas sinken.

»Glaubst du, dass sie Shadow Bee erkennen kann?«

Jack überlegte einen Moment lang. Ob die mattschwarze Farbe auch die Wärme dämmte, die der Motor abstrahlte, vermochte Jack nicht zu sagen.

»Ich bin mir nicht sicher. Das hängt davon ab, wie empfindlich die Kamera ist«, beantwortete Charlie seine Frage, was Jack auch nicht gerade zuversichtlicher machte.

»Na ja«, meinte er resigniert und legte Obi die Hand auf die Schulter. »Ich schätze, wir haben keine andere Wahl, als es zu versuchen.«

Obi stieß gegen den Joystick und Shadow Bee bewegte sich vorwärts.

Slink hob wieder das Fernglas. Er wagte kaum zu atmen.

Jack konzentrierte sich wieder auf den Bildschirm.

Obi führte Shadow Bee so langsam wie möglich weiter. Schweiß lief ihm über die Stirn und seine Hand begann zu zittern.

»Noch einen Meter, dann hast du es geschafft«, stellte Slink fest.

Jack hielt die Luft an, er wollte Obi nicht einmal mit seinem Atem stören. »Versuch, gleichmäßigen Druck auf die Joysticks auszuüben und keine plötzlichen Bewegungen zu machen«, riet er ihm.

Er fragte sich, was wohl passieren würde, wenn die Kamera sie entdeckte. Würde ein Alarm losgehen? Würden die Wachen kommen und alles abriegeln? Würden sie das Gebäude durchsuchen, bis sie herausfanden, was dafür verantwortlich war? Und vor allem, würden sie ihre Waffen einsetzen?

Jack schüttelte sich.

»Zwanzig Zentimeter«, verkündete Slink.

Mittlerweile bebte Obis ganzer Arm.

»Zehn Zentimeter…«

Das Zittern wurde immer stärker.

»Gleich geschafft!«

Jack musste dem Drang widerstehen, die Joysticks an sich zu reißen und Obi wegzustoßen.

»Und… geschafft!«

Obi ließ die Joysticks los, sodass Shadow Bee auf der Stelle schwebte, und rieb sich den Arm.

Jack sah aufs Display. »Wir haben keine Zeit, uns auszuruhen!«

Vor ihnen lag ihr Ziel, am Ende des Ganges, zwischen den Türen zur Toilette und zum Pausenraum: das Überwachungsterminal.

»Nicht doch!«, zischte Slink.

»Was ist?«, fragte Jack.

»Wren.«

»Wo?«

»Sieh selbst!«

Jack warf einen Blick auf den Bildschirm. Shadow Bee konnte an der Stelle, wo er war, noch eine Weile schweben bleiben, daher lief er zum Gitter und sah in die Halle hinunter. Tatsächlich entdeckte er Wren am anderen Ende des Büroganges. Sie schlich sich an der Wand entlang, öffnete eine Bürotür, sah sich um und ging hinein.

»Was macht sie da?«, fragte Slink.

»Sie sucht P.R.O.T.E.U.S..«

Wren befand sich jetzt im vorletzten Büro vor der Tür zur Hauptlagerhalle. Jacks Brust krampfte sich zusammen. Im Bürogang war kein Sicherheitspersonal, aber hinter der Tür zur Halle lag eine druckempfindliche Matte.

»Sie wird uns noch alle verraten!«, zischte Slink.

»Sie glaubt, dass sie P.R.O.T.E.U.S. ganz allein vernichten kann«, meinte Charlie und warf Jack einen vorwurfsvollen Blick zu. Offensichtlich gab sie immer noch ihm die Schuld für Wrens eigenmächtiges Handeln.

Wren kam aus dem Büro geschlichen, schloss die Tür und ging weiter auf Zehenspitzen den Gang entlang. Immer wieder sah sie sich vorsichtig um.

Slink legte die Hände trichterförmig vor den Mund und zischte: »Wren!«

Jack schlug ihm auf den Arm. »Vielleicht haben sie Audiosensoren!«

Er sah zu den Wachen hinüber, doch die spielten Karten, und glücklicherweise schien keiner von ihnen etwas bemerkt zu haben. Auch die drei bei den Lastern hatten nichts gehört.

»Behalt sie im Auge«, befahl Jack Slink, stellte sich hinter Obi und richtete seinen Blick wieder auf das Netbook. »Du musst schnell machen.«

Vor seinem inneren Auge sah er, wie Wren auf die Matte trat und den Alarm auslöste.

Slink hielt das Fernglas so fest umklammert, dass seine Knöchel weiß hervortraten. »Sie geht in das nächste Büro.« Damit blieb nur noch eines, bevor sie die Tür zur Haupthalle erreichte.

Obi betätigte die Fernsteuerung der Drohne und Shadow Bee glitt durch den Gang.

Slink beobachtete weiterhin die Büros auf der einen Seite und Shadow Bee auf der anderen.

Schließlich erreichte die Drohne das Überwachungsterminal. Jacks ursprüngliche Vermutung erwies sich als richtig – von diesem Computer aus konnte man die gesamte Sicherheitseinrichtung des Gebäudes abschalten.

»Oh nein!«, erstarrte Jack. Man brauchte ein Passwort, um die Überwachungsanlagen abzuschalten. Blinkend wartete der Cursor auf eine Eingabe.

»Beeil dich, Obi!«, drängte Slink. »Wren ist gerade in das letzte Büro gegangen.«

Obi starrte den Bildschirm an. »Ich brauche ein Passwort.«

Hilflos sah er Jack an.

Slink ließ das Fernglas sinken. »Das weißt du doch, Jack, oder?«

Jack schüttelte den Kopf. Er hatte keine Ahnung.

Slink setzte das Fernglas wieder an die Augen. »Obi! Eine Wache!«

Obi drehte Shadow Bee gerade noch rechtzeitig, um zu sehen, wie sich die Tür zum Pausenraum öffnete und ein Wachmann heraustrat. Vor Schreck schaltete Obi Shadow Bee ab und der winzige Helikopter fiel zu Boden.

Nichtsdestotrotz filmte die Kamera, wie die Füße

des Wachmannes an der Drohne vorbeimarschierten.

Slink stieß die Luft aus. »Er hat sie nicht gesehen. Er ist aufs Klo gegangen!«

Obi schaltete Shadow Bee wieder ein, und der kleine Hubschrauber stieg wieder auf, doch dieses Mal bewegte er sich langsam.

Jack warf einen Blick auf die Energieanzeige.

Der rote Balken zeigte an, dass ihm bald der Saft ausging.

Obi zog den Joystick zurück, und Shadow Bee hob sich ein paar Zentimeter, fiel wieder und stieg langsam Millimeter für Millimeter wieder auf.

»Was machst du denn?«, fragte Charlie.

»Die Batterie ist fast leer.«

Jack sah Obi an, dem der Schweiß in Strömen von der Stirn in die Augen lief. »Bleib ruhig!«

Obi konnte es nicht riskieren, die Kontrollhebel auch nur eine Millisekunde loszulassen.

Jack wischte Obi den Schweiß mit seinem Hemdärmel ab.

»Danke.«

Nach einer gefühlten Ewigkeit tauchte das Bild des Computerterminals in Shadow Bees Sichtfeld auf.

Sie durften keine Zeit verschwenden – Obi musste sich beeilen.

Jack drückte einen Finger aufs Ohr.

»Noble?«

Es rauschte nur.

»Noble?«, wiederholte Jack.

Wieder bekam er nur statisches Rauschen zur Antwort.

»Moment«, verlangte Charlie und suchte in ihrer Tasche nach einer Antenne mit einem Kabel, das sie in Jacks Übertragungsgerät einsteckte. »Jetzt versuche es noch mal.«

»Noble?«

»Hallo?«

Jack stieß die Luft aus. »Sie müssen die Liste mit den beliebtesten Passwörtern des Jahres holen.«

Er hörte, wie Noble schnell tippte. »Habe ich.«

»Was steht ganz oben?«

»Das beliebteste Passwort ist in der Tat »Passwort«.«

Jack nickte. Typisch.

»Versuch es«, befahl er Obi.

Obi überlegte einen Moment, dann legte er los

Shadow Bee ruckelte, doch er schaffte es, mit dem Holzstab die Buchstaben der Tastatur zu berühren. P... A... S... S... Es ging unglaublich langsam voran. W... O... R... T... Shadow Bee zuckte zurück. Obi steuerte sie weiter und drückte *Enter*.

Passwort abgelehnt. Noch zwei Versuche übrig.

Slink sah ängstlich auf den Bildschirm.

»Wo ist Wren?«, erkundigte sich Charlie.

»Immer noch im letzten Büro. Am besten, sie macht dort noch ein kleines Nickerchen.«

Jack ließ sich von Noble die zweit- und drittbeliebtesten Passwörter nennen. Dann konzentrierte er sich wieder auf die Anzeige.

Ohne zu zögern, ließ Obi Shadow Bee wieder über die Tastatur fliegen und begann zu tippen.

Dieses Mal schien es ein wenig leichter zu sein, doch Shadow Bee war mit jeder Sekunde schwammiger zu steuern, es war, als bewegte sie sich durch Suppe.

Q... W... E... R...T... Y... Enter.

Passwort abgelehnt. Noch ein Versuch übrig.

»Das ist nicht gut«, sagte Jack.

»Wache!«

Obi schaltete Shadow Bee aus und wieder fiel der Helikopter zu Boden. Wieder latschten die polierten Stiefel eines Wachmanns durchs Bild. Wie durch ein Wunder bemerkte der Mann das am Boden liegende Gerät nicht.

Nicht gerade der aufmerksamste Wachmann, dachte Jack. *Aber wer würde auch schon nach einem Mini-Hubschrauber Ausschau halten?*

»Alles klar«, verkündete Slink und kontrollierte das andere Ende der Lagerhalle. »Da kommt Wren wieder heraus. Oh nein, sie geht direkt auf die Tür zu!«, stöhnte er. »Nicht doch, du kleine Idiotin!«

Obi drückte auf den Startknopf von Shadow Bee.

Sie hatten noch einen Versuch, bevor Wren die druckempfindliche Matte hinter der Tür betrat.

»Das dritthäufigste Passwort des Jahres ist »Monkey«, ließ sich Noble vernehmen.

Jack nickte Obi zu.

Shadow Bee bewegte sich jetzt sehr langsam, als wäre er schwer beladen.

»Komm schon, los doch«, murmelte Obi, die Finger an der Fernsteuerung.

»Sie geht zur Haupttür«, kommentierte Slink matt. Er wirkte schicksalsergeben.

Wieder tauchte das Security-Terminal auf.

Obi ließ den Finger über das M schweben, doch Jack packte ihn am Arm und hielt ihn zurück.

»Was machst du denn? Beeilt euch!«, drängte Slink.

Jack ignorierte ihn. Irgendetwas stimmte nicht und diesmal würde er das Gefühl nicht ignorieren.

Während sich Shadow Bee zurückzog, dachte Jack an P.R.O.T.E.U.S.. An die Kameras. Die Laser. Die Wachen. »Nein«, sagte er leise. »Monkey ist nicht das Passwort. Noble, sag mir die anderen.«

Noble ratterte die Liste der Passwörter herunter, doch keines davon schien richtig.

Shadow Bee zuckte und brach scharf nach rechts aus.

Obi kämpfte mit der Steuerung und zwang den kleinen Hubschrauber wieder vor die Tastatur.

Shadow Bee sank wieder, wackelte und schrammte mit den Rotorblättern am Bildschirm.

»Jack!«, zischte Slink. »Was machst du denn? Sie ist gleich an der Tür!«

»Unter den Schreibtisch«, befahl Jack ruhig.

Obi riss die Augen auf, doch er verstand augenblicklich. Er senkte Shadow Bee unter die Schreibtischplatte und ließ die Kamera nach oben zeigen.

Jack seufzte erleichtert auf. Ein Lächeln kroch über sein Gesicht. Er hatte recht. An die Unterseite des Schreibtisches hatte jemand das Passwort geklebt: FORTRESS GATEWAY. Ein Glück, denn darauf wäre niemand gekommen.

Shadow Bee flog wieder hoch über die Tastatur, schwankte einen Moment, dann drückte der Finger F... und wieder O..., dann R... T... R... E... S... S... G... Quälend langsam.

Slink kreischte fast: »Jack, Wren macht die Tür auf!«

A... T... E... W... A...

»Sie geht durch!«

Jack sah aus dem Augenwinkel, wie Slink erstarrte.

Obi leitete Shadow Bee weiter zum letzten Buchstaben, Y, und drückte die Enter-Taste.

Passwort akzeptiert. Sicherheitseinrichtungen deaktiviert.

Im gleichen Moment gab Shadow Bees Batterie ihren Geist auf. Der Bildschirm wurde schwarz.

Slink keuchte auf, ließ sich fallen und blieb flach auf dem Rücken liegen. Seine Brust hob und senkte sich angestrengt.

»Das war viel zu knapp!«

Als sie sich erholt hatten, spähte Jack durch das Gitter nach unten in die Halle. Er brauchte dringend einen neuen Plan, wie sie hinunterkommen sollten.

Die Laser waren jetzt deaktiviert. Jack sah sich genauer im dem darunterliegenden Raum um. Die Balken waren zu tief unter ihnen, als dass sie sie ohne Seil hätten erreichen können.

Schließlich richtete er sich auf und schaute Slink an.

»Wir werden uns von hier aus abseilen müssen. Such uns mal einen guten Haltepunkt.«

Slink nickte, holte aus seinem Rucksack ein Seil sowie zwei Klettergürtel, von denen er einen Jack zuwarf.

Jack löste die Antenne von seinem Kopfhörer, stand auf und verließ die Abstellkammer, damit Slink mehr Platz hatte.

»Wir können nicht alle hinunter, weil wir nur zwei dieser Gürtel haben«, sagte er zu Charlie und Obi, während er den Klettergürtel anlegte. »Obi, du gehst zum Vordereingang zurück und hältst nach Del Sarto Ausschau. Halt dich aber außer Sichtweite. Charlie, du gehst in die Gasse und wartest dort.«

Charlie runzelte die Stirn.

»Und auf was genau soll ich warten?«

»Auf uns. Irgendwie finden wir eine Möglichkeit, dich hineinzulassen.«

»Wie denn?«

Jack machte den Gürtel zu und zog das Geschirr fest. »Hast du noch den Sprengstoff, Charlie?«

»Ja«, antwortete sie und klopfte auf ihre Tasche.

»Den setzen wir an den Kühltanks ein. Das sollte die Sache um einiges beschleunigen.«

Charlie nickte.

»Du hast mir immer noch nicht gesagt, wie du mich hineinbringen willst. Du weißt doch, dass dort Wachen stehen?«

»Ich überlege mir noch etwas.«

Charlie starrte ihn einen Moment lang an. Dann wünschte sie: »Viel Glück!«, winkte Obi zur Tür und marschierte mit ihm davon.

Jack kehrte wieder in die Besenkammer zurück. Slink hatte das Seil an einem Stahlträger an der Decke neben dem Oberlicht befestigt.

»Noble?«, sagte Jack in sein Mikro.

»Hier.«

»Wir werden gleich außerhalb der Reichweite der Kommunikationsgeräte sein.«

»Verstanden. Ich überwache die Verkehrskameras. Bisher noch keine Spur von Del Sarto.«

Jack nickte Slink zu. »Lass mich runter.«

»Ich gehe zuerst.«

»Nein.«

Jack war langsamer als Slink, und falls er unten geschnappt würde, hätten die anderen wenigstens noch eine Chance, zu flüchten.

Slink schien zu ahnen, was in Jack vor sich ging. »Jack...«

Jack legte einen Finger an die Lippen und schwang die Beine in das Loch. Beim Blick nach unten wurde ihm fast übel und er presste die Kiefer zusammen.

Er beobachtete die Wachen an der Rampe, die immer noch in die andere Richtung schauten.

Wren war nirgends zu entdecken.

Hand über Hand ließ Jack das Seil durch seine Hände gleiten und sank langsam an den Deckenbalken vorbei. Auf halbem Weg sah er zum Pausenraum am anderen Ende. Doch keiner der Wachleute schien ihn bemerkt zu haben. Sie waren in ihr Pokerspiel vertieft.

Er lockerte seinen Griff, um ein wenig mehr Seil zu geben, rutschte aber ab und fiel sechs Meter tief.

Im letzten Moment bekam er das Seil wieder zu fassen. Es straffte sich ruckartig. Fast hätte er vor Schmerz aufgeschrien, als sich die Gurte in seine Oberschenkel gruben. Einen Moment lang blieb er mit geschlossenen Augen hängen und verzog das Gesicht.

Als er nach oben sah, bemerkte er Slinks besorgtes Gesicht. »Mir geht es gut!«, raunte er ihm zu, obwohl die Schmerzen in seinen Beinen ihn fast umbrachten. Vielleicht hätte er doch besser Slink vorangehen lassen sollen.

Allmählich ließ der Schmerz nach. Mit einem Blick nach unten bemerkte er allerdings erschrocken, dass er kaum einen halben Meter über dem Boden schwebte.

Er löste sein Klettergeschirr und ließ sich leise zu Boden fallen.

Slink zog das Seil nach oben und stand kaum eine Minute später neben ihm.

»Alles in Ordnung?«

Jack nickte und sah sich um, um sich zu orientieren. Die Haupttür zu den Büros lag rechts von ihnen und Wren war immer noch nirgends zu sehen. Jetzt mussten sie als Erstes die anderen hereinlassen, doch dazu mussten sie sich ein gutes Ablenkungsmanöver für die Wachen einfallen lassen.

Sie schlichen durch die Tür zum Bürotrakt und rannten den Gang so schnell und leise wie möglich entlang, bis sie die Tür zum Theater erreichten. Jack legte das Ohr dagegen und lauschte. Stille. Er öffnete die Tür und blickte auf eine steinerne Treppe. Slink und er liefen sie schnell hinauf.

Oben begann ein kurzer Gang. Rechts von ihnen und am Ende befanden sich Türen. Jack schloss einen Moment die Augen, um sich eine Vorstellung davon zu machen, in welche Richtung sie sahen.

Dann machte er wieder die Augen auf und deutete auf die Tür am Ende. »Die da führt nach draußen«, flüsterte er.

Slink trat einen Schritt darauf zu, doch Jack hielt ihn zurück. »Was soll das?«

»Ich muss nachdenken.«

»Keine Zeit«, grunzte Slink, lief los und klopfte an die Tür. Dann lief er zu der Tür rechts von ihnen und riss sie auf.

Eine Schrecksekunde lang sah Jack entsetzt zu, bevor er begriff, was Slink vorhatte. Er wollte die Wachen draußen dazu bringen, die Tür von außen zu öffnen.

Ohne zu zögern, rannte er den Gang entlang und folgte Slink durch die Tür.

Jetzt befanden sie sich hinten auf der Bühne und Jack war unruhig. Im Zuschauerraum war es zwar dunkel, aber sie standen ohne Deckung da, für jedermann sichtbar.

Slink spähte durch eine Ritze in der Tür in den Gang. »Warum kommen die denn nicht?«

Einen Augenblick fragte sich Jack, ob Wren vielleicht die einzige Magnetstreifenkarte der Wachen gestohlen hatte.

Weitere quälende dreißig Sekunden verstrichen.

Slink riss die Tür auf und rannte erneut zur Haupttür, bevor Jack ihn daran hindern konnte. Dort blieb er einen Moment stehen, lauschte und klopfte dann erneut, nur noch lauter.

Dann rannte er zurück zur Bühnentür und sie warteten erneut ab.

Doch es rührte sich nichts.

Jack wandte sich ab und fragte leise in sein Mikro: »Charlie? Wo bist du?«

Keine Antwort.

»Charlie?«

Am anderen Ende blieb es still. Wahrscheinlich verhinderten die dicken Steinmauern den Empfang.

Jack wandte sich wieder an Slink und zuckte mit den Achseln. Sie schlichen zurück in den Gang, ihre Nerven waren zum Zerreißen gespannt.

An der Tür, die nach draußen zur Gasse führte, drückte Jack probehalber einfach auf die Klinke. Zu seiner Überraschung war die Tür unverschlossen. Langsam öffnete er sie und sah hinaus.

Beim Anblick der Szene vor der Tür erstarrte er. Die beiden Wachen lagen am Boden, bewusstlos oder tot. Cloud und Monday hielten Charlie und Obi fest.

Connor sprang vor und packte Jack und Slink. Im gleichen Augenblick kam Del Sarto um die Ecke.

»Ich wusste doch, dass es sich lohnen würde, diesem Telefonsignal zu folgen«, lächelte er und blickte über Jacks Schulter hinweg in den Gang. »Ich nehme an, ihr habt euch für uns um den Rest der Sicherheitseinrichtungen gekümmert?«

Jack presste die Lippen zusammen.

Del Sarto winkte Connor zu. Der schubste Slink, sodass er Monday in die massigen Hände fiel. Dann packte er Jack grob an den Schultern, drehte ihn herum und zischte: »Versuch nur ja keine Dummheiten – ich dreh dir jederzeit den Hals um, wenn es sein muss!« Damit stieß er Jack in den Gang.

Monday stieß Slink und Obi vor sich her, und Cloud bedeutete Charlie, ihr zu folgen.

Zu acht gingen sie die Treppe hinunter, den Korridor im Bürotrakt entlang und durch die Tür am anderen Ende in die Haupthalle.

Mit erhobenen Pistolen suchten Connor und Monday den Raum nach Wachleuten ab.

»Wo geht es lang?«, flüsterte Del Sarto Jack zu.

Jack zeigte mit dem Finger voraus und sie passierten schweigend die Serverschränke

Wo waren die Wachen? Hatten sie gesehen, was los war? Jack sah sich um. Offensichtlich nicht.

Sie marschierten in die Mitte der Halle, wo P.R.O.T.E.U.S. stand. Jack überlegte fieberhaft, wie er sie aus dieser Lage befreien konnte, wusste aber, dass sie nicht weit kommen würden, solange sie sich in der Gesellschaft von bewaffneten Irren und einem Mann befanden, der so groß war wie ein Haus.

Del Sarto breitete die Arme aus.

»P.R.O.T.E.U.S.! Wie habe ich dich vermisst! Fangen Sie an«, wandte er sich an Cloud. »Hacken Sie alle Polizei- und Regierungscomputer und lassen Sie sie abstürzen. Dann sind sie viel zu sehr damit beschäftigt, die Brände zu löschen, um zu erkennen, was wir tun.«

Cloud nickte. »Ich brauche etwa fünfzehn Minuten und dann noch einmal fünf, um die Deaktivierungssequenz zu starten.«

»Gut«, erwiderte Del Sarto. »Ruf unsere Männer. Sie sollen in zwanzig Minuten hier sein und P.R.O.T.E.U.S. abbauen.«

Agent Cloud zog einen Laptop aus ihrer Tasche und steuerte geradewegs auf die Computerterminals zu.

»Gehen Sie und sehen Sie nach, ob es noch mehr Wachen gibt«, schnauzte Del Sarto Monday an. »Wenn ja, kümmern Sie sich darum.« Monday nickte und schlurfte davon.

Als Letztes wandte sich Del Sarto an Connor.

»Und Sie entsorgen bitte diese Kinder. Die sind uns nicht weiter von Nutzen.«

»Es wird mir ein Vergnügen sein«, grinste Connor.

»Lass mich los!«, kreischte plötzlich eine Mädchenstimme.

»Seht mal, was ich da gefunden habe«, verkündete Monday, der mit der zappelnden Wren auf dem Arm wiederkehrte.

Del Sarto neigte den Kopf. »Ach, die kleine Bettlerin. Ich hatte schon Sorge, dass ihr etwas zugestoßen sein könnte.«

Monday ließ ihm Wren vor die Füße fallen und strich ihr übers Haar. Kaum versuchte Wren wegzulaufen, packte er sie an ihrem Haarschopf und riss sie zurück, sodass sie laut aufschrie.

»Lassen Sie sie in Ruhe!«, rief Charlie.

»Oder was?«, erkundigte sich Del Sarto.

Plötzlich zerriss ein Schuss die Luft. Eine Kugel prallte von einem Schrank über Del Sartos Kopf ab.

Der ließ sich auf die Knie fallen und warf Monday einen bösen Blick zu. »Ich dachte, Sie wollten sich um so etwas kümmern?«

Monday erwiderte das Feuer und rannte los.

Connor stieß Jack, Charlie, Obi und Slink in eine Ecke, bevor er mit gezogener Waffe Monday hinterhereilte. Del Sarto hielt Wren an sich gepresst, zog ebenfalls eine Pistole und richtete sie auf die anderen.

Es knallten mehrere Schüsse und irgendjemand schrie vor Schmerz auf. Jack hoffte, dass es Monday gewesen war, oder noch besser, Connor. Die Street Warriors duckten sich in die Ecke, während weitere Schüsse krachten und Schreie in der Halle ertönten. Jack sah die drei Wachleute von der Rampe vorbeilaufen.

Del Sarto hob die Waffe und feuerte.

Der hinterste Mann schrie vor Schmerz auf, hielt sich den Bauch und stürzte zur Seite, hinter einen Schrank, wo er außer Sichtweite war.

Die beiden anderen wirbelten mit gezückten Waffen herum, zögerten jedoch, als sie die Kinder sahen. Del Sarto schoss erneut und traf einen der Wachleute ins Bein. Der stürzte. Ein Kollege packte ihn unter den Achseln und versuchte, ihn aus der Schusslinie zu ziehen.

Del Sarto zielte.

Ohne zu überlegen, sprang Jack vor und stieß seinen Arm nach oben. Ein ohrenbetäubender Schuss erklang, und die Kugel flog hoch über den Kopf der Wache, die ihren Kollegen in Sicherheit brachte. Del Sarto brüllte wütend auf und schlug Jack mit dem Pistolenkolben gegen die Schläfe. Jack stolperte zurück, rumpelte gegen einen Schrank und glitt zu Boden.

»Jack!«, schrie Charlie und stürzte zu ihm.

Jack war vor Schmerz ganz benommen.

»Wenn einer von euch noch mal so etwas versucht, lege ich euch alle um!«, drohte Del Sarto. Die Pistole im Anschlag zerrte er Wren grob hinter sich, in Richtung Serverschränke. Dort peilte er um die Ecke und gab zwei Schüsse ab. Nach ein paar Sekunden Pause feuerte er erneut. Mit einem Grinsen im Gesicht zog er seinen Kopf zurück. Dann rappelte er sich auf, stapfte mit erhobener Waffe in die Mitte der Halle und sah sich nach allen Seiten um.

Es pfiffen noch weitere Schüsse von der anderen Seite der Halle, dann ein lautes Krachen. Danach wurde es still.

Benommen schaute Jack die anderen an, die gespannt in den Gang starrten und abwarteten, wer dort wohl erscheinen mochte.

Es war Connor.

»Zwei von ihnen haben wir«, knurrte er. »Wir glauben, dass sich noch mindestens zwei weitere irgendwo verstecken. Monday wird sie schon herausscheuchen.« Sein kalter Blick fiel auf die Kinder, die am Boden kauerten.

»Nun, wo waren wir stehen geblieben?«, fragte er und richtete seine Pistole auf sie.

»Warten Sie!«, bremste ihn Del Sarto. »Nicht hier. Sie könnten P.R.O.T.E.U.S. beschädigen.« Er steckte seine Waffe ein. »Schaffen Sie sie mir aus den Augen und sperren Sie sie irgendwo ein, bis wir gehen können. Vielleicht brauchen wir sie noch als Geiseln.«

Mit einer Handbewegung wollte Connor sie zum gegenüberliegenden Gang scheuchen. Slink und Obi erhoben sich. Charlie half Jack auf die Beine und trat dann trotzig vor Connor. »Ohne Wren gehen wir nirgendwo hin«, verkündete sie.

»Los jetzt«, befahl Connor, stieß sie in den Gang und packte Slink am Hemdkragen. Mit der Waffe winkte er den anderen zu, vorauszugehen.

Slink wehrte sich mit Händen und Füßen und rief: »Sie dürfen sie nicht festhalten!«, aber Connor drückte ihm brutal die Waffe ins Genick.

»Komm schon«, forderte Jack Slink auf, während er mit verzerrtem Gesicht die schmerzende Wunde an seinem Kopf betastete.

Slink ließ niedergeschlagen die Schultern hängen und folgte Obi zwischen den Serverschränken hindurch.

Jack schaute besorgt zu Wren. Irgendwie mussten sie sie retten.

Als sie den Haupteingang zum Bürotrakt erreichten, drehte sich Obi plötzlich mit hochrotem Kopf um. Alle, die ihm gefolgt waren, blieben stehen, und er erntete erstaunte Blicke.

»Was ist los mit dem Dicken?«, erkundigte sich Connor.

Obi ballte die Fäuste und verkündete: »Jetzt reicht's mir!«

»Was sagst du, Junge?«, fragte Connor stirnrunzelnd.

Obi zitterte am ganzen Körper. »Sie dürfen Wren nichts tun!«, schrie er. Dann rannte er auf einmal mit gesenktem Kopf auf Connor zu.

Der machte einen Schritt beiseite, sodass Obi an ihm vorbeischoss und gegen einen der Serverschränke knallte, von dem er wie ein Gummiball abprallte.

»Ist ja jämmerlich«, grinste Connor.

Doch als der Schrank zu wackeln begann, riss er erschrocken die Augen auf. Sein Versuch, zur Seite zu springen, scheiterte, und mit lautem Krachen begrub ihn der Schrank unter sich. Ein kurzes Aufstöhnen, dann wurde Connor bewusstlos.

Jack, Slink und Charlie sahen sich ungläubig an, während Obi sich aufrichtete und den Staub von der Hose klopfte.

Charlie rannte zu ihm und umarmte ihn heftig. »Das war ja so mutig, Obi!«, rief sie und küsste ihn auf die Stirn.

Obis Wangen färbten sich rot.

Jack gab sich einen Ruck. Sie mussten handeln. »Für so etwas haben wir keine Zeit!«, mahnte er, zog einen Kabelbinder aus seiner Tasche und fesselte Connor damit die Hände. »Charlie, du und Obi haltet Cloud auf. Dann bringt ihr den Sprengstoff an den Kühltanks an!«

Charlie nickte lächelnd Obi zu und lief mit ihm los.

Jack wandte sich an Slink. »Finde raus, wo Monday ist. Lenk ihn irgendwie ab, aber sei vorsichtig. Ich werde Del Sarto so lange beschäftigen, bis Charlie und Obi fertig sind.«

»Und Wren?«

»Die hole ich auch.«

Slink zog die Augenbrauen hoch. »Ganz allein?«

»Geh einfach!« befahl Jack.

Slink zögerte, doch dann eilte er den Gang gegenüber entlang.

Jack drehte sich um und bahnte sich seinen Weg zwischen den Serverschränken hindurch. Als er ans Ende des Ganges kam, lugte er vorsichtig um die Ecke. Del Sarto tigerte in der Mitte der Halle auf und ab und schaute permanent nervös auf die Uhr.

Wren saß ihm zu Füßen, mit dem Rücken zu den Kühltanks.

»Jack?«, erklang eine Stimme in Jacks Ohr. Es war Charlie.

»Ja?«, flüsterte er und zog den Kopf zurück.

»Wo bist du?«

»Spielt keine Rolle. Haltet Cloud auf!«

»Mir ist gerade eingefallen, dass wir etwas vergessen haben.«

Jack spähte erneut um die Ecke und sah Del Sarto immer noch auf und ab schreiten.

»Was denn?« Was wollte Charlie? Sie hatten keine Zeit für Diskussionen.

»Wir müssen nicht nur P.R.O.T.E.U.S. vernichten, sondern auch die Server. Wir müssen die Hardware da drinnen grillen.«

Jack überlegte kurz. Sie hatte recht. In den Servern waren bereits Tausende von geheimen Dokumenten gespeichert. Fieberhaft dachte er nach.

Was wäre, wenn sie ... natürlich!

»Mein USB-Laufwerk!«, sagte er. Damit würden sie den Virus in die Server locken. Sobald er sich dort eingenistet hatte, würden die Prozessoren überlastet sein, und Charlie konnte P.R.O.T.E.U.S. ein für allemal lahmlegen.

»Warte«, sagte Jack, holte tief Luft und wurde gleichzeitig gewahr, dass Monday aus einem anderen Gang auftauchte und auf Del Sarto zusteuerte.

»Nun?«, erkundigte sich Del Sarto.

»Ich habe mich um die beiden anderen Wachen gekümmert.«

Del Sarto zog eine Augenbraue hoch. »Was haben Sie mit ihnen gemacht?«

»Sie sind in die Waffenkammer gegangen, um mehr Munition zu holen. Da habe ich sie eingeschlossen. Die sitzen da fest.«

»Gut«, lächelte Del Sarto und rief: »Cloud, wie lange noch?«

»Zehn Minuten!«, antwortete sie.

Missmutig sah Del Sarto wieder auf die Uhr.

Jack zog sich zurück und legte den Finger ans Ohr. »Wir müssen uns von Monday das USB-Laufwerk schnappen, Wren retten und uns dann um Cloud und ihren Laptop kümmern.«

»Sonst noch was?«, erkundigte sich Charlie.

»Na, dann mal los«, meinte Slink.

Als Jack seinen Blick nach oben richtete, sah er, wie Slink oberhalb der Deckenbalken stand und gerade das lose Ende des Seils an seinem Klettergurt befestigte.

»Äh, Slink, was hast du eigentlich vor?«, wollte Charlie wissen.

Slink schob sich über einen Deckenbalken. »Also, ich wäre einsatzbereit, Jack«, erklärte er, peilte die Mitte der Halle an, und bevor ihn Jack aufhalten konnte, sprang er ab.

Einen Moment lang schien er zu schweben, doch dann stürzte er, und das Seil spannte sich mit einem Ruck. Slinks Körper beschrieb einen Bogen und er hielt die Beine vor sich ausgestreckt.

Monday wandte sich um, doch es war schon zu spät. Slink krachte mit voller Wucht gegen ihn und stieß ihn um. Monday prallte gegen einen der Scr-verschränke. Funken flogen, Monday sackte stöhnend zusammen und verdrehte die Augen.

In diesem Augenblick riss Del Sarto Wren hoch und rannte mit ihr den gegenüberliegenden Gang entlang.

333

Jack eilte in die Mitte der Halle zu dem bewusstlosen Monday, steckte die Hand in seine Tasche und zog den USB-Stick heraus. Aus dem Augenwinkel nahm er wahr, wie Charlie neben ihm kniete und sich an Mondays Gürtel zu schaffen machte. Zwei Sekunden später hielt sie seine Waffe in der Hand.

»Was willst du denn damit?«, wunderte sich Jack.

»Besser wir haben sie als er, oder?«

Jack warf ihr den USB-Stick zu. »Ich seh mal nach Del Sarto. Du kümmerst dich um Cloud und benutzt ihren Laptop, um den Virus anzulocken.« Jack sah, wie Obi den Sprengstoff an den Kühltanks anbrachte und wandte sich an Slink.

»Fessele Monday«, riet er ihm, bevor er aufstand und ging.

»Warte auf mich!«, rief ihm Slink nach. »Ich kann dir helfen!«

»*Ich* mache das«, knurrte Jack und folgte Del Sarto.

Er lief den Korridor zwischen den Servern entlang bis zu einem Quergang. Von links hörte er Wrens erstickte Rufe und bog um die Ecke. Del Sarto zerrte Wren gerade zur Tür, die zu den Büros führte.

»Lassen Sie sie los!«

Del Sarto wirbelte herum, packte Wren am Genick und zog sie an sich. »Pfeif deine Freunde zurück und hilf mir, zu bekommen, was ich will!«, verlangte er.

»Das kann ich nicht«, erwiderte Jack kopfschüttelnd.

»Du hast gar keine Wahl.« Er drückte Wren die Kehle zu, die einen schrecklichen Laut von sich gab. Del Sarto starrte Jack mit kalten, toten Augen an. »Ich bekomme gerade die Koordinaten eures Verstecks.«

Jack erwiderte seinen Blick trotzig. »Nein, niemals.«

Wren würde das Versteck nicht preisgeben.

»Aber sicher doch, Junge.« Del Sarto holte tief Luft, nahm zu Jacks größtem Erstaunen ein Smartphone aus der Tasche und starrte auf das Display.

»Die Suche ist scheinbar abgeschlossen. Wollen wir doch mal sehen. Oh«, machte Del Sarto und sah Jack an. »Eine Pizzeria? Das kann ja wohl nicht sein. Daher nehme ich an, dass es ein unterirdisches Versteck ist. Ich würde sagen, irgendwo in der Nähe der alten Bradbury-Station? Stimmt das?«, fragte er und legte den Kopf schief.

Jack sah ihn entsetzt an.

Woher konnte er das wissen?

»Was ist es?«, fuhr Del Sarto fort. »Eine Art unterirdischer Bunker?«

Jack blieb wie erstarrt stehen. Das durfte doch nicht wahr sein!

335

Del Sarto schien zu spüren, dass er Jacks volle Aufmerksamkeit hatte. »Möchtest du vielleicht wissen, wie ich das herausgefunden habe?«

Allerdings wollte er das wissen.

Er *musste* es wissen.

»Die Kamera«, erklärte Del Sarto und sah zur Decke. »Die drahtlose Kamera, mit der ihr den Ort hier überwacht habt.«

Jack schloss die Augen. Er hatte Del Sartos technische Fähigkeiten unterschätzt.

»Cloud hat das Telefon bis hierher verfolgt, und als wir eure Kamera entdeckt haben, konnte sie ganz einfach eine App einrichten, die das Signal zu eurem Versteck zurückverfolgt.« Er ließ das Telefon wieder in die Tasche gleiten. »Die Frau sollte mal eine Gehaltserhöhung bekommen.«

Jack fühlte sich, als bräche seine Welt zusammen.

»Ich sage dir, was ich tun werde«, verkündete Del Sarto, nahm seine Waffe aus dem Holster und hielt Wren den Pistolenlauf an den Kopf. »Ich kann nicht versprechen, dass ich euer trautes Heim nicht zerstöre, aber ich könnte die hier gegen P.R.O.T.E.U.S. austauschen.«

Wren kniff die Augen fest zusammen.

Ein lautes Surren verkündete, dass sich die Serverventilatoren schneller drehten.

336

»Hören Sie das?«, fragte Jack. »Das bedeutet, dass meine Freunde Cloud überwältigt haben und die Server gleich durchbrennen. Es ist vorbei«, bemerkte er mit einem gezwungenen Lächeln.

Del Sarto runzelte die Stirn und lockerte seinen Griff einen Augenblick lang.

Wren ergriff ihre Chance, riss sich mit einer heftigen Drehung des Körpers los und stampfte Del Sarto mit aller Kraft auf den Fuß. Der schrie vor Schmerz auf und ließ sie los.

Ohne zu zögern, sprang Jack vor und warf sich auf ihn. Beide donnerten gegen einen Serverschrank und verbeulten dabei die dünne Blechtür.

Wren trat Del Sarto gezielt die Pistole aus der Hand, die über den Boden schlitterte und unter einem Schrank verschwand. Del Sarto fluchte und stieß Jack so heftig von sich, dass der rücklings zu Boden fiel.

Aus den Serverschränken erklang ein bösartiges Zischen.

Del Sarto stand auf und sah sich wütend um. »Was habt ihr getan?«, brüllte er und ging mit geballten Fäusten auf Jack los.

Wren griff ihn von der Seite an und versenkte ihre Zähne in seinem Arm. Als Del Sarto einen Schmerzensschrei ausstieß, rappelte sich Jack hoch und trat

337

ihn so heftig wie möglich in den Bauch. Del Sarto klappte zusammen und ging in die Knie.

Plötzlich krachten Schüsse.

Jack drehte sich um. »Leute?«

Del Sarto versuchte, wieder auf die Füße zu kommen, doch Wren rammte ihn von hinten, sodass er nach vorne gegen einen Schrank knallte. Blut strömte ihm aus der Nase und er glitt stöhnend zu Boden.

»Leute?«, schrie Jack. Wo waren sie?

Die Server machten einen infernalischen Lärm, während sie heiß liefen. Jack stellte sich vor, wie der Virus sich in den Systemen verbreitete und eine Spur der Zerstörung hinter sich herzog.

Ein lautes Knallen aus der Mitte der Halle und gleich darauf weitere Schüsse ließen ihn zusammenzucken.

Aus einem der Gänge kamen Charlie und Slink angelaufen, gefolgt vom keuchenden Obi.

»P.R.O.T.E.U.S. ist so gut wie tot«, erklärte Charlie und schleuderte Mondays Pistole fort.

Jack sah Rauch aufsteigen. »Was habt ihr gemacht?«

»Sie hat auf die Kühltanks geschossen«, grinste Slink. »Das war irre!«

Ein erneuter Knall fuhr ihnen in die Glieder.

»Den Rest erledigt der Sprengstoff«, meinte Charlie. »Wir haben noch sechzig Sekunden, um hier zu verschwinden.«

Das musste sie niemandem zweimal sagen. Augenblicklich sprinteten sie an den Büros vorbei, warfen die Tür auf und rannten die Treppe hinauf.

Als sie den Gang erreichten, erschütterten weitere Explosionen das Gebäude.

Jack warf einen Blick hinter sich und sah, wie die Flammen die Treppe hinaufschossen.

»Lauft!«, schrie er.

Sie eilten zur Tür, doch die Decke vor ihnen brach ein und versperrte ihnen den Weg.

Wren schrie auf.

»Hier entlang!«, rief Jack und riss die Tür auf der rechten Seite auf.

Die Explosionen wurden immer lauter, während sie über die Bühne liefen. Ein ungeheurer Schlag ließ den Boden erzittern und fegte sie fast von den Füßen.

Sie sprangen von der Bühne und rannten, stolperten und hasteten den linken Gang entlang, um so schnell wie möglich aus dem Gebäude zu kommen. Jack blickte zurück und sah entsetzt, wie sich ein großes Stück Decke löste und durch die hölzernen Bühnenbretter krachte.

»Lauft, los, los!«, schrie er und schob die anderen zum Ausgang.

Im Fußboden öffnete sich ein Spalt, der sie bis zum Ausgang zu verfolgen schien, als wolle er sie überholen.

Dann krachte es entsetzlich, und aus dem Riss schossen Flammen hoch, die die Stühle in Brand setzten.

Obi und Slink warfen sich mit Wucht gegen die Ausgangstür und alle fünf taumelten sie ins Foyer.

Wieder bebte der Boden.

Von der Decke und den Wänden fiel der Putz und hüllte sie in eine Staubwolke. Sie rappelten sich hoch, rasten ins Freie und die Straße entlang, fort vom Theater in Richtung Oxford Street.

Erst am Ende der Straße blieben sie keuchend stehen und versuchten, wieder zu Atem zu kommen. Dann drehten sie sich um und beobachteten mit offenen Mündern, wie eine riesige pilzförmige Wolke in den Himmel stieg. Die restlichen Wände des Theaters stürzten ein und rissen Gerüste, Plastikfolien und Ziegel mit sich.

Auf der Straße entstand ein Tumult, und Passanten blieben stehen, als weitere Explosionen durch das Gebäude hallten und das Pflaster erschütterten.

»Was haben wir da nur gemacht?«, fragte Charlie leise in Jacks Ohr.

Jack sagte nichts. Er fragte sich, was die Regierung eigentlich in der Waffenkammer hatte, von der Monday gesprochen hatte.

Dem Maß der Zerstörung nach zu urteilen, war es der Dritte Weltkrieg im Taschenformat.

Charlie stupste Jack an und deutete auf die Gasse neben dem Café. Das Rolltor war offen und vier der sieben Wachen hatten fliehen können.

Zwei von ihnen hatten ihre Waffen gezogen und trieben die ziemlich angekokelt wirkenden Agenten Monday, Connor und Cloud vor sich her aus dem Gebäude. In sicherer Entfernung blieben die drei stehen und sahen sich entsetzt um. Ein weiterer Donnerschlag ließ sie alle zusammenzucken.

Dicke Rauchwolken wirbelten in den dunklen Himmel hinauf und es regnete Asche.

Die Wachen hielten ihre Waffen auf die falschen Agenten gerichtet, während sie zusehen mussten, wie das Feuer das vernichtete, was sie eigentlich bewachen sollten.

Wahrscheinlich waren sie morgen ihre Jobs los.

»Ist da jemand?«, meldete sich Noble.

Jack hielt eine Hand über das Mikrofon an seinem Kopfhörer. »Noble?«

»Gott sei Dank«, stieß Noble hervor. »Was ist los bei euch? Ich habe keinen Kontakt zu euch bekommen.«

Jack starrte die Ruine an und wusste nicht recht, was er sagen sollte.

»Das erzählen wir Ihnen, wenn wir wieder im Bunker sind.«

Dann kam die Feuerwehr angerast, und die Feuerwehrmänner taten ihr Bestes, um den Brand zu löschen, doch es war vergebens. Die Flammen verschlangen den Rest des Theaters, während sie nur zusehen und darauf achten konnten, dass der Brand nicht auf benachbarte Gebäude übersprang.

Schließlich vervollständigten noch Polizeisirenen das Lärmkonzert.

»Ich schlage vor, ihr verschwindet von dort«, meinte Noble.

Die Street Warriors zogen ihre Kapuzen über die Köpfe und bahnten sich einen Weg durch die Menge der Gaffer und Schaulustigen. Jack warf einen Blick zurück aufs Feuer und dachte an Del Sarto. War er entkommen? Oder verbrannte er dort drinnen?

Bei diesem grauenvollen Gedanken schauderte ihn.

Eine Woche später saß Jack auf dem Sofa und starrte abwesend in den Fernseher. Der Brand im Theater hatte die Aufmerksamkeit der Medien nur am nächsten Tag erregt. Es gab keinen Hinweis darauf, dass dort gerade der leistungsstärkste Computer der Welt vernichtet worden war.

Jack war mittlerweile klar geworden, dass es einen weiteren P.R.O.T.E.U.S. geben würde. Es war nur eine Frage der Zeit. Die Zukunft kam und niemand konnte sie aufhalten.

Er fragte sich, ob der nächste P.R.O.T.E.U.S. die Menschen dazu bringen würde, aufzuwachen und die Realität des digitalen Zeitalters zu erkennen.

Niemand ist anonym.

Niemand ist unauffindbar.

Niemand ist sicher.

Außerdem fragte sich Jack, was mit Del Sarto geschehen war. Lebte er noch? Es war nicht erwähnt worden, ob man Leichen aus den Ruinen des Theaters geborgen hatte.

Charlie stellte sich vor den Fernseher.

»Kommst du?«

Jack stand auf und sah Wren an, die vor Aufregung auf den Zehenspitzen wippte.

»Na, dann los«, meinte er.

Wren blickte sich nach Slink und Obi um. »Kommt ihr auch mit?«

Doch die beiden konzentrierten sich auf den Computerbildschirm. Slink winkte ab: »Erzählt uns davon, wenn ihr zurück seid.«

Jack warf Charlie einen Blick zu und machte ein Gesicht.

Sie zog ebenfalls eine Grimasse, dann lächelte sie und drückte auf den Türöffner. Mit einem Zischen glitt die Tür auf und sie machten sich auf den Weg.

Eine Stunde später standen Jack, Charlie und Wren vor dem Bungalow des alten Mannes. Jack musste sich erst einmal umsehen, um sicher zu sein, dass sie richtig waren, denn das zuvor so heruntergekommene Haus wirkte sauber und hell. Die Mauern waren ausgebessert und gestrichen worden, die Fenster durch doppelt verglaste ersetzt. Der Garten war in Ordnung gebracht worden und den Rasen umkränzten jetzt Blumenbeete. Der mit Graffiti beschmierte Zaun war durch einen neuen ersetzt worden.

Mit großen Augen sah Wren Jack und Charlie an. »Das war alles nur der Brief und die dreihundert Pfund?«

Jack hörte Stimmen aus dem Garten. Sie überquerten die die Straße, um über den Zaun schauen zu können. Etwa zwanzig Leute hatten sich um einen Grill versammelt, plauderten und lachten. Ein Mann kümmerte sich um Steaks, Burger und Würstchen, deren Duft die Luft erfüllte.

Der alte Mann, dem der Bungalow gehörte, saß in einem Liegestuhl und unterhielt sich mit einer Frau in einem rosa Kleid. Zum ersten Mal seit wahrscheinlich vielen Jahren lächelte er.

»Hey!«

Die drei erschraken und fuhren herum. Hinter ihnen stand eine junge Frau, die knapp zwanzig Jahre sein mochte, und hielt eine Ketchupflasche in der Hand.

»Seid ihr die Enkel von Mr. Jones?«

Jack erinnerte sich, dass Jones der Name des alten Mannes war, und zuckte nur mit den Achseln.

»Was ist denn da los?«, fragte Charlie.

Das Mädchen lächelte und hielt den Ketchup hoch. »Grillabend.«

»Nein«, meinte Charlie und deutete auf das Haus, »ich meine...«

»Wer das repariert hat?«

Jack, Charlie und Wren nickten.

»Mr. Hancock hat anonym dreihundert Pfund bekommen, um ein paar Reparaturarbeiten durchzuführen. Als er anderen davon erzählt hat... na ja«, lächelte das Mädchen, »irgendwie war das wie ein Schneeballeffekt. Alle haben sich beteiligt, selbst die Lokalpresse hat darüber berichtet, und plötzlich kamen ganz viele Spenden.«

Wren sah aus, als wolle sie gleich weinen.

»Chloe?«, rief eine Frauenstimme von der anderen Seite des Zauns aus.

»Ich komme schon!«, antwortete das Mädchen und nickte zum Garten. »Ihr seid auch eingeladen. Wir haben jede Menge zu essen.«

Damit eilte sie davon.

Jack, Charlie und Wren sahen einander einen Moment lang an. Das hätte Jack in einer Million Jahren nicht erwartet. Doch sie konnten nicht zur Party, denn sie hatten etwas anderes vor.

Als sie weitergingen, dachte Jack, dass die Welt vielleicht doch noch eine Chance hatte.

»Wohin gehen wir denn jetzt?«, erkundigte sich Wren.

Charlie sah Jack an. »Das wirst du schon noch sehen.«

Später saßen sie auf einer Bank im Battersea Park.

Die Sonne stand hoch am kristallblauen Himmel und um sie herum erklang das Lachen von Kindern.

Die Bank befand sich in der Nähe eines Spielplatzes mit Schaukeln, Rutschen und Sandkästen, um den sich Eltern gruppierten und sich unterhielten, während sie mit einem Auge auf ihre Kinder achteten.

»Was wollen wir denn hier?«, fragte Wren.

Charlie sah zum zehnten Mal auf die Uhr.

»Bist du sicher?«, flüsterte ihr Jack zu.

Charlie machte schon den Mund auf, um ihm zu antworten, doch dann nickte sie nur zur anderen Seite des Spielplatzes.

Ein Mann Anfang dreißig mit kurzen blonden Haaren stieß das Tor auf und schob einen kleinen Jungen auf das Gelände, etwa drei oder vier Jahre alt, der sich an einer Plastikschaufel festhielt, auf den Sandkasten zurannte und begann, mit den anderen Kindern zu spielen, während sich sein Vater an den Zaun lehnte und ihm zusah.

»Ist er das?«, fragte Jack immer noch leise.

Charlie nickte.

»Er sieht aus wie ein anständiger Kerl«, fand Jack.

»Ist er auch«, bestätigte Charlie, wandte sich an Wren und räusperte sich.

»Wir müssen dir etwas sagen«, begann sie und nahm Wrens Hand.

Unsicher sah Wren Jack an. »Okay.«

Charlie schaute einen Moment weg, holte tief Luft und blickte Wren dann fest in die Augen.

»Wir haben deinen Vater gefunden.«

Wren fiel die Kinnlade herunter und sie zog ihre Hand weg.

»Möchtest du ihn kennenlernen?«, fragte Charlie.

Eine ganze Zeit lang sah Wren Charlie nur an. Jack glaubte schon, sie würde überhaupt nicht antworten, doch nach einer Weile hob sie das Kinn und antwortete: »Nein.«

»Warum nicht?«, wunderte sich Charlie.

Wren betrachtete ihre Schuhspitzen und spielte mit ihren Fingern.

»Ich denke immerzu an ihn. Ich frage mich, wie er aussieht, wo er wohnt, was er tut…« Ihre Stimme bebte, und sie brauchte einen Moment, um die Fassung wiederzugewinnen, dann fuhr sie fort: »Habe ich Brüder und Schwestern? Denkt er an mich? Vermisst er mich?«

»Aber du kannst die Antworten darauf doch selbst finden«, meinte Charlie leise.

Den Blick immer noch nach unten gerichtet, sagte Wren: »Ich kann ihm noch nicht verzeihen.«

»Was kannst du ihm nicht verzeihen?«

»Dass er weggegangen ist«, schluckte Wren. »Dass er nicht gekommen ist, um mich zu retten.«

Charlie sah erst Jack an und dann wieder Wren.

»Er hat versucht, dich zu finden. Er möchte dich gerne sehen.«

»Ich glaube nicht, dass ich das noch einmal ertrage«, erklärte sie kleinlaut. »Den Schmerz.« Sie sah weg und eine Träne rollte ihr über die Wange. »Ihr seid meine Familie.«

Charlie strich ihr übers Haar.

»Aber du hast die Chance auf ein richtiges Leben«, sagte sie. »Du kannst glücklich sein, wenn du willst.« Sie holte tief Luft. »Wirst du wenigstens darüber nachdenken?«

Wren nickte.

Wieder im Bunker überprüfte Jack seinen Rucksack und machte den Reißverschluss zu. Dann sah er sich um.

»Sind alle so weit?«

Charlie kam herein, die Kapuze über den Kopf gezogen und die Tasche am Gürtel befestigt.

»Dir ist schon klar, dass wir bei dieser Mission alle geschnappt werden können, oder?«

»Aber einfach ist auch langweilig, oder?«, entgegnete Jack grinsend.

Sie lächelten einander an.

»He, Leute«, rief Slink und stopfte ein Seil in seinen Rucksack. »Habt ihr meine Schulterkamera gesehen?«

Charlie warf ihm einen kleinen Sack zu.

»Läuft alles?«, erkundigte sich Jack bei Obi.

Obi hielt den Daumen hoch.

»Die werden keine Ahnung haben, was über sie gekommen ist.«

Jack, Charlie und Slink gingen zur Tür.

»Wartet auf mich!«

Wren rannte auf sie zu, die Kapuze zurückgestreift und eine Bandana lose um den Hals.

»Denk dran«, grinste Charlie, »wenn …«

»Ja, ja, ich weiß schon«, erwiderte Wren, »wenn etwas schiefgeht, verschwinde ich, so schnell es geht.«

Sie sah Jack an, als wolle sie sagen, dass so etwas nie passieren könne.

Jack fand, wenn es je eine Definition dessen gab, was die Street Warriors waren, so verkörperte Wren es. Er neigte sich zu ihr und flüsterte ihr ins Ohr: »Ich verspreche dir, dich von jetzt an bei jeder Mission einzusetzen.«

Sie lächelte und er richtete sich wieder auf und sah seine Freunde der Reihe nach an. »Alle bereit im Team?«

Sie nickten.

Jack drückte auf den Türöffner und die Tür ging zischend auf.

Slink und Wren waren schon am Hinauslaufen, als Obi plötzlich rief: »Wartet!«

Verwundert sahen sie ihn an. Seine Hände zitterten. Jack bekam Angst. »Was ist denn los?«

Obi drehte den Monitor zu ihnen herum. Er zeigte eine Nachrichtenschlagzeile:

Panik – Londons Stromnetz angegriffen.

Wren runzelte die Stirn.

»Von was wurde es denn angegriffen?«

»Oh nein!«

Jack erkannte sofort, was geschehen war, und sah die anderen an.

»Der Virus! Er ist entkommen!«

Joe Craig

Jimmy Coates ist äußerlich betrachtet ein ganz normaler 12-Jähriger. Doch der Schein trügt: Er ist ein genetisch veränderter Super-Agent des Britischen Secret Service NJ7. Für den NJ7 ist Jimmy eine ihrer mächtigsten Waffen. Jimmys Fähigkeiten entwickeln sich im Laufe seines Heranwachsens mit ihm. Sobald er 18 ist, wird er ein voll ausgebildeter Agent sein, der seiner neoliberalen autoritären Regierung als tödliches Instrument dienen soll. Doch Jimmy beschließt, dass er allein entscheiden wird, wofür er seine Kräfte einsetzen will. Und so wird J. C. zum meistgejagten Jungen des Planeten.

J.C. – Agent im Fadenkreuz
Band 1, 320 Seiten,
ISBN 978-3-570-17393-0

J.C. – Agent auf der Flucht
Band 2, 336 Seiten,
ISBN 978-3-570-17394-7

J.C. – Agent in höchster Gefahr
Band 3, 320 Seiten,
ISBN 978-3-570-17461-6

J.C. – Agent in geheimer Mission
Band 4, 320 Seiten,
ISBN 978-3-570-16507-2

J.C. – Agent unter Beschuss
Band 5, ca. 320 Seiten,
ISBN 978-3-570-16521-8

www.cbj-verlag.de